Tribunaal

André Georgi

Tribunaal

the house of books

Voor Angelika

Oorspronkelijke titel: *Tribunal*
Oorspronkelijk uitgegeven door: Suhrkamp Verlag, Berlin 2014
© 2014 Suhrkamp Verlag Berlin. All rights reserved by and controlled through
Suhrkamp Verlag Berlin
© Vertaling uit het Duits: Lucienne Pruijs, 2014
© Nederlandse uitgave: The House of Books, Amsterdam 2014
Omslagontwerp: *total italic*, Thierry Wijnberg
© Omslagfoto: Thinkstock/iStock
Foto auteur: © Jörg Dieckmann
Typografie: ZetSpiegel, Best

ISBN 978 90 443 4589 6
ISBN 978 90 443 4590 2 (e-book)
NUR 332

www.thehouseofbooks.com

The House of Books is een imprint van Dutch Media Books bv

I

1 Haar ademhaling hapert, haar hartslag speelt bebop, de metronoom op 220 – daar gaat ie, Charlie.

Jasna is helemaal bezweet. Daar heeft ze een pesthekel aan. Haar T-shirt. Het kussen. De deken.

Het gebeurt haar te vaak de laatste tijd, dat is nieuw, dat kent ze niet van zichzelf. Slapen was nooit een probleem, zelfs in Albanië twee maanden geleden. Liggen, ontspannen, weg. Zonder dromen, totale ontspanning. Maar sinds tien dagen zijn er steeds weer die dromen. Altijd iets met dood, stank. Meestal rennen. Altijd verliezen.

Het duurt even voor ze de droom kwijt is, pas dan begrijpt ze waar ze eigenlijk is. Jasna staat op, doet een van de tralieramen open. De wereld buiten is één groot kliederwerk ergens tussen donkergrijs en donkerdonkergrijs. De Noordzee mompelt wat en hangt de eeuwigheid uit, beneden op het strand jengelen meeuwen rond een verscheurde vis. 5.37 uur. Goedemorgen Nederland. Goedemorgen Scheveningen.

Buiten loopt – wie is dat? Op dit tijdstip waarschijnlijk Hilken. Buiten loopt dus Hilken waarschijnlijk zijn rondjes om het zomerhuis, met zijn machinepistool omgehangen. Oreskovič slaapt hiernaast, van zijn dromen wil Jasna niets weten. Heeft hij dromen? Waarschijnlijk pit die klootzak beter dan zij. Twee kamers verder ligt de dagploeg op de veldbedden te slapen: Hilkens mannen. Tien man, tien machinepistolen. Hier is hij veilig, Oreskovič, de kroongetuige. Tot zijn grote optreden vandaag voor het tribunaal, Den Haag, Churchillplein 1, zaal 3.112.

Jasna trekt het natte T-shirt uit en pakt een trui uit de kast, grijpt dan haar rode badjas – tenminste een beetje kleur.

De peuken nog. Aansteker. En naar buiten.

De metronoom staat nu op 180.

5.39 uur. Charlie Parker komt langzaam tot bedaren.

Het komt allemaal goed, je zult het zien, denkt Jasna, het gaat lukken. Je hebt Oreskovič uit Tirana, Albanië hierheen gekregen, naar Den Haag, Nederland. De prijs: wallen onder je ogen, een paar slapeloze nachten – nou en? Mijn leven was de laatste maanden oké. De prijs die ik betaal, is niet te hoog. Het was de moeite waard. Mijn leven is oké.

170.

165.

Geleidelijk aan kan ook Coleman Hawkins het bijhouden.

160.

Alles is in orde. Laat je niet gek maken.

158.

Ik zal hem afleveren.

Jovan Oreskovič, de kroongetuige.

Churchillplein 1.

Zaal 3.112.

Vandaag om tien uur.

Hij zal getuigen en ik heb gewonnen. Mijn leven is oké.

2 Hilken ontfutselt aan de vroege ochtend zijn meest duistere geheimen. Met nachtkijker en machinepistool. Slechtgehumeurd omdat hij sterft van de kou en zijn nacht-dienst er nog steeds niet op zit. Omdat hij oververmoeid is en daarom de zeven komma vier graden boven nul als vijf graden onder nul en als een persoonlijke belediging ervaart. Het is veel te koud voor de tijd van het jaar, ongebruikelijk.

Een eindje verderop komt Jasna uit het zomerhuis en

loopt naar het water. In haar rode badjas, veel te dun gekleed.

Wat is er met haar, denkt Hilken terwijl hij haar nakijkt.
Ze is veel te vroeg, ze vertrekken pas om halfnegen, wat doet
ze nu al hier?

Hij loopt terug naar het huis. Haalt een thermosfles. Een
deken. En loopt haar achterna. Hij haalt haar vooraan in op
het strand, waar de vloed stukken van afhapt, op honderd
meter van het discreet afgeschermde zomerhuis.

Hilken gaat naast Jasna zitten. Legt de deken om haar
schouders. Ze schenkt hem een glimlach. Waartegen hij geen
bezwaar heeft. Jasna biedt hem een sigaret aan. 'Bedankt,'
mompelt hij. Ze geeft hem een vuurtje en steekt er zelf ook
een op.

Sinds een kleine twee weken hangen ze hier samen rond.
En sinds een kleine twee weken lijkt ze steeds meer in zichzelf gekeerd. Ze is voortdurend gespannen, uitgeput. Haar
vertrouwen in de wereld lijkt beschadigd. Misschien heeft ze
de afgelopen maanden te veel hooi op de vork genomen.
Maar het is gelukt. Ze heeft Oreskovič hierheen gekregen.
Een klus die haar zeventien maanden heeft gekost. Zeventien verpeste maanden van mijn leven – woorden van Jasna
Brandič een week geleden.

Beseffen M'Penza en Peneguy eigenlijk wel wat ze aan
haar hebben? denkt Hilken, terwijl hij de thermosfles open
schroeft. Hij schenkt koffie voor haar in.

'Ik moet hier weg,' zegt ze. 'Elke nacht hetzelfde gelazer, ik
moet hiervandaan.'

'Een paar dagen nog, dan ben je van hem af,' zegt Hilken.

Jasna drinkt en kijkt achterom naar het huis. De meeste
ramen zijn nog donker. Alleen in de gemeenschappelijke ruim-

te brandt al licht. En daarnaast ook. Dat is de kamer van Oreskovič.

'Wat is er met hem?' vraagt Jasna. 'Is hij ook al wakker?'

'Vanaf vier uur.'

'Vanaf vier uur?'

Jasna trapt haar peuk in het zand. Waarom zou het met Oreskovič beter gaan dan met mij? denkt ze.

'Hopelijk verknalt hij zijn getuigenverklaring niet,' zegt ze. 'Hopelijk stort hij niet op het laatste moment in.'

'Laten we naar binnen gaan, het is veel te koud hier buiten,' zegt Hilken. 'Straks stort jij nog in!'

Jasna volgt Hilken terug naar het huis en kijkt naar het raam van Oreskovič.

Zeventien verpeste maanden voor die twee uur van vandaag, denkt ze en ze merkt hoe haar nervositeit weer komt opzetten.

Twee uur zijn er voor de getuigenverklaring van Oreskovič ingeruimd. Vroeg in de middag zal hij hier terug zijn. Al het gedoe eromheen kost ongeveer 20.000 euro. Per dag. Dat heeft het tribunaal ervoor over om Kovač voor zijn rechter te brengen.

Het moet Oreskovič lukken.

Anders is alles voor niets geweest.

3 Een enorme heisa buiten voor het tribunaal op Churchill-plein 1; de politie van Den Haag heeft het druk vanmorgen. Voor de versperringen staan zo'n twintig politiebusjes. De politie draagt kogelwerende vesten, tussen hen patrouilleren een paar jongens van een elite-eenheid met machinepistolen. Achter de versperringen verzamelen zich de demonstranten met posters tegen Kovać en ze warmen zich op met spreekkoren. Niemand heeft rekening gehouden met wat hier zou gebeuren. Ten eerste vanwege de kou. Ten tweede is Kovać niet de eerste die voor het tribunaal verschijnt. Bovendien viel niet te verwachten dat de demonstratie uitgerekend op de drieënvijftigste procesdag zou escaleren. Laat staan op de vroege ochtend!

Het is Huysman inmiddels wel duidelijk dat hij gezien de steeds agressievere spreekkoren versterking moet aanvragen. Hij heeft te weinig manschappen. En de versperringen vindt hij er veel te gammel uitzien. Als de demonstranten erdoorheen willen breken, zullen die paar traliehekken en de betonnen palen hen daar niet van weerhouden. En mijn mensen al helemaal niet, denkt Huysman, terwijl hij zich langs de versperringen naar de commandowagen haast, van waaruit hij de operatie coördineert.

Hij heeft de smoor in omdat hij onderschat heeft wat er zou gebeuren. Huysman wist natuurlijk van de oproepen, want de demonstratie was goedgekeurd, maar met deze omvang heeft hij geen rekening gehouden, een enorme miskleun. Terwijl hij toch gisteravond thuis, bij het bekijken van de Facebook-groep van de demonstranten, al een eerste vermoeden kreeg van de dimensie die dit vandaag zou aannemen. Binnen een paar uur had het aantal 'likes' zich vertienvoudigd, omdat plotseling van alle kanten naar de site van de oproep voor de demonstratie werd gelinkt.

Toen had ik al moeten reageren, denkt Huysman.

Het tribunaal heeft in negen jaar in totaal al 161 voormalige militairen, leden van paramilitaire eenheden en politici uit het voormalige Joegoslavië aangeklaagd wegens oorlogsmisdaden – maar niemand, zelfs Milošević in hoogsteigen persoon niet, maakt bij de mensen zoveel los als Marko Kovać.

Bij Huysman is het niet anders. Hij heeft een dochter van drieëntwintig, Margret, die in Amsterdam scheikunde studeert. Toen hij zijn vrouw gisteren bij het avondeten over de Facebook-oproep met de onverholen dreigementen tegen Kovać vertelde, vroeg ze wat hij zou doen als Margret een van Kovać' slachtoffers was geweest. Als Kovać zijn mannen had bevolen haar te verkrachten. En als Huysman nu moest toekijken hoe Kovać de rechtbank tijdens het proces al tweeënvijftig dagen lang met tactische handigheidjes voor schut zette. Waarom ze trouwens al dat geld steken in een proces tegen iemand die je, als je eerlijk was, het liefst tegen de muur zou willen zetten.

Zou ik dat willen, denkt Huysman. Kovać tegen de muur zetten?

Hij stapt in de commandowagen. Jaren geleden heeft hij zichzelf al een denkverbod opgelegd als het ging om het 'waarom'. Hij is hier voor de beveiliging, hij mag niet vragen wie hij beschermt of waarom, of wat hij zou doen als hij zelf mocht beslissen. Hij beschermt, om het even wie, om het even waarom, dat is zijn werk.

Huysman trekt het portier achter zich dicht en gaat aan de kleine tafel zitten waar zijn portofoon staat die niet afgeluisterd kan worden. Terwijl hij door de zwartgetinte, kogelvrije ramen van de commandowagen naar de demonstranten kijkt, geeft hij door: 'Het is even na achten. Er zijn veel meer demonstranten dan verwacht. We hebben versterking nodig. Stuur iemand. Maakt me niet uit waarvandaan, deze toeloop was niet te voorzien, ik heb meer mensen nodig!'

Buiten voor de wagen drukken de demonstranten tegen de

traliehekken. Ze zijn allemaal in het zwart. In de rouw. Met borden in het Nederlands, Engels en Servo-Kroatisch, in Latijns en in cyrillisch schrift.

Huysman hangt op en ziet de foto's van de vrouwen en meisjes die door de demonstranten omhoog worden gehouden. De met Photoshop bewerkte foto's van de brug: Višegrad in de vroege zomer van 1992, elf bruggenpijlers waden door een rivier van bloed, de Drina. Dat ligt er naar Huysmans smaak een beetje te dik bovenop.

Hij denkt aan zijn dochter Margret, maar hij kan zich nu geen afleiding permitteren en dwingt zichzelf om zich te concentreren.

Wat te doen als de demonstranten doorbreken? Ik moet de beveiligde zone vergroten. Maar hoe? Ik moet op zijn minst meer traliehekken laten komen. Maar dat zal de demonstranten nu juist hun macht laten voelen en hen aanmoedigen de versperringen te doorbreken.

Is het al te laat? Waarom heb ik gisteravond niet gereageerd? Heb ik te veel sympathie voor die demonstranten? Zou ik Kovać tegen de muur zetten?

4 Twee politieagenten doorzoeken het vertrek met bomhonden. Routine. De laatste check. Door de vensters horen ze het gedempte geschreeuw van de demonstranten. Afgezien van hen tweeën is er niemand in zaal 3.112, want de bomhonden – Castor en Pollux – mogen niet onnodig worden afgeleid.

Castor snuffelt aan de zitplaatsen van de rechter, de aanklager en de advocaat, Pollux aan de tien rijen stoelen met elk tien plaatsen voor de toeschouwers. De laatste rij is gereserveerd voor de journalisten. Er blijven slechts negentig plaatsen over voor het publiek; erg weinig gezien de explosieve kracht van deze procesdag. Maar Huysman had pertinent geweigerd nog meer publiek toe te laten.

Ten slotte leiden de twee politiemannen hun honden naar de voorkant van de zaal, naar de kooi van kogelvrij glas die een salvo van een machinegeweer kan tegenhouden en waar Kovać in zal zitten. Ook hier vinden de honden niets, het vertrek is clean.

'We zijn klaar,' zegt een van de twee politiemannen in zijn portofoon en beiden brengen hun honden naar de auto die hen naar de kazerne zal terugbrengen. Een zittingsbode komt binnen en zet een bordje neer: DR. PENEGUY. PROSECUTOR. En de bordjes voor Kovać en zijn advocaat.

Veel tijd is er niet meer. De mensen van de security in hun kogelwerende vesten en met hun pistolen verspreiden zich over de zaal. Vandaag moet het eindelijk lukken Kovać' schuld te bewijzen.

De beschuldigingen: moord en aanstichting tot moord in 3953 gevallen. Verkrachting en aanstichting tot verkrachting van meisjes en vrouwen in de leeftijd tussen 12 en 72 jaar.

Plaats delict: Višegrad aan de Drina, bij de grens tussen Servië en Bosnië-Herzegovina. Om preciezer te zijn: de brug over de Drina en het hoger gelegen Vilina Vlas-hotel, waar de 'Wolven' van Kovać een paar maanden ingekwartierd waren. Vanuit de bruidssuite, het onderkomen van Kovać, had je het beste uitzicht op de brug, waar Kovać en zijn Wolven 3953 moslims, merendeels mannen, hebben geëxecuteerd en daarna in de Drina hebben gedumpt. Elf pijlers waden door een rivier van bloed.

Periode: van de vroege zomer tot de herfst van 1992.

Tot nog toe is het Peneguy, de aanklager, niet gelukt te bewijzen dat Kovać aan het hoofd van de commandostructuur heeft gestaan.

Maar vandaag, na tweeënvijftig procesdagen, moet juist dat gaan lukken – als Oreskovič, de kroongetuige, het niet laat afweten. Vandaag zal hij zijn getuigenis, die tot nu toe alleen op schrift staat, voor het gerecht herhalen, en de vragen van Kovać' advocaat en mogelijk van Kovać zelf moeten beantwoorden. De lucht zindert nu al van nervositeit.

Vier mannen van de security gaan rond de eveneens met pantserglas afgeschermde plaats van de kroongetuige zitten. Oreskovič loopt ernstig gevaar, want hij is niet zomaar iemand. Hij was – na Branko – de plaatsvervanger van Kovać in de hiërarchie van de Wolven. Tijdens de Bosniëoorlog was Oreskovič op de hoogte van alle beslissingen van Kovać.

De coördinator van de security checkt het vertrek voor de laatste keer. Zijn mannen hebben zich over de ruimte verspreid. De plaats van de kroongetuige is veilig. Huysman heeft het veiligheidspersoneel 's morgens vroeg op het laatste moment nog een keer verdubbeld. Op de honderd plaatsen in het publiek staan vijftien gewapende mannen van de security. 'We zijn zover,' zegt de coördinator via de portofoon tegen een collega die beneden in de hal wacht tot hij het publiek binnen kan laten. 'De journalisten alsjeblieft eerst.'

5 Peneguy had net zo goed in Den Haag ergens een studentenkamer kunnen nemen, want het maakt eigenlijk niet uit waar hij overnacht. Hij is toch altijd op kantoor.

Peneguy is veel te laat. Gisteren kon hij ook niet slapen. Tegen twee uur 's nachts was hij zich gaan opwinden, over zichzelf. Vandaag is de dag waar ze sinds maanden naartoe hebben gewerkt, en hij kon niet in slaap komen. Een whisky – die had hij van M'Penza voor zijn tweeënveertigste verjaardag gekregen. Nog een. En nog een. En daarna nog een slaaptablet. Toen was het halfdrie.

Nu zit die stomme slaaptablet nog steeds in mijn kop en verstopt mijn cortex, of hoe dat ook heten mag. Daar waar je denkvermogen zit. En waar het ook vandaag maar beter kan zitten.

Scheerschuim in zijn handpalmen. Inwrijven. In de spiegel kijken. Kom op jongen, begint hij zichzelf aan te moedigen. Even op gang komen, collega. Je zult het heus niet verprutsen. 70 procent dossiers. Er kan je niets gebeuren. Of ben je bang voor Kovać? Bullshit, Kovać ken ik vanbinnen en vanbuiten. Maar wat is Kovać met Oreskovič van plan?

Peneguy weet dat Kovać getuigen graag zelf ondervraagt wanneer hij in het nauw zit. Dat mag hij, want hij heeft zich als zijn eigen verdediger laten inschrijven. En Kovać heeft charisma, zoals dat heet. Zelfs in een glazen kooi, zelfs als verdachte krijgt hij het voor elkaar getuigen te intimideren. En ze buitengewoon behendig belachelijk te maken, zodat je hem niet echt kunt klemzetten. 'Je' ben ik in dit geval, denkt Peneguy.

'Ja?' Er werd op de badkamerdeur geklopt.

'Het wordt zo langzamerhand tijd,' zegt Caflish aan de andere kant van de deur.

'Ja.'

Peneguy slaat een pil tegen de hoofdpijn achterover en gaat verder met scheren. Natuurlijk snijdt hij zich. Het bloed vermengt zich met het scheerschuim.

Klungel. Hoe kun je nou zo stom zijn, collega? Beheers je toch.

'Het spijt me, sir,' zegt Caflish opnieuw. Dat moet hij doen, dat is zijn werk. 'Ik moet u echt vragen om op te schieten.'

Peneguy schreeuwt door de deur of hij hem tenminste op de wc een moment alleen kan laten. Maar dan: 'Neem me niet kwalijk. Ik kom eraan. Twee minuten. Dan ben ik start-klaar.'

Het bloed op zijn wang doet zijn uiterste best er theatraal uit te zien.

Peneguy lost sommige problemen het liefst op door ze te negeren. Begrijpelijk, als je zijn bureau ziet. Hij trekt het scheermes door het schuim. Water erover. Kijken. Klein wondje maar, een stukje wc-papier erop.

Caflish klopt. 'U hebt het me zelf gevraagd, sir.'

'Ja, ja, ja.'

Kovać gaat dit nooit winnen. Iemand als Oreskovič heb-ben we nog nooit in de getuigenbank gehad. Zijn getuigenis zal Kovać de kop kosten. Daarmee pak ik hem.

'Sir?'

Peneguy weet dat hij een podiumdier is. Als hij straks moet optreden, voor Kovać, de rechter, de pers en het publiek, zal hij zelfverzekerd zijn. Hij weet welk gezicht hij moet op-zetten, hij kent het effect. En als de adrenaline erbij komt – wat kan er dan nog fout gaan? Ik moet er gewoon op ver-trouwen dat lukt wat altijd lukt. Je kent jezelf inmiddels toch wel, collega.

'Vijf minuten,' roept Peneguy richting de deur. 'Wil je een kop koffie voor me maken?'

Nee, nee, Kovać zal hem niet kleinkrijgen.

Peneguy bekijkt zichzelf nog eens in de licht getinte spiegel van zijn luxueuze badkamer in zijn luxe appartement in hartje Den Haag, dat hij zichzelf gunt omdat hij een toevluchtsoord nodig heeft, en zijn toevluchtsoord heet luxe. Een tic die hij van zijn vader heeft geërfd, een fiscaal advocaat uit New York met een huis in de Hamptons. Peneguy wil ook weer terug naar New York, maar eerst heeft hij zichzelf een sabbatical verordonneerd. Vijf jaar schenkt hij aan het tribunaal om iets in beweging te krijgen.

En? Heb ik iets in beweging gekregen?

De spiegel is ongerust. Want Peneguy is absoluut nog niet het podiumdier. Zijn glimlach is die van een verliezer. En het wondje bloedt door het wc-papier heen. Niet meer dan een paar rode druppels, maar Kovać zal precies zien wat er met hem aan de hand is. Niet voor niets heeft Kovać het tot de top van de Wolven geschopt.

Kovać kan mensen lezen.

En Peneguy voelt zich een open boek.

Fuck.

6 Voor het zomerhuis staan drie limousines. Hetzelfde merk, Lexus, verlaagd, brede velgen, smalle banden zodat ze door een schutter moeilijker te raken zijn, getinte ramen, ondoordringbaar voor elke blik van buiten, kogelvrij, wat niet betekent dat ze bestand zijn tegen een langdurige beschieting door een machinepistool, maar een scherpschutter zal de ruit met één enkel schot niet kunnen doorboren. In ieder geval niet met de meeste kalibers.

De chauffeurs staan in hun zwarte pak naast hun wagen te wachten. Alle drie zijn ze grondig getraind, het kogelwerende vest onder hun colbert is amper te zien. Op een of andere manier ligt er over deze ochtend, die qua belichting moeite heeft op gang te komen, een nerveuze en gespannen sfeer, die op de chauffeurs is overgeslagen. Ze roken, zeggen geen woord en staan te vernikkelen van de kou, terwijl de zee lusteloos voor zich uit mompelt.

Hoewel de officiële vertrektijd pas om halfnegen gepland staat, moet het drietal hier vanaf zeven uur wachten, want Jasna is wispelturig; ze houdt alle mogelijkheden open en verwacht dat de chauffeurs klaarstaan. De drie mannen hebben bij Hilken geïnformeerd wat er in het zomerhuis, waar ze niet naar binnen mogen, gebeurt en of de exacte vertrektijd intussen vaststaat. Natuurlijk weet Hilken helemaal niets, want Jasna voert het commando, en Jasna is berucht om haar zwijgzaamheid en in tijden als deze is ze nog achterdochtiger dan ze toch al was. Vanzelfsprekend weten de chauffeurs waarom. Als het erom gaat iemand als Oreskovič te vervoeren, bestaat altijd het gevaar van een aanslag door een scherpschutter. Vanzelfsprekend hebben ze getraind wat hun in dat geval te doen staat. Snelheid opvoeren, weg uit de gevarenzone, niet in rechte lijn rijden, het de schutter zo moeilijk maken als maar kan.

En toch is het vervoer de zwakke plek. Een limousine is kwetsbaar, ondanks alles. Dan zijn geheimen de beste bescherming, ontbrekende informatie biedt meer veiligheid dan kogelvrij glas of het machinepistool van Hilken.

Jasna haast zich uit het huis naar de chauffeurs. Ze draagt een zwart pak en ziet eruit als een zakenvrouw, als je haar schoenen niet zou zien – zwarte sneakers en geen pumps, zodat ze kan rennen als het moet. De douche van zo-even heeft de droom definitief verdreven, ze voelt de adrenalinekick al en dat maakt de nervositeit er niet bepaald beter op.

Jasna heeft over de demonstranten voor het tribunaal gehoord, de opkomst is groter dan verwacht. Huysman had blijkbaar een verkeerde inschatting gemaakt en Jasna moet bedenken welke ingang naar het tribunaal ze zo meteen moet kiezen. Misschien moet ze eerder gaan rijden, voordat de alsmaar uitdijende mensenmassa de straten volledig verspert. Peneguy heeft voorgesteld Oreskovič per helikopter te vervoeren, maar daar was Jasna tegen. Een helikopter was kwetsbaarder en de diensten hadden een bericht over een Stinger die de stad in was gebracht. Dus liever met de limousines, dat is beter. Peneguy heeft met de security niets van doen, dat is Jasna's pakkie-an, en M'Penza vertrouwde haar en helemaal sinds ze Oreskovič hier heeft weten te krijgen.

'Komt u alstublieft naar binnen,' zegt Jasna.

De chauffeurs gooien hun sigaretten op de grond en lopen naar haar toe. De veiligheidsmensen willen hen volgen.

'Alleen de chauffeurs,' zegt ze.

Dat bevalt de veiligheidsmensen niet. Wantrouwen over en weer. Wil ze daarmee soms zeggen dat een van ons een lek kan zijn?

'Is er eigenlijk nog wel iemand die je vertrouwt?' vraagt Hilken.

Maar Jasna heeft geen zin in discussies, ze geeft orders en daarmee uit. En het is haar werk Oreskovič om tien uur voor de rechter te brengen. Al het andere kan haar geen zak schelen.

'Alleen de chauffeurs alstublieft.'

En de chauffeurs lopen langs haar heen naar het zomerhuis.

Vertrouwen is iets wat ik me morgen weer permitteer, wil ze tegen Hilken zeggen.

Maar Hilken is al verdwenen. Langs de limousines, richting strand. Oververmoeid en geïrriteerd door de achterdocht en ontoegankelijkheid van Jasna. Twee uur nog, dan wordt hij afgelost en kan hij eindelijk naar bed. Hij zal weer niet in slaap kunnen komen – te veel koffie, te veel sigaretten. Dan maar een beetje tv-kijken, liggen woelen. Oordopjes in, een beetje Chopin. Op een bepaald moment, tegen de middag, zal hij tussen de nocturnes door eindelijk in slaap sukkelen en vijf uur later weer wakker worden. Dat was het dan weer. Volgende week is hij vrij.

Jasna kijkt hem een ogenblik na. Dan loopt ze achter de chauffeurs het zomerhuis in.

7 Het tribunaal heeft vier ingangen. Jasna geeft elk een code:

Groen.

Geel.

Blauw.

En rood.

De chauffeurs kennen het gebouw natuurlijk allang; Jasna heeft de meest ervaren mannen uitgezocht. Een van hen heeft Kovać erheen gebracht, meerdere keren. Dus komt het op hen een beetje erg belachelijk over om in een verduisterde, benauwde ruimte naar Google Earth-opnames van Den Haag te moeten kijken.

'Welke ingang we nemen zal ik u op het allerlaatst meedelen,' zegt Jasna.

En zo gaat ze verder: drie limousines, drie routes. De plattegrond van Den Haag. De toegangswegen naar Den Haag.

Daarna laat ze de chauffeurs de routes herhalen. En ze

moeten braaf laten horen wat ze hebben onthouden. Dan nog een keer een recap van de codes:

Groen.

Geel.

Blauw.

Rood.

Zo'n poppenkast hebben ze nog nooit meegemaakt. Jasna heeft iets bazigs, waar de mannen niet van houden. 'Is er een verhoogde dreiging?' wil een van de chauffeurs weten.

Natuurlijk.

Het tribunaal is gisteren door de diensten gewaarschuwd. Er zijn semiprofessioneel versleutelde e-mails onderschept, oproepen tot een aanslag op Oreskovič. In Servië verschenen opeens sites vol moordbedreigingen op het internet, die weer verwijderd werden voordat de verspreiders ervan konden worden achterhaald. Een paar mensen van Kovač' oude eenheid zouden op weg zijn naar Den Haag, een paar dagen geleden al. Voormalige elitestrijders van het Joegoslavische leger die tijdens de Bosniëoorlog bij de Wolven waren terechtgekomen. De Wolven van Kovač. Elk met een body count hoger dan Huysmans hele elite-eenheid bij elkaar. En dan die kwestie met de Stinger.

Maar dat zijn maar geruchten. Precieze informatie is niet te verkrijgen. De hotels in Den Haag werden scherper bewaakt, zonder succes natuurlijk. Maar ergens moesten die knapen uithangen. En 'ergens' was natuurlijk niet de camping of het kampeerterrein. Of de kleine Servische gemeenschap in de stad.

Door de getuigenis van Oreskovič zou Peneguy Kovač eindelijk achter de tralies krijgen. Dat snapt Kovač ook wel. En daarom heeft Kovač in de aanloop naar het proces zijn Wolven laten speuren naar de zwakke plek van Oresko-vič. Die zoektocht was zo eenvoudig nog niet. De vrouw van Oreskovič was allang overleden. Gestorven aan kanker. Kinderen hadden ze niet. En in Belgrado woonde geen familie van Oreskovič meer.

De achilleshiel van Oreskovič was zijn zus, die al dertig jaar geleden naar Frankfurt was geëmigreerd en daar bij het Centraal Station de grillroom Jugoslawia dreef, die met het ververssen van het frituurvet voor de patat behoorlijk laks was. Eigenlijk had Oreskovič al jaren geen contact meer met zijn zus, en daarom was hij ook verrast over hoe heftig zijn reactie was toen hem in Tirana het bericht ter ore kwam dat iemand van Kovać' mensen – waarschijnlijk Begić of Stavros – een uitstapje naar Frankfurt am Main had gemaakt. Geen idee hoe ze aan zijn mobiele nummer waren gekomen. In ieder geval kon Oreskovič via een liveverbinding op zijn smartphone meebeleven hoe de hand van zijn zus bij een ideale temperatuur werd gefrituurd zodat het ververssen van het vet nu absoluut noodzakelijk werd, in de grillroom Jugoslawia, die bij het uitbreken van de oorlog in grillroom Belgrad was omgedoopt.

Oreskovič was in tranen uitgebarsten en had zich herinnerd hoe zijn zus en hij in de onschuldige tijden van hun onschuldige jeugd samen op de fiets naar het meer waren gereden, zijn zus op het zadel, hij achterop, tenslotte was hij vier jaar jonger. Hoe ze samen in het meer waren gesprongen en zijn zus hem naderhand met het grote badlaken, dat pas gewassen was en daarom schuurde, had afgedroogd – overal. Hij wist toen al dat er iets gebeurde wat verboden was, en zij wist het ook, maar ze deden net of ze hem gewoon afdroogde.

Daaraan dacht Oreskovič, nadat zijn zus – via een live-verbinding op zijn smartphone –, voor ze de Wolven had kunnen vertellen waar Oreskovič zich ophield, uiteindelijk was vermoord omdat iemand in de Bahnhof Strasse het gegil uit grillroom Belgrad had gehoord en de politie had gebeld, en Kovać' jongens niet wilden dat de zus van Oreskovič een verklaring kon afleggen over wie degene was met die voorliefde voor ongewone frituurproducten.

Een domme fout, want Oreskovič was vanaf toen alleen met zijn herinneringen.

Zonder vrouw.

Zonder kinderen.

Zonder familie.

Zonder zus.

Onkwetsbaar en bereid tot een getuigenverklaring.

Het is goed als de chauffeurs onthouden welke kleur welke route betekent.

Groen.

Geel.

Blauw.

Rood.

Want iemand als Kovać de voet dwars zetten blijft niet zonder gevolgen, in de Bahnhof Strasse in Frankfurt net zomin als in Den Haag.

Alleen dat wij voorin achter het stuur zullen zitten, terwijl Oreskovič op de achterbank van de Lexus sidderend zijn getuigenis tegemoet zal gaan. En misschien geen weet heeft van de geruchten over de Stinger, over de e-mails, de internetpagina's die iemand uit Kovać' vroegere eenheid door Nederland heen dirigeren. Over de Wolven die zich naar verluidt al een paar dagen in de stad ophouden, omdat ze er iets op tegen hebben dat Oreskovič om tien uur de rechtszaal bereikt. Stavros misschien. Begić misschien. Geruchten.

'Nog vragen?' vraagt Jasna aan de chauffeurs.

8 De commandant van de scherpschutters zet de lamp aan het plafond van de manschappenwagen aan en zet hem op daglicht. Want de wagen heeft geen ramen en het zou behoorlijk suf zijn als een van de acht scherpschutters uit de wagen springt en dan eerst even verblind en met de ogen knipperend rond zou lopen, kwetsbaar en weerloos, alvorens à la Tom Cruise dekking te zoeken. Per slot van rekening zijn deze mannen onderdeel van de militaire elite van Nederland, weliswaar een kleine elite, maar die toch in de Verenigde Staten werd getraind.

Ze kosten de staat Nederland inclusief opleiding en acht jaar salaris ruwweg een miljoen euro de man, en vandaag moeten ze bewijzen dat de 0,05 procent van de belastinginkomsten uit de Goudse en Edammer kazen goed zijn geïnvesteerd.

De wagen stopt. Het geschreeuw van de demonstranten dringt gedempt naar binnen. De commandant geeft een van de scherpschutters een teken. De man staat op, loopt naar de zijdeur en wacht.

Even licht een rood lampje aan het plafond van de wagen op. Dan opent de schutter de deur. Springt eruit. Zoekt à la Tom Cruise dekking zonder met zijn ogen te hoeven knipperen. Niemand zal hem zien, want de plek waar de chauffeur hem eruit heeft gelaten ligt in de afgeschermde beveiligde zone van het tribunaal. De wagen rijdt verder. De scherpschutter neemt zijn positie in. Wat inhoudt dat hij zijn geweer in elkaar zet en door het telescoopvizier de vensters aan de overkant van het tribunaal observeert. Natuurlijk hangen daarginds nu een paar langslapers uit de vensters, hoewel uitslapen door de demonstratie ook geen echte optie was.

'Op positie,' zegt de scherpschutter in zijn headset.

Hij heeft geleerd urenlang te blijven zitten, ook als zijn voeten beginnen te tintelen; zich niet te laten afleiden, ook als de demonstratie uit de hand loopt; steeds weer geconcentreerd de vensterrijen af te zoeken, ook als hij moe wordt.

Bijna een miljoen euro voor zo'n man.

Deze ochtend heeft Huysman er acht nodig; de tweede, derde en vierde zijn al uit de wagen gesprongen, hebben hun positie ingenomen, hun commandant kort op de hoogte gesteld en nu heerst er radiostilte.

Ze wachten.

Het is nog onduidelijk wanneer Oreskovič zal komen.

9 Oreskovič is drieënvijftig. Voor iemand van zijn kaliber een Bijbelse leeftijd; eigenlijk een wonder dat hij zich zo lang in Tirana verborgen heeft weten te houden. De meeste leiders zijn dood of zitten in de gevangenis, ginds in Scheveningen, niet al te ver van dit zomerhuis van waaruit Oreskovič door een tralieraam naar de donkere Noordzee staart.

Zelfs Kovać hadden ze te pakken gekregen, wat Oreskovič had verrast, want Kovać was de voorzichtigheid en paranoia zelve. Hij hield de Wolven altijd bij de les. Branko, Stavros, Begić en Zoran. De Wolven van Kovać waren uiterst loyaal, onder alle omstandigheden, omdat ze wisten wat ze van hem konden verwachten. En omdat er van ieder van hen video's bestonden waarmee Kovać ze in de tang had – een kleine, loyaliteitsbevorderende maatregel. Fraaie herinneringsvideo's van Višegrad in de hete zomer van 1992, van de brug over de Drina. Ze hadden allemaal een glimlach op hun lippen, een mes in hun hand of een kalasjnikov. Vijftien Wolven, 3953 moslims. Elf pijlers waden door een rivier van bloed.

Oreskovič is moe, niet alleen deze ochtend. De eeuwige vlucht heeft zijn tol geëist. Toen Jasna hem in Tirana opspoorde, was hij bijna opgelucht. Hij had zijn overtuigingen gehad – heeft ze eigenlijk nog steeds. Maar die overtuigingen zijn niet opportuun meer. Het waren een paar goede jaren geweest. En als alles anders was gelopen, was hij op dit moment waarschijnlijk minister. Er was die ene avond geweest, met Kovać en Branko en die twee flessen: de ene 55 procent alcohol, de andere 45. Ze hadden plannen gemaakt voor de tijd erna. Er werden beloftes gedaan, natuurlijk zou niemand die hier meevocht worden vergeten. En ze zouden zich het heft niet meer uit handen laten nemen. Dat was ten tijde van Srebrenica. Toen ze de NAVO naar hun pijpen konden laten dansen. Toen hun kleren altijd naar vuur stonken en ze om de andere dag ergens anders moesten overnachten. Jagers en gejaagden tegelijk. Tito was een partizaan geweest. Mao, Stalin. Hun geschriften waren in het communistische Belgrado hun schoollectuur geweest. Wel was het zo dat ze wisten wat partizanen te wachten stond, theoretisch althans: winnen of tegen de muur gezet worden.

Het bed achter Oreskovič is afgehaald, het laken en de deken heeft hij keurig opgevouwen. Ook zijn koffer is gepakt.

In Scheveningen zou hem waarschijnlijk een soortgelijke cel wachten als deze kamer. Achter tralies, veilig. Oreskovič heeft met Peneguy besproken dat hij niet bij Milošević en de Serviërs zal komen, uit vrees dat hij, de verrader, het in hun midden niet lang zou maken. Een realistische inschatting.

Want Oreskovič zal vandaag getuigen, over een paar uur, en met die getuigenis zijn doodvonnis tekenen.

Oreskovič is moe. De kracht om te strijden is weg. En de kracht die hem nog rest, heeft hij nodig om grip te krijgen op zijn herinneringen, maar dat werkt helaas niet goed. Hij probeert steeds verder terug te gaan in de tijd, tot het punt waar hij om zijn eigen onschuld kan glimlachen. Daar vindt hij de tienjarige jongen die met zijn zus in het meer gaat zwemmen en zich door haar laat droogwrijven op alle plekken. Dat kreng, denkt hij, hoe kon ze.

Oreskovič kan niet goed meer horen. Daarom schrikt hij als Jasna plotseling naast hem staat en verbaasd is dat hij het bed heeft afgehaald en zijn koffer heeft gepakt.

'Na uw getuigenverklaring komt u hier weer terug,' zegt ze. 'Vanmiddag bent u weer hier!'

Ze kijkt hem aan. Vandaag zal hij tegenover Kovać komen te staan. Ze weet dat hij bang is en dat hij zichzelf veracht om zijn getuigenis, dat hij geen toekomst meer voor zichzelf ziet. Toen ze hem in Albanië had gevonden, was hij sterk vermagerd. Hij was al in geen weken uit zijn woning van ongeveer veertig vierkante meter gekomen en had zich, naar de stank te oordelen, even lang niet meer gewassen en waarschijnlijk was het beddengoed al die tijd ook niet verschoond. Om de paar dagen was er een jongen uit de buurt gekomen om twee boodschappentassen met melk en water, brood en geitenkaas langs te brengen. Alsof hij nog steeds in de bergen ergens boven Višegrad zat. Oreskovič was net zo'n slachter als Kovać geweest, net iets minder bruut, net iets minder gewetenloos dan Branko. Maar daarna was hij weggevlucht in de rol van slachtoffer, in de rol van oude man die zijn gehoor en zijn geheugen verliest en die door zijn eigen mensen in de steek was gelaten.

'Het is hier West-Europa! We zullen u beschermen, maakt u zich geen zorgen,' zegt Jasna.

Ze geeft hem zijn kogelwerende vest. Ze zal hem bij het aantrekken moeten helpen. Oreskovič gedraagt zich zo zwakjes alsof hij niet in staat is zijn vest alleen aan te doen. Wat heeft deze man nog te verwachten? Die ene getuigenis, denkt Jasna. Dat moet je nog voor elkaar krijgen. Dat ben je de wereld verschuldigd.

'We hebben u nodig!'

Ze glimlacht en voelt zich tegelijk rot, omdat ze deze man gebruikt, omdat ze oneerlijk tegen hem is. Want eigenlijk wil ze hem geen vertrouwen geven, maar ze heeft hem nodig voor die getuigenis tegen Kovać. Daarna moet hij de bak in, natuurlijk. Jasna kent de getuigenverklaringen van de slachtoffers.

Ze helpt Oreskovič in zijn vest, knoopt het dicht, kijkt hem aan en glimlacht. 'Alles is onder controle,' zegt ze. 'U bent veilig! Kom alstublieft. We moeten gaan.'

10 Huysman is blij wanneer de gevraagde versterking eindelijk arriveert; zelfs uit Groningen zijn drie wagens gestuurd. Buiten wordt de sfeer steeds grimmiger. Om de vijf minuten – het ritme van de metro – spoelen nieuwe golven van demonstranten naar het tribunaal. Verder bussen vol demo-toeristen, uit Amsterdam en waar dan ook vandaan.

Huysman begrijpt de mensen – hoewel hij een oerconservatieve zak is (woorden van zijn dochter Margret). Ook hij weet wat Kovać heeft gedaan, de kranten staan vol met berichten uit Višegrad. Marko Kovać, de warlord, commandant van de Wolven en de grootste misdadiger van de oorlog in Joegoslavië die hier ooit werd aangeklaagd.

Huysman werpt een blik op zijn mensen: het plan om de beveiligde zone te verschuiven is onmogelijk, zoveel is Huysman inmiddels duidelijk. De demonstranten dringen op, veroorzaken een druk die zijn mensen niet aankunnen. Hij mag blij zijn als ze de bestaande linies kunnen houden.

Hij praat in zijn portofoon, trekt zijn eerdere order in. Als hij bij de versperringen komt, moet hij over het geschreeuw van de demonstranten – 'Kovać murderer', 'No revenge but justice!' – heen brullen om zich verstaanbaar te maken. Huysman is negenenvijftig en hij merkt dat deze klus hier hem boven het hoofd begint te groeien.

Achter het hek staat een jonge vrouw die hem een briefje toesteekt. Eerst wil Huysman het niet lezen. Maar iets aan die vrouw onderscheidt haar van de overige demonstranten en hij werpt een blik op het briefje, schrikt en laat zijn mensen het hek openen, snel, om de vrouw door te laten, wat niet meevalt, want een groep jongeren uit Amsterdam probeert van de gelegenheid gebruik te maken de barrière te doorbreken en Huysman heeft al zijn gezag en kracht nodig om de opening in het veiligheidshek weer dicht te krijgen.

Haastig en zo vlug hij kan neemt hij de jonge vrouw mee van het veiligheidshek naar de zijingang van het tribunaal. Hij trekt haar dicht naar zich toe, schermt haar af voor de blikken van de mensen die uit de vensters van het gebouw aan de overkant leunen. Zo zorgt hij ervoor dat een schot van die kant haar niet zou kunnen raken.

'Waarom bent u zonder politiebescherming hierheen gekomen?' vraagt hij haar. Hij moet nog steeds schreeuwen, zodat ze hem verstaat.

'Omdat ik de politie niet vertrouw,' zegt ze.

Huysman trekt haar langs een collega het gebouw binnen, waar plotseling stilte heerst nadat de deur zich achter hen heeft gesloten, zodat Huysman veel te hard praat als hij zich tot een bode wendt.

'Wilt u haar naar aanklager Peneguy in zaal 3.112 brengen?'

De bode controleert het papier dat de vrouw hem geeft en kijkt haar aan. Ze is een getuige. Op het papier staat uitsluitend haar codenaam genoteerd, een veiligheidsmaatregel voor kroongetuigen.

Slavenka 378.

11 Caflish wacht voor de deur van Peneguys kantoor. Zijn smartphone gaat. De bode meldt de komst van de getuige.

Caflish klopt op de kantoordeur en gaat naar binnen.

Peneguy zit aan zijn bureau en bladert een laatste keer door de processtukken. Op zijn wang zit een pleister.

Caflish kent Peneguy intussen goed genoeg om te weten dat hij vanmorgen nog niet in vorm is en dat hij daar achter zijn bureau zijn zoveelste preflight-check uitvoert. Twee jaar dossierstudie in het geval-Kovać; wat precies wil hij nu – tien minuten voor aanvang van de zitting – nog in zijn hoofd stampen? Caflish weet dat Peneguy bang is en het was slimmer als Peneguy zijn angst beter zou verbergen dan hij nu zichtbaar doet.

Sinds de aanslag acht maanden geleden is Peneguy zijn Ivy League-charme kwijtgeraakt, die mix van alfamannetjesgedrag, ochtendsit-ups, Burlington-sokken en winnaarslach, waarmee Peneguy het al tot in de redactie van de *Harvard Law Journal* heeft geschopt. Daar kun je van houden, of – zoals Caflish – niet.

Destijds was Peneguy bij de aanslag de dans ontsprongen, want Bliekendaal, de voorganger van Caflish, reageerde snel en had precies dat gedaan waarvoor hij negen jaar lang door het tribunaal werd betaald: Peneguy beschermen. De kogel had de halsslagader van Bliekendaal uiteengereten, de bloeding was niet te stelpen geweest, de toevoer naar de hersens was gestokt en waarschijnlijk was het maar beter ook dat de artsen in de ambulance hem niet hadden kunnen reanimeren. Bliekendaal was voor Peneguy gestorven.

Peneguy had er nooit rekening mee gehouden dat zoiets kon gebeuren. Zijn eigen dood had hij altijd op de koop toe genomen, maar niet de mogelijkheid dat zijn bodyguard ervoor stierf dat Peneguy de vermoedelijke opdrachtgever van de aanslag, Kovać, maanden later achter de tralies kon krijgen. Peneguy had zich medeschuldig gevoeld tegenover de weduwe van Bliekendaal en zijn nu veertienjarige zoon.

In ieder geval is Peneguy, zoals de meesten hier, een meester in het verdringen. Maar deze ochtend, als hij met de pleister op zijn wang en de slapeloze nacht nog in zijn ogen vanachter zijn mappen naar Caflish, de opvolger van Bliekendaal, opkijkt, ziet hij er alleen maar afgepeigerd uit.

'Jasna is met Oreskovič onderweg,' zegt Caflish.

'Bedankt,' zegt Peneguy met een knik. Hij verschuilt zich weer achter zijn mappen.

Caflish zou nu moeten gaan en hem de laatste minuten alleen moeten laten, maar Caflish blijft staan en Peneguy kijkt op.

'Is er nog iets?'

Caflish loopt naar Peneguy. 'Neem me niet kwalijk, sir.' Een kleine grensoverschrijding die hem lastig over de lippen komt. Caflish wijst naar de pleister op Peneguys wang. 'Het ziet er niet goed uit als u gewond de strijd aangaat.' Caflish gnuift. 'U moet het op zijn minst niet laten zien.'

Niet voor de camera's in rechtszaal 3.112, die vanavond de hele wereld kunnen laten weten dat de aanklager zich kennelijk niet tegen zijn tegenstander opgewassen voelt.

Peneguy kijkt Caflish aan. Het contact met deze man uit Aberdeen is nooit erg innig geworden. Er is ook nauwelijks iets wat de advocatenzoon uit New York met het staalarbeiderskind uit Schotland verbindt. Ik wil me dat eigenlijk niet laten zeggen, denkt Peneguy wrevelig, en al helemaal niet door hem. Maar Peneguy weet dat Caflish gelijk heeft.

'Nog iets?' vraagt Peneguy.

'Kovać wordt op dit moment naar de rechtszaal gebracht,' zegt Caflish.

Op een of andere manier ontwaakt in Peneguy toch nog het podiumdier dat hij tot dan toe goed had weten te verstoppen. Hij tovert zijn *Harvard Law Journal*-glimlach tevoorschijn, die Caflish eigenlijk niet kan uitstaan. Hij zegt dat Kovać nog even moet wachten.

'Zeg maar tegen hem,' zegt Peneguy terwijl hij naar de pleister op zijn wang wijst, 'dat ik nog steeds in het militair hospitaal ben. Een ongelukje met mijn wapen.'

Caflish lacht terug. Hij loopt naar de deur en doet hem achter zich dicht.

Peneguy trekt de pleister van zijn wang en bekijkt zichzelf in de scheerspiegel.

Geen bloed, niets te zien. Alles oké.

Hij slaat de mappen dicht. Klaar, dit is het moment om naar buiten te gaan en het spel te spelen. Peneguy staat op, trekt zijn colbertje aan. Bliekendaal mocht hij, heel graag zelfs. Dat hij Caflish op een afstand houdt, moet er ergens mee te maken hebben dat de dood van Bliekendaal hem zo heeft aangegrepen. Vanaf een bepaalde verdieping laat iedereen hier niemand te dichtbij komen en trekt een muur op. Buiten in de commandopost – in de rechtszaal – zijn emoties gevaarlijk omdat ze je kunnen meeslepen en fouten kunnen uitlokken die Peneguy vandaag niet zal maken.

Al is het maar voor Bliekendaal. Of voor Bliekendaals zoon die zonder vader moet opgroeien. Of voor Bliekendaals weduwe die mij niet kon aankijken bij het graf van haar man, denkt Peneguy en hij pakt de mappen.

Hij is gewapend voor de strijd.

12 De oude vrouw zit op de vierde verdieping bij het raam, haar onderarmen steunen op een kussen en ze kijkt naar buiten. Het plein voor het tribunaal staat vol met demonstranten, allemaal in het zwart. Daarbij een politiemacht zoals de oude vrouw hier nog nooit heeft gezien. Het is koud vanochtend op deze derde december van 2005. Ze heeft een hekel aan de winter, dat heeft met haar reuma, de grauwe lucht en haar depressie te maken.

Als er de eerste keer wordt aangebeld, krijgt ze dat niet mee. Ze hoort niet meer zo goed. Helemaal niet als er buiten wordt geschreeuwd. Op dit moment heel erg hard, want een vrouw met een hoofddoek, ook in het zwart gekleed en – voor zover de oude vrouw het van hierboven kan inschatten – ergens in de vijftig, verbrandt een meer dan levensgrote foto van een man. De oude vrouw heeft de foto van de man gisteren in de krant gezien. Hij heet Kovać.

Nu pas, als er nog een keer wordt aangebeld, hoort ze het. Ze is verbaasd. Rond deze tijd krijgt ze eigenlijk nooit bezoek. Omdat ze zelf niet meer kan of wil koken, komt Marieke haar eten brengen, maar dat doet ze pas 's middags.

Er wordt voor de derde keer aangebeld; de oude vrouw draait zich om naar de deur, let even niet op en het kussen valt naar beneden op straat – als een slecht voorteken.

Ook de scherpschutter op het dak van het tribunaal ziet het kussen vallen, meteen nadat ze het heeft losgelaten. Hij kan het gezicht van de oude vrouw zien voordat ze wegdraait en in de woning verdwijnt, waar de scherpschutter haar niet meer kan zien. Dus kijkt hij weer naar de brandende foto beneden. Zes agenten, van wie één met een brandblusser, hebben zich meteen een weg door de demonstranten gebaand en het vuurtje – gevaarlijk in het dichte gedrang – is snel geblust.

De oude vrouw loopt naar de deur, geïrriteerd door het verlies van het kussen – het was een cadeau van haar kleindochter. Misschien kan ze Marieke, die vandaag blijkbaar om wat voor reden dan ook veel te vroeg is, vragen het kussen naar boven te brengen. Hopelijk trapt er niemand op, want ze zal het niet kunnen wassen en haar kleindochter heeft op dit kussen de kruissteek geleerd.

De bel gaat nog een keer. Wat is er vandaag met Marieke? Anders is ze toch nooit zo ongeduldig.

Dan staat de oude vrouw bij de deur en doet open.

13 Voor het eerst had ze hem er in Tirana naar gevraagd. In Tirana, waar hij zich verborgen hield in een negen verdiepingen tellend flatgebouw dat Jasna aan Berlijn-Marzahn deed denken en waar de belpanelen nummers hadden en geen namen. Zijn nummer was 503. Vijfde etage, derde flat links. Pal naast de lift, die Oresković 's morgens tussen zes en acht, als de mensen naar hun werk gingen, doorlopend uit zijn slaap hield. Terwijl hij in zijn gepensioneerdenbestaan dat hij hier vier jaar kon leiden geleidelijk verloederde, innerlijk en uiterlijk.

'Waar is het Kovać-veld?' vraagt Jasna.

De lijken van de 3953 moslimmannen die door de Wolven op de brug in Višegrad waren doodgeschoten en in de Drina waren gegooid, hadden de rivier zo erg verstopt dat de drinkwatervoorziening in het zeventig kilometer verderop gelegen Bajina Bašta het had begeven. Dus moesten de Wolven de lijken een paar kilometer van de brug vandaan weer uit de Drina vissen en ergens onder de grond stoppen, op het Kovać-veld, een massagraf dat nog niet was gevonden, net zomin als de video's die de Wolven van het bloedbad op de brug hadden gemaakt.

Oresković zwijgt. Hij zit naast Jasna op de achterbank van de Lexus met de getinte ramen. Het kogelwerende vest knelt; hij is dik geworden sinds hij in voorarrest zit en er meer te eten is dan brood en geitenkaas, en meer te drinken dan melk en water.

Ze vraagt hem opnieuw naar het Kovać-veld, en naar de video's waarmee ze ook Branko zou kunnen aanhouden. Begić. Stavros. De rest van de Wolven.

'U hebt mijn verklaring, daar heb ik niets aan toe te voegen,' zegt Oresković.

'Waarom?'

Al bijna tien jaar zijn de onderzoekers van het tribunaal op zoek naar het Kovać-veld, maar er was nog geen getuige te vinden die bereid was de onderzoekers van het tribunaal erheen te brengen. Zelfs de toezegging van strafvermindering of een gedeeltelijke amnestie heeft niemand van de al gearresteerde Wolven, die moeten weten waar het Kovać-veld is, tot een verklaring kunnen overhalen. En al helemaal niet over waar de videobanden van de moordpartij op de brug van Višegrad zich bevinden.

Oreskovič probeert het raampje te laten zakken. Hij heeft frisse lucht nodig en hij kan er niet tegen dat hij het grauwe Nederlandse achterland tien kilometer boven Scheveningen door die zwartgetinte ramen heen te zien krijgt, waardoor het er nog somberder uitziet.

Er is geen beweging in het raampje te krijgen.

'Ik heb licht nodig! Het voelt hierbinnen of je in een rottige doodskist zit.'

Het was Jasna al vaker opgevallen, zowel in Tirana als toen ze hem via omwegen naar Den Haag had gebracht: de man had een manier van uitdrukken die niet echt had gepast bij de minister die hij na de oorlog graag was geworden.

'Het spijt me,' zegt ze. 'De ramen moeten dicht blijven. Om veiligheidsredenen.'

Jasna begrijpt echt niet waarom hij geen verklaring over het Kovać-veld wil afleggen. Hij moet er geweest zijn, daar is ze zeker van. Kovać, de nummer 1, Branko, de nummer 2 en Oreskovič, de nummer 3.

'Waarom vertelt u me niet waar de videobanden zijn? Of het Kovać-veld?'

Hij zwijgt.

Een laatste poging.

'Vertelt u me dan tenminste de echte naam van Branko. Wie is die man?'

Van Branko bestaan geen foto's; hij is de enige uit de top van de Wolven van wie het tribunaal de ware identiteit niet kent. Branko – een man met een oorlogsnaam, zonder gezicht, zonder verblijfplaats en zonder verleden.

Oreskovič kijkt haar aan.

'Vergeet het,' zegt hij opnieuw. 'U hebt mijn verklaring, meer krijgt u niet.'

14 Caflish gaat Peneguy voor door de gang. Hierachter wordt de buitenwereld niet toegelaten. Desondanks zijn er allerlei veiligheidsmaatregelen. Een van de beambten knikt naar Caflish, opent een achterdeur van zaal 3.112 en laat beide mannen binnen.

Peneguy kijkt om zich heen. Dit hier is het strijdtoneel. Alle honderd plaatsen zijn bezet. Vrouwen zijn verreweg in de meerderheid. Geen wonder bij het onderwerp dat vandaag – vóór het verhoor van Oreskovič – op de agenda staat. Bij elk van de drie deuren staan twee met machinepistolen gewapende politiemannen. Een zittingsbode noemt Peneguys naam. De toeschouwers staan op van hun zitplaats en kijken naar hem. Peneguy groet de menigte met een knik. Hij wil naar zijn plaats gaan, maar blijft bij de deur staan. Hij wacht.

Zijn plaats bevindt zich tegenover de toeschouwerstribune, vlak naast die van de verdediger. Daartussen de kooi van pantserglas, waarin Kovać als op een beschermde troon zit te wachten. Kovać steunt met zijn kin op zijn ene hand en zijn elleboog op tafel. Met zijn andere hand zit hij met een koran te spelen terwijl hij Peneguy aankijkt. Zo onverschillig mogelijk. Zo provocerend mogelijk. Hij heeft alle tijd van de wereld. Hij is volkomen onbewogen. En denkt er ook vandaag – net als de vorige tweeënvijftig procesdagen – niet aan Peneguy als een serieus te nemen tegenstander te accepteren.

Uiteindelijk gaat een van de twee politiemannen achter Kovać de glazen kooi binnen en spreekt zachtjes met hem, blijkbaar een verzoek om op te staan. Maar Kovać verzet geen voet, negeert de politieman, die zijn collega erbij roept. De politiemannen grijpen Kovać onder zijn armen en willen hem van zijn zitplaats trekken. Maar Kovać schudt de twee van zich af en verzet zich tegen iedere verdere aanraking. Ten slotte staat hij op en glimlacht ironisch naar Peneguy. Oké, deze keer heb jij gewonnen, maar je weet wat je nu te wachten staat. Kovać is in de tweeënvijftig zittingsdagen een meester geworden in het opzoeken van grenzen. Hij voelt precies hoever hij kan gaan voordat hij met echte consequenties rekening moet houden.

Peneguy loopt naar zijn plaats, nu is hij de koning. Maar slechts voor heel even, want als hij langs de glazen kooi van Kovać komt, roept die: '*What happend to your skin?*' Hij wijst naar het wondje op Peneguys wang, het sneetje, en glimlacht spottend.

Er zijn, zoals gezegd, redenen waarom Kovać zich jarenlang aan de top van de Wolven wist te handhaven: hij heeft een neus voor de zwakke plekken van anderen, hun vrees, hun angst. Daar maakt hij schaamteloos misbruik van. Machtsvertoon in elke situatie, zonder uitzondering.

Kovać is een alfamannetje onder alfamannetjes; iemand die zijn vak niet in een collegezaal in Cambridge, Massachusetts of in Burlington-winkels heeft geleerd, maar – onder andere – in Višegrad aan de mooie, rode Drina.

Nog voor Peneguy kan reageren komt Laurence Thoreau, de rechter, de zaal binnen. Een kaal hoofd met groot gezag. Kalm, marathonloper, een glimlach op zijn lippen. Peneguy heeft Thoreau altijd bewonderd, want Thoreau is als geen ander in staat in een gespannen en verhitte situatie de sfeer rustig en zakelijk te houden. Met zijn fijne mimiek houdt hij de gemoederen meesterlijk in bedwang. Laurence Thoreau kijkt op de klok.

8.30 uur.

Tijd om te beginnen.

Thoreau gaat zitten en met hem het publiek. Hij knikt naar Kovać, knikt naar de advocaat van Kovać. Naar Peneguy. Ten slotte verzoekt hij de zittingsbode de eerste getuige op te roepen.

Ze zal haar verklaring onder een schuilnaam afleggen. In plaats van een achternaam heeft de vrouw een nummer: 378. Het getal is niet toevallig gekozen. De verkrachtingsslachtoffers uit het Vilina Vlas-hotel zijn geteld. Voor zover ze bekend waren. De voornaam is willekeurig gekozen: Slavenka.

Slavenka 378.

'Brengt u haar naar binnen.'

15 Je kunt niet zeggen dat haar leven, dat zo-even – nog geen twee minuten geleden – met geweld werd beëindigd, gelukkig is geweest.

Toen de ex-man van de oude vrouw afgelopen jaar stierf, had ze hem veertien jaar niet meer gezien. Haar dochter, haar enige, heeft altijd partij getrokken voor haar vader. Het kussen met de kruissteken stamt nog uit de tijd van voor de scheiding toen de oude vrouw haar kleindochter regelmatig zag. Destijds legde de oude vrouw van het huishoudgeld elke week stiekem wat opzij in een sigarenkistje, dat ze tussen haar ondergoed verstopte voor haar man om het haar kleindochter zo nu en dan toe te stoppen. Vandaag – op de sterfdag van de oude vrouw – is het bijna zeven jaar geleden dat de kleindochter haar oma voor het laatst heeft gezien. De dochter is inmiddels midden vijftig en denkt alleen in sentimentele buien rond de kerst nog aan haar moeder. Het enige sociale contact van de oude vrouw is Marieke, die vandaag – net als afgelopen driekwart jaar – tegen half een zal komen. Het middageten is al klaar en zal zo verpakt worden. Marieke zit nog in bed de krant te lezen; ze houdt ervan 's morgens de tijd te nemen.

Het was troostrijk geweest als er ten minste één iemand was die iets gemerkt zou hebben toen de oude vrouw stierf en misschien de hik had gekregen of hoofdpijn. Haar dochter misschien, die net bij een kiosk op Amsterdam Centraal een nummer van de *Playboy* verkocht en, terwijl de koper in zijn portemonnee rommelde, wezenloos naar de tieten op de voorpagina staarde en zich afvroeg wat die operatie had gekost.

Maar niemand kreeg de hik of hoofdpijn toen de oude vrouw nog geen twee minuten geleden in afwachting van Marieke de deur opende, de man die verscheen – Begić – verbaasd aanstaarde en perplex naar het pistool keek dat hij op haar gericht hield.

Begić schoot en ving de oude vrouw met zijn linkerhand op, want hij wilde elk lawaai vermijden. Anders hadden de buren het neerploffen van het lijk, dat Begić op minstens vijfenzeventig kilo schatte, ondanks de herrie van de demonstratie buiten misschien kunnen horen. Begić wist nog uit

Belgrado hoe gehorig zulke flatgebouwen waren, hij was er zelf in opgegroeid. Het gebaar waarmee hij haar opving en op de grond legde was bijna liefdevol, wat de oude vrouw zelf – had ze de scène van buitenaf kunnen zien – waarschijnlijk zelfs ontroerd had.

Begić heeft de deur dichtgedaan. Hij staat nu in de dode hoek van de kamer en kijkt voorzichtig uit het raam waaruit de oude vrouw leunde. Hij speurt het tribunaal aan de overkant af op scherpschutters en opent de meegebrachte koffer.

Terwijl hij zijn geweer monteert

- moet Marieke om een strip in de krant lachen;
- wordt het eten van de oude vrouw in een plastic bak gedaan;
- legt haar dochter op Amsterdam Centraal het geld in de kassa waarmee een klant net een *Vogue* heeft betaald;
- steekt haar kleindochter in Parijs een sigaret op – de derde vandaag, hoewel ze zwanger is – overdonderd door de gedachte dat haar ongeboren dochter haar vader nooit zal leren kennen;
- wordt Slavenka 378 naar rechtszaal 3.112 gebracht;
- merkt Oresković dat hij misselijk wordt, want de weg zit vol bochten en de lucht in de Lexus is slecht (hij heeft een hekel aan airco's);
- trekt Hilken zijn kogelwerende vest uit, omdat hij – vroeger dan verwacht – kan gaan slapen.

Begić trekt de gordijnen dicht.

16 De nieuwe advocaat van Kovać is eergisteren uit Belgrado gearriveerd. Zijn Engels werd in Oxford opgepoetst, zijn schoenen uit Bond Street vanochtend in het luxehotel buiten Den Haag en zijn manieren in vijf jaar diplomatieke dienst, voordat hij zijn kantoor in het centrum van Belgrado heropende, niet ver van het presidentiële paleis. Drieënzestig kilo arrogantie met een voorliefde voor langeafstandslopen en hoofdzinnen met drie bijzinnen. Een man met altijd vochtige lippen die zich graag door alle twaalf ronden heen wauwelt en zich per ronde één tot twee stoten onder de gordel permitteert.

'Ik maak bezwaar,' zegt hij. Hij wenst de echte naam van de getuige te horen – zelfs nadat Peneguy de rechter heeft uitgelegd waarom de getuige beter 'Slavenka 378' kan blijven heten. Omdat anonimiteit het enige is wat haar kan beschermen.

Peneguy heeft zesendertig getuigenverklaringen, waarvan er maar acht voor het gerecht bruikbaar waren. De overige getuigen hebben hun verklaring ingetrokken zodra hun echte naam bekend werd en de bedreigingen en aanslagen in hun omgeving zich opstapelden. Wat de advocaat van Kovać zeer spijt, maar niet als ter zake doend beschouwt, tenzij zijn cliënt, die hier in Den Haag in voorlopige hechtenis zit, ervan beschuldigd wordt daar iets mee te maken te hebben. Daarvoor zijn aantoonbare bewijzen nodig, anders bestaat het risico van een klacht.

De lippen van de advocaat glimmen. Peneguy heeft de getuigenverklaring van Slavenka 378 nodig. Zoals hij hierna de verklaring van Oreskovič nodig heeft, en wel dringend.

'U beschuldigt mijn cliënt van het aanzetten tot massaverkrachting,' zegt de advocaat. 'Een dergelijke beschuldiging is zeer ernstig! Om daar als verdediger adequaat op te kunnen reageren, moet ik weten van wie ze eigenlijk afkomstig is.'

De advocaat schenkt Slavenka 378, die maar drie meter van

hem vandaan zit, een glimlach, waarin hij alle onschuld legt waartoe hij in staat is. Misschien heeft de getuige alleen maar een sprankelende fantasie? Misschien liegt ze om persoonlijke redenen die ze achter haar anonimiteit verborgen houdt?

Hij kijkt Thoreau, de rechter, aan.

'Hoe moet ik dat kunnen onderzoeken als de getuige haar ware naam niet noemt? Hoe moet ik daar stelling tegen nemen?'

Slavenka 378 kijkt naar de grond. Peneguy werpt een blik op haar. Eergisteren heeft hij haar in zijn kantoor ontmoet, met haar over de verklaring gesproken, haar gewaarschuwd, en geprobeerd haar voor te bereiden op de oorspronkelijk voorziene advocaat van Kovać. Daarna was het bericht gekomen dat Kovać – vanwege de getuigenverklaringen van Oreskovič en Slavenka 378 die hem te wachten stonden – van advocaat zou veranderen.

Nu moet Peneguy overwegen waar zijn prioriteit ligt. Hij ziet Slavenka 378 en het is hem duidelijk wat voor beproeving de verklaring voor haar is. Hij denkt aan de bedreigingen waaraan de andere getuigen waren blootgesteld.

'Wij allen weten dat de anonimiteit het enige is wat de getuigen werkelijk beschermt,' zegt Peneguy tegen de rechter. Hij verwijst naar het grote aantal bedreigde familieleden van de getuigen en weet zelf dat de advocaat hem onmiddellijk van repliek zal dienen en met zijn op Bond Street fraai ingepakte drieënzestig kilo's uit zijn stoel zal opspringen.

Mocht de aanklager nog een keer iets dergelijks insinueren, dan zal hij daadwerkelijk een klacht indienen, en meneer Peneguy…

'Doctor Peneguy,' zegt Peneguy en hij ergert zich prompt omdat hij de volgende ronde heeft verknoeid.

Doctor Peneguy zal dan mogelijk als aanklager vervangen moeten worden, wat het proces op een voor zijn cliënt onacceptabele wijze zou verlengen. Zijn cliënt is veel aan de waarheid gelegen en hij heeft zich steeds coöperatief opgesteld.

Peneguy kijkt Slavenka 378 aan.

De advocaat van Kovać snuift. Hij laat zich weer op zijn stoel vallen. In de zaal heerst absolute stilte, zodat zijn gesnuif tot op de laatste rij van de honderd zitplaatsen te horen is.

Peneguy werpt een blik op de rechter. Wat moet ik doen als de anonimiteit van mijn getuige wordt opgeheven, denkt hij. Dat heb ik niet meer in de hand. Peneguy kijkt Slavenka 378 aan. Onder wat voor druk staat deze vrouw?

Hij denkt aan Bliekendaal.

Dan ziet hij hoe Kovać provocerend met de koran in zijn hand zit te spelen. Er een bladzij uittrekt en die in alle rust in snippers scheurt. Intussen blijft hij al die tijd Slavenka 378 aanstaren.

Nee, denkt Peneguy, dat mag ik niet toelaten. Ik heb altijd Oreskovič nog. Dat zal genoeg zijn. Ze mag geen verklaring afleggen, ik wil haar niet in gevaar brengen.

17 Als het moet kan Begić zijn Dragunov in het donker in elkaar zetten. Ook onder tijdsdruk. Desnoods met één hand. Dat heeft hij in een Joegoslavische elite-eenheid geleerd die een jaar lang in een kamp in de buurt van Moskou is opgeleid. In ieder geval kregen ze de basisbeginselen bijgebracht. De finesses heeft hij zich daarna onder Kovać eigen gemaakt, onder realistische omstandigheden, in de burgeroorlog.

Begić bevestigt het geweer op een statief en zet het naast

het open raam – waarvan hij het gordijn heeft dichtgetrokken, zodat hij van buitenaf niet te zien is. Hij heeft de posities van de scherpschutters aan de overkant op het dak van het tribunaal al ontdekt. In elk geval drie, maar waarschijnlijk moet hij rekening houden met acht. Want zoveel mannen passen in het busje waaruit hij eerder een van de scherpschutters heeft zien springen.

De demonstranten proberen de boel op te hitsen door de naam van degene te scanderen die daar in het tribunaal nu in zijn glazen kooi zit, zijn handen vouwt en Slavenka 378 aanstaart. 'Kovać' klinkt vreemd uit een Nederlandse mond, denkt Begić terwijl hij zijn headset opzet. Hij geeft door dat hij nu op positie is.

'Kovać – murderer!'

Dat begrijpt iedereen, zowel om 20.00 uur op de BBC als om 20.15 uur op de ARD of de hele dag op CNN.

Mooi dat jullie er allemaal zijn, denkt Begić, en hij zegt in zijn headset: 'Over.'

18 Heel even is de scherpschutter die boven op het dak van het tribunaal zit en door het telescoopvizier de vensterrijen aan de overkant afzoekt in de war. Het raam waaruit daarnet de oude vrouw leunde, staat – ondanks de kou – wijd open, maar van de oude vrouw is niets te zien. In plaats daarvan is het gordijn ervoor geschoven. Het kussen met de kruissteken ligt nog steeds op straat, ziet de scherpschutter. Waarschijnlijk, denkt hij, is de vrouw op weg naar beneden, en dat kan gezien haar leeftijd wel even duren.

Hij kijkt verder langs de vensterrijen. En als Huysman via

de portofoon van hem de stand van zaken wil horen, heeft hij niets bijzonders te melden.

'Bedankt en over.'

19 Kovać' advocaat mag met het getuigenverhoor beginnen. Slavenka 378 doet haar best overeind te blijven.

Peneguy heeft kort met haar gesproken en haar nadrukkelijk aangeraden haar verklaring in te trekken. Tevergeefs.

'Bent u moslima?' vraagt de advocaat.

Ja, knikt ze.

'Hebt u kinderen?' vraagt de advocaat.

Een ogenblik is ze stil. Dan schudt ze haar hoofd.

'Pardon?' vraagt de advocaat en hij verzoekt haar beleefd de verklaring mondeling te herhalen. Voor de vorm, omdat het hoofdschudden mogelijk niet voor het gerecht bruikbaar is. Maar feitelijk wil hij haar aan de praat krijgen om haar zijn macht te demonstreren. Hij vraagt. Zij moet antwoorden. Zo gaat het spel.

'Nee,' zegt ze, 'geen kinderen.'

De advocaat veert op uit zijn stoel en slentert met de zekerheid van een hoerenloper die alle vrouwen uit het bordeel kan kopen naar haar toe.

'Dat klopt,' zegt hij. 'Op 24 maart 1992 hebt u een abortus ondergaan. In Goražde.' Hij kijkt in zijn notities. 'Uitgevoerd door dokter Mativić.'

Nu kijkt hij haar aan. Zijn glimlachende, vochtige lippen lijken haar te hypnotiseren. Dezelfde kleur had de met een mes vers opengesneden buikwand van de vrouw die uit hetzelfde dorp kwam als Slavenka en die acht maanden zwanger was en ongelukkig genoeg – net als de vader van het kind – Kroatisch was en die...

'U bent Ivana Klasnić, nietwaar?'

Peneguy moet iets doen. 'Ik maak bezwaar,' roept hij.

Maar Ivana hoort hem niet eens en kijkt naar Kovać, die met zijn koran zit te spelen en nu nauwelijks merkbaar met zijn wijsvingers een kruis vormt. Peneguy ziet dat voor het eerst. Ivana kennelijk niet. Ze kijkt naar de grond en maakt een verslagen indruk.

'Wat vindt uw familie eigenlijk van de abortus?' schiet de advocaat er meteen achteraan, voordat de rechter op Peneguys bezwaar kan reageren.

Peneguy springt op. 'Dat is volkomen irrelevant! Hoe kent u de identiteit van de getuige?'

De advocaat slentert opnieuw naar Ivana toe, zonder zich van zijn stuk te laten brengen. 'Ivana,' zegt hij, 'uw familie is erg gelovig! Hoe zou die op een abortus reageren?'

Ivana kijkt naar Kovać, ze heeft al begrepen waar dit heen gaat.

'Ivana!' zegt de advocaat.

Peneguy richt zich verontwaardigd tot de rechter.

'U hoeft deze vraag niet te beantwoorden,' zegt Thoreau tegen Ivana. 'En u' – hij richt zich tot de advocaat – 'houdt u zich alstublieft aan de regels en brengt u de getuige niet op deze manier in gevaar! Niet zij wordt aangeklaagd, maar uw cliënt!'

'Mijn familie was het eens met de abortus,' zegt Ivana.

De advocaat van Kovać glimlacht. Hij is vol vertrouwen dat hij kan scoren; ook hij heeft een reden waarom hij is waar hij is.

'Natuurlijk! Welke familie zou een verkrachting niet als

reden voor een abortus aanvaarden?' zegt hij. 'En helemaal een massaverkrachting!'

'Ik eis een onderbreking van het verhoor,' zegt Peneguy tegen de rechter.

'Ik zou er de voorkeur aan geven als u niet voortdurend zou onderbreken,' snauwt de verdediger hem toe. 'U krijgt nog tijd voor het getuigenverhoor – op dit moment ben ik aan de beurt. Ik verwacht dat ik met het verhoor door kan gaan.' Hij kijkt rechter Thoreau aan. 'Tenslotte is de beschuldiging tegen mijn cliënt niet bepaald een kleinigheid!'

Thoreau zwijgt even en denkt na. Hij heeft geen keus. 'Gaat u verder,' zegt hij tegen de advocaat van Kovać.

Ivana staart naar het kruis dat Kovać met zijn wijsvingers heeft gevormd, als bij toeval.

'Kent u Dragan Ristić?' vraagt de advocaat.

Ja. Ze knikt.

Ze wendt haar ogen van Kovać af. Naast haar staat een veiligheidsbeambte. Het pistool in zijn holster is op grijp-afstand.

'Wat zegt u?' vraagt de advocaat.

'Ja,' zegt Ivana.

'Uw vroegere vriend?'

'Ja,' zegt Ivana en ze wijst naar Kovać. 'Hij heeft hem dood-geschoten.'

'Later zal ik voor dit deel van de beschuldiging een stand-punt innemen,' zegt de advocaat. 'Beantwoordt u alstublieft alleen mijn vragen. Waren u en de heer Ristić ooit... intiem met elkaar?' vraagt hij.

Ze kijkt naar de grond, knikt ten slotte.

'Wat zegt u?' vraagt de advocaat.

'Ja.'

'Wist uw familie daarvan? Mochten zij daar eigenlijk iets van weten?'

Peneguy staat op en loopt naar rechter Thoreau.

'Hoe had uw familie gereageerd als ze hadden geweten dat u een kind van Dragan Ristić verwachtte?' vroeg de advocaat. 'Op veertienjarige leeftijd!'

Ivana grijpt het pistool van de veiligheidsbeambte. Zo snel dat hij helemaal niet kan reageren.

Ze springt op van haar stoel.

Ze schiet op Kovać.

Eén keer.

Nog een keer.

En nog een keer.

De glazen kooi houdt stand, de drie schoten kunnen hem niet deren.

Kovać kijkt Ivana aan. Volkomen onaangedaan. Hij heeft gewonnen. Dat weet hij. En hij weet dat zij het weet.

De veiligheidsbeambte naast haar grijpt naar het wapen. Ivana deinst achteruit. Ze richt op de veiligheidsbeambte, houdt hem op afstand.

Peneguy loopt langzaam op haar af, zegt haar naam.

Maar ze drukt haar rug tegen de muur en houdt ook Peneguy met het pistool op afstand. Net als de veiligheidsbeambten bij de drie deuren, die hun wapens grijpen.

Dan kijkt ze Kovać aan. Ze heeft geen kans bij hem in de buurt te komen. Hij zit veilig in zijn glazen kooi met zijn koran te spelen, verscheurt weer een bladzij, tuit zijn lippen en werpt haar een kus toe.

De veiligheidsmensen komen dichterbij, hun wapens op Ivana gericht.

Plotseling staat Ivana weer op de brug over de Drina, het is mei, en om haar heen staan de mannen, die geen uniform dragen, maar delen van een uniform, overblijfselen van een ten onder gegaan leger. Ivana is weer het meisje van veertien, half-naakt, haar jurk hebben ze al van haar lijf gescheurd. Ze draagt geen schoenen, haar voeten bloeden omdat ze zich aan het plaveisel van de brug gesneden heeft. Het lijkt bijna op een spelletje als ze de kring die de mannen om haar heen gevormd hebben, probeert te doorbreken – tevergeefs natuurlijk.

Op de achtergrond staat Kovać met een kalasjnikov in zijn hand. Voor hem ligt Dragan, zijn gezicht tegen de grond. Bloed dat uit zijn hoofd stroomt, wil tussen de stenen weg-sijpelen, maar het plaveisel kan niet zo snel zoveel bloed op-nemen. Onder Dragans gezicht heeft zich een plas bloed ge-vormd en het ziet eruit alsof hij op de grond ligt om zijn eigen bloed te drinken.

Kovać stapt nu de kring van mannen binnen, grijpt naar haar. Ze schreeuwt om hulp, maar waar moet die vandaan komen? Dan pakt Kovać haar hand, gooit zijn kalasjnikov naar een van zijn mannen en...

De veiligheidsmensen moeten reageren. Maar niemand van hen wil schieten. Ze komen steeds dichter bij Ivana. Het lijkt of ze een kring om haar heen vormen. Ze ziet de uni-formen en voelt de wonden aan haar voeten, het plaveisel van de brug.

Peneguy probeert bij haar te komen, maar een veiligheids-man houdt hem vast. Dit is niet Peneguys zaak. Dit moeten de veiligheidsmensen oplossen.

Ivana wil zich Dragan herinneren, het laatste moment van zijn leven. Het was een lange winter geweest – van novem-ber tot februari, in maart was er nog sneeuw gevallen. Ge-volgd door een buitengewoon koud voorjaar. Hij was twee jaar ouder dan zij, maar net zo onervaren. Ivana Klasnić en Dragan Ristić, een liefdesgeschiedenis uit Višegrad. Ivana zoekt naar een kus, een aanraking. Maar het beeld dat in haar herinnering is blijven hangen en dat ze niet vergeten kan, is dat van Dragan die zijn bloed drinkt en dan achter de kring van soldaten verdwijnt. Het einde van een winterliefde die alleen sneeuw en kou kende.

De veiligheidsmensen komen steeds dichterbij, zijn bereid toe te slaan. Een van hen maakt zich op om haar wapen te grijpen, haar hand om te draaien, hoopt dat er daarbij geen schot wordt gelost en niemand gewond raakt.

Nog een seconde.

Ivana ziet Dragan – die haar niet meer herkent, op zijn knieën valt, met zijn bovenlichaam op het bruggenplaveisel neerkwakt, die met zijn gezicht tegen de grond slaat, maar niet meer merkt hoe de smak zijn neusbeen in zijn schedel ramt, hoe zijn snijtanden versplinteren...

Hij ziet eruit alsof hij in zijn eigen bloed verdrinkt.

Dragan.

Ivana schiet.

20 De Lexus nadert de binnenstad van Den Haag. Jasna ziet demonstranten uit een bus stappen. De chauffeur opent de bagageruimte en de demonstranten halen er borden uit met allemaal dezelfde foto van Kovać – een opsporingsfoto – en bevestigen ze op meegebrachte stokken. Achter de bus kan Jasna nu de omvang van de demonstratie zien; het hele voorplein van het tribunaal staat vol met in het zwart geklede mensen.

Zo'n dertig demonstranten steken de straat over zonder

zich erg veel van het verkeer aan te trekken. De Lexus moet stoppen. Binnenin is het zo stil dat Jasna Oreskovič' ademhaling kan horen. Een vreemd contrast met de hectiek en het geschreeuw buiten.

Oreskovič kijkt naar de borden die de demonstranten in hun hand houden. Kovać staart terug alsof hij de man in de Lexus ziet, de kroongetuige. Oreskovič ruikt het zweet dat over zijn rug onder het kogelwerende vest vandaan loopt; onder zijn oksels hebben zich intussen grote vlekken gevormd. Hij haalt een zakdoek uit zijn colbertje en veegt zijn voorhoofd af. Hij geneert zich voor Jasna, voor het figuur dat hij slaat. Een zwetende, stinkende, grijze, oude man. En hij is geïrriteerd omdat hij geen tweede overhemd heeft meegenomen en straks in een bezweet overhemd voor Kovać zal staan.

Het is voor de demonstranten buiten duidelijk dat er in de wagen met de zwartgetinte ramen een hoge piet moet zitten. Ze verdringen zich voor de achterruit en proberen te zien wie het is. Tevergeefs, absoluut niemand kan door de ramen heen kijken.

De weg hierlangs is problematisch, maar er is geen route naar het tribunaal waarmee je deze bottleneck kunt omzeilen. Het is de politie, die door de omvang van de demonstratie verrast was, niet gelukt dit stuk weg vrij te houden.

Jasna ziet een van de demonstranten bellen. De man is misschien vijfentwintig en zeker geen Nederlander. Zou uit Belgrado kunnen komen. Of uit Novi Sad of Niš. Valjevo. Užice. De man werpt een blik op de Lexus.

Jasna wordt steeds nerveuzer.

Oreskovič vraagt zich af of ze hem zouden lynchen als ze zouden weten dat hij hier zit. Hoe zouden ze het doen? Het portier openbreken, hem de straat op sleuren en doodschoppen?

Iets verderop functioneert de politieversperring weer, daar is de straat vrij. Een politieman wuift de Lexus door.

Jasna kijkt achterom naar de man met het mobieltje. Hij lacht, haalt een sleutel uit zijn jas en loopt naar de bagage-ruimte van de bus om er een poster uit te halen. Blijkbaar is hij de chauffeur.

Alles is oké. Je moet nu het hoofd koel houden, denkt Jasna.

De Lexus passeert de politieman en trekt weer op.

Het mobieltje van Jasna rinkelt door het gehijg van Ores-kovič heen. Ze neemt op.

'Ja.'

Oreskovič kijkt haar aan. Heel even heeft Jasna zichzelf niet onder controle, en Oreskovič merkt dat er iets in haar breekt.

Ze ontwijkt zijn blik en kijkt door het raam naar de de-monstranten die ze voorbijrijden. Ze wil niets zien, maar ze wil vooral niet dat Oreskovič haar ziet. Ze wil niet aan Ivana denken, niet nu. Niet aan de gesprekken die ze in Mostar hebben gevoerd. Ivana, die ze mocht tutoyeren en die als tegenprestatie een andere voornaam en als achternaam een getal had gekregen.

'Wat is er gebeurd?' vraagt Oreskovič.

'Niets wat u betreft,' zegt Jasna. Ze dwingt zichzelf terug naar het heden, naar haar opdracht. Want het mag niet meer fout gaan. Anders was alles voor niets.

Jasna kan het gebouw van het tribunaal zien.

We zijn er bijna.

Nog drie minuten – als alles goed gaat.

21 Begić schuift het statief met het precisiegeweer dichter naar het gordijn, tot op een meter afstand. Hij heeft erop gelet dat de deuren van de kamer dicht zijn en het lampje op de telefoonbank heeft hij uitgedaan. Begić weet dat de kamer van buitenaf gezien een zwart gat is en dat het gordijn de rest van de kamer aan het zicht onttrekt. De loop van zijn precisiegeweer is zwart zodat hij geen licht terugkaatst, de lens van het telescoopvizier is zo geslepen dat hij niet spiegelt.

Begić heeft net het bericht gekregen dat er drie Lexussen zijn gesignaleerd. Hij ziet achter de verdedigingswal die om het tribunaal ligt beweging ontstaan: politieagenten trekken een versperring opzij. Een stukje verderop aan de overkant gebeurt hetzelfde.

Er is nog een achteringang, maar daarvoor is Begić niet verantwoordelijk. Zijn opdracht is de ingang hier aan de voorkant. De code die Jasna heeft verdeeld kent hij niet, maar wat hij ziet komt overeen met geel en blauw.

Begić hoort het geschreeuw van de demonstranten niet meer. Kovać heeft hem destijds uitgekozen omdat hij hem was opgevallen vanwege zijn concentratievermogen. Begić kan als het moet alles om zich heen uitschakelen. En hij heeft een heel vaste hand. Waarschijnlijk zou hij het statief niet eens hoeven te gebruiken, maar de klus mag absoluut niet mislukken, en de afstand naar beide ingangen van het tribunaal bedraagt 642 meter – de kleinste trilling van zijn hand en het schot zou zijn doel met drie tot vier meter missen. Daarom heeft hij voor het statief gekozen, hoewel het hem bij de vlucht ongeveer twintig seconden extra zal kosten om het statief weer te demonteren en in de koffer terug te leggen.

In de woning rinkelt de telefoon. Na de derde keer springt

het antwoordapparaat aan. Marieke is verbaasd dat de oude vrouw niet opneemt. Ze komt vandaag iets vroeger, zegt ze; vanwege de demonstratie heeft ze haar route moeten aanpassen. Ze zal er over ongeveer twintig minuten zijn.

In werkelijkheid zal Marieke iets meer dan een halfuur nodig hebben. Ze zal drie keer aanbellen en – omdat de oude vrouw niet opendoet – de deur, zoals voor zulke gevallen is afgesproken, openen met haar eigen sleutel, die aan een bos met zesentwintig andere sleutels hangt. Ze zal de naam van de oude vrouw roepen, terwijl ze zich meteen naar de keuken haast omdat ze laat is, en het eten op de keukentafel en de yoghurt in de koelkast zetten. Ze zal nog een keer roepen. Zich verbazen. Dan zal ze naar de woonkamer gaan. Haar vinden. Het bloed zal al gestold zijn, en het zal te laat zijn om de oogleden van de oude vrouw te sluiten. Waardoor het er tot de crematie zal uitzien of de oude vrouw haar moordenaar nog steeds verrast aankijkt.

Die net op de cijferaanduiding van zijn telescoopvizier de tijd checkt. Nog een kleine drie minuten.

Geel.

Blauw.

Begić voelt zijn hart bonzen en doet zijn best zijn ademhaling omlaag te krijgen.

Hij gokt op blauw.

22 De scherpschutter tegenover Begić heeft het nadeel dat hij niet weet wat hem te wachten staat. En dat hij daarom de adrenalinestoot die hij krijgt op het moment dat hij het geweer ontdekt, eerst moet verwerken. Heel kort flitst de gedachte door zijn hoofd dat het voor een beroepsmoordenaar eigenaardig is een geweer zonder dekking voor een open venster op te bouwen. Hij stelt zichzelf gerust met de gedachte dat hij waarschijnlijk toch niet met professionals te maken heeft.

'Schutter met precisiegeweer in 38,' geeft hij aan Huysman door. 'Vierde verdieping. Over.'

'Is het schootsveld vrij? Over.'

'Ja. Maar het doel beweegt. Over.'

'Afstand? Over.'

De schutter kijkt op de gele cijferaanduiding van zijn telescoopvizier. '642 meter. Over.'

Ook voor hem is 642 meter geen kleinigheid. Uit een van de ramen ernaast, op niet meer dan vier meter naast het geweer, staan twee studenten naar de demonstratie te kijken.

'Niet schieten. Blijf waar je bent en wacht op het bevel tot schieten. Over.'

'Begrepen. Over.'

Omdat zijn handen zweten – hij wist dat dat zou gebeuren – draagt hij handschoenen, dun en nauwsluitend. Hij moet zijn hartslag onder controle zien te krijgen. Het fijne trillen zal zo verdwijnen. Hij weet dat op dit moment beneden een interventieteam onderweg is. Het zal naar schatting ongeveer vier minuten duren voor het de woning aan de overkant heeft bereikt. Voor hem betekent dat vier minuten van de allerhoogste concentratie. Waarschijnlijk zal Huysman een tweede schutter naar hem toe sturen, die ongeveer een minuut nodig zal hebben, die zijn positie moet innemen en zijn hartslag onder controle moet krijgen – een minuut erbij.

Ongeveer twee minuten is hij dus alleen.

Er komt een vrouw bij de twee studenten aan de overkant

staan. Zelfde leeftijd, een koffiemok in haar hand. Het lijkt een woongroep.

De schutter van ernaast is van zijn geweer teruggeweken en beweegt in de woning naast de woongroep.

Waarom?

Maar dan wordt duidelijk waarom. Hij trekt een gordijn voor zijn geweer. Waarom nu pas, denkt de scherpschutter nog. En hij staat zichzelf daarna geen elke gedachte meer toe, want hij merkt dat zijn hartslag weer versnelt.

De twee studenten lachen als de vrouw iets zegt.

Er zit maar ongeveer drie meter tussen hen en zijn doelwit.

Gelijkmatig ademhalen.

Zijn hartslag gaat weer omlaag.

Een halve minuut misschien, dan zal zijn collega hier zijn.

Een halve minuut en ik heb support.

23 'Eén rijdt naar geel,' zegt Jasna door de portofoon, 'twee naar blauw. En drie is de dwarsligger. Begrepen?'

Ja, ze hebben het begrepen.

Hoewel Jasna weet dat ze op de chauffeurs kan rekenen, kijkt ze achterom, want onder druk kan ze niemand echt vertrouwen. En ze ziet hoe de Lexus achter hen dwars over de straat gaat staan en die blokkeert zodat geen ander voertuig hen kan volgen. Op hetzelfde moment geeft haar chauffeur gas en wel zo abrupt dat haar buik even het gevoel heeft in een achtbaan te zitten. Oreskovič schrikt. De afstand met de wagen achter hen wordt snel groter.

Jasna kijkt naar voren.

De wagen voor hen slaat af en rijdt een van de straten in die dichter langs de demonstranten lopen. Hij is de lokvogel. Jasna denkt aan de Stinger. Heel even maar, dan drukt ze Oreskovič voorover op de vloer van de wagen. Wat moeilijk gaat, want de veiligheidsgordel geeft niet mee. Ze maakt de riem losser, probeert het opnieuw. Oreskovič is onbeweeglijk en stram.

'Blijf op de vloer liggen,' zegt ze. Ze kijkt om zich heen en ziet de lege straat voor hen. Op de afgezette trottoirs lopen nu minder demonstranten, want Jasna heeft een zijingang van het tribunaal gekozen en een toegangsweg die wat achteraf ligt.

Het is een armzalig gezicht zoals de stinkende Oreskovič daar beneden op de vloer van de wagen naast haar ligt.

'Blijf daar liggen,' zegt ze als hij weer overeind wil komen omdat de veiligheidsgordel zijn pens afknelt, waardoor hij nog sterker hijgt. Jasna kan zien dat de politie de toegang naar het tribunaal heeft geopend. Minder dan een minuut. Nog even en ze zijn er.

Toch heeft Jasna geen goed gevoel.

24 Acht man, met hun wapens in de aanslag. Derde verdieping.

Vierde verdieping.

Zwarte kleding, zwarte maskers, zwarte helmen en zwarte kogelwerende vesten.

Bijna geluidloos, zodat de drie studenten die in de keuken ernaast met de koffie in hun hand wat staan te grinniken niets van de actie te horen krijgen. Totdat een van de interventieleden een ram tegen de deur van de woning naast hen zet en die met een harde knal naar binnen jaagt.

De studenten haasten zich naar de deur om te kijken wat er aan de hand is. Voor hen staat een volledig in het zwart geklede politieman met een wapen in zijn hand. Hij schreeuwt *'police'* en beveelt hen weer te verdwijnen. Ze trekken de deur dicht en zien nog net hoe zeven andere in het zwart geklede politiemannen de tegenoverliggende woning bestormen.

25 Peneguy laat zich niet meer tegenhouden door de veiligheidsmensen die hem tegen de muur hebben gedrukt en loopt naar Ivana.

De rechtszaal is intussen geruimd. Nadat Ivana het schot had gelost is er onder de honderd toeschouwers en journalisten paniek uitgebroken. Maar daar was het tribunaal op voorbereid; onmiddellijk stond alles vol met veiligheidskrachten, die het publiek door de drie uitgangen naar een gang leidden – groot genoeg om geen gedrang te laten ontstaan en de menigte weer te laten kalmeren.

Met de veiligheidskrachten zijn twee EHBO'ers in de rechtszaal gekomen; de een heeft meteen een ambulance gebeld, de ander heeft Ivana eerste hulp willen verlenen, maar in één oogopslag gezien dat dat vruchteloos was. Want Ivana heeft het wapen niet recht tegen haar voorhoofd gezet, maar afgevuurd van een afstand van ongeveer vijftien centimeter. Het schot heeft haar halve gezicht weggeslagen, waardoor het bloed en de hersenen tegen de muur zijn gespat en daar nu vanaf druipen.

Peneguy kijkt van Ivana naar Kovać en ziet zijn cynische, zelfbewuste lachje. Hij is gewend zich te laten gelden – zelfs hier, midden in Den Haag, in het hart van het tribunaal. Met een macht die Peneguy heeft onderschat.

Peneguy staat op en loopt naar Caflish. 'Hoe is het met Jasna? Waar is ze?' vraagt hij.

'Ze is er zo. Nog één, twee minuten.'

En toch: Peneguy wordt steeds onrustiger.

Zij moet Oreskovič hierheen brengen.

Maar op een of andere manier is het hem duidelijk dat ook dat op een drama zal uitlopen.

26 Een driekamerappartement, spaarzame inrichting. Twee man nemen de keuken links en geven dekking. Niets. Go.

Twee man nemen de slaapkamer aan de andere kant en geven dekking. Ook niets.

De deur naar de badkamer staat open, wc, douche, meer is er niet. En vooral: niemand.

Dus verder door de gang. Naar de woonkamer.

Het raam is open – zoveel kun je vanaf de deur zien. Beneden klinkt het geschreeuw van de demonstranten.

Dekking geven. Hij moet daarbinnen zijn.

Maar binnen is niemand.

Het eerste wat de interventieleden zien is het statief met het wapen achter het open raam. Buiten waait een briesje, het gordijn gaat zacht heen en weer. Naast het statief ligt een koffer; blijkbaar zijn het geweer en het statief daarin vervoerd.

Een bank. Een salontafel. Vier stoelen.

Bloemetjesbehang.

Er is niemand. Shit.

Ze brengen Huysman op de hoogte. 'We zijn binnen. Maar de woning is leeg. Het wapen hebben we.'

Te langzaam.

Shit.

27 Het waren geen twee minuten. Hoe ver kan hij zijn? Is hij al tussen de demonstranten verdwenen? Of is hij door de achteruitgang van het gebouw ontkomen?

Huysman kent de omgeving van het tribunaal vanbinnen en vanbuiten, al vijf jaar is de beveiliging van de rechtbank zijn werk. Voorbereiding is alles, dat weet hij. Improvisatie leidt tot niets omdat het dan te lang duurt. Als hij de schutter was, zou hij in de demonstratie verdwijnen. Zodra hij daar eenmaal is, maken we geen kans meer, denkt Huysman.

'Woonblok afsluiten,' roept hij in zijn portofoon en hij stuurt de tweede eenheid erop af.

Een minuut, maximaal, schiet op, denkt Huysman, anders hebben we verloren.

28 Zes politiemannen stormen naar beneden. Naar de achteringang van het gebouw. Twee blijven boven.

De een geeft dekking, de ander neemt de koffer onder de loep. Geen binnentas. Geen buitentas. Nieuw. Lichtgewicht. Het geweer is al zwaar genoeg, de koffer mag niets wegen. De schuimstofbekleding is niet versleten en past precies rond het geweer.

Tussen de schuimstofbekleding en het kofferdeksel zit een stukje papier, hooguit één bij twee centimeter. Een computerprint, automatisch vervaardigd, in drie kleuren. Op de achterkant is het fijne patroon van een watermerk te zien. 'ROTTERDAM THE HAGUE AIRPORT'.

Een bewijs van het bagagedepot.

Hoe zijn ze op het vliegveld met dit wapen door de beveiligingscontroles gekomen?

29 Begić kijkt door het telescoopvizier van de Dragunov. De zwarte Lexus stuift langs de demonstranten op het tribunaal af. Nog even en hij is bij het hek dat nu openstaat. Daar zal de chauffeur vaart moeten minderen. De plek is te smal, er staan te veel mensen omheen. Hij kan daar niet zomaar doorheen scheuren.

Begić is volkomen rustig. Hij heeft exact deze ene kans, maar meer zal hij ook niet nodig hebben.

De voorste ramen van de wagen zijn niet verduisterd. Begić kan de chauffeur zien en volgt hem door het telescoopvizier, al dertig, veertig meter.

Het geweer volgt volmaakt synchroon de beweging van de wagen, die geleidelijk langzamer wordt, het tempo wordt constant minder.

Een fout van de chauffeur: constantheid.

Zijn doodvonnis.

Begić heeft het verloop van de toegangsweg in zijn geheugen geprent. Dadelijk is de nauwe doorgang bereikt.

Het zicht is volledig vrij.

De zwarte Lexus rijdt nu niet harder dan veertig kilometer per uur. Voor de smalle toegangsweg nog steeds te snel, maar voor Begić langzaam genoeg.

30 Het schot raakt de chauffeur van de Lexus iets boven zijn linkerslaap. Het moment van zijn sterven is teruggebracht tot een paar milliseconden, zelf merkt hij niet eens dat hij sterft.

Later zal de forensische opsporingsdienst verbaasd blijken te zijn over de kracht van het schot en het gemak waarmee het de eigenlijk 'kogelvrije' ruiten van de zwarte Lexus kon doorboren. Aan de hand van het projectiel zal worden vastgesteld dat het schot met een Dragunov van het allernieuwste type werd afgevuurd en dat het wapen van Russische makelij moet zijn. Een wapen dat ongeveer twintigduizend euro kost, niet op de vrije markt wordt verkocht en voorbehouden is aan elite-eenheden.

De chauffeur zakt opzij terwijl hij het stuur met zich meetrekt; zijn voet glijdt van het gaspedaal. Desondanks stuift de zwarte Lexus met een snelheid van precies tweeënveertig kilometer per uur tegen een betonnen paal aan de zijkant van de toegangsweg.

Op het moment van de botsing grijpt Jasna naar Oreskovič, die van de vloer van de wagen terug op zijn zitplaats wordt gesmeten, pakt hem, drukt hem weer naar beneden op de vloer en werpt zich op hem.

De Lexus draait, kaatst terug van een tweede betonnen paal. De zwaai is net voldoende om de wagen nog een keer te laten draaien. De Lexus knalt tegen een derde betonnen paal, de portieren springen nu open. Jasna wordt van Oreskovič af geslingerd, terug naar de rechterkant van de wagen en tegen de passagiersstoel gedrukt. Haar nek doet pijn. Even heeft ze niet door wat er om haar heen gebeurt. Ze bedekt haar hoofd met haar handen en beschermt zich tegen het splinterende glas dat in haar arm snijdt.

Als ze kan opkijken, is ze verward door de plotselinge stilte en het licht dat in de wagen valt. Zonder het filter van de getinte ramen is het daglicht verblindend fel. Oreskovič ligt half op straat, half hangt hij in de wagen, met zijn voeten zit hij vast in de veiligheidsgordel. Jasna komt overeind en probeert hem te grijpen en weer in de wagen te trekken. Oreskovič tilt zijn hoofd op, kijkt haar aan, weerloos, gedesoriënteerd. Hij begrijpt totaal niet wat er is gebeurd. Jasna krijgt hem niet te pakken. Haar veiligheidsgordel houdt haar tegen, de botsing heeft het mechanisme geblokkeerd.

Het tweede schot doorboort het hoofd van Oreskovič. Het projectiel is in zijn achterhoofd ter hoogte van zijn voorhoofd ingeslagen, en komt er onder zijn jukbeen uit. Het heeft nog genoeg kracht om diep in de chauffeursstoel te dringen – pas door het metalen frame van de stoel wordt het afgeremd. Het hoofd van Oreskovič valt op het asfalt.

Jasna draait zich uit de veiligheidsgordel. Ze kan het portier aan haar kant openduwen.

Ze kruipt uit de Lexus. Haar nek doet nog steeds pijn en ze wordt misselijk. Toch probeert ze overeind te komen en te zien wat er gebeurt.

Om haar heen heerst nog steeds die akelige stilte. De demonstranten, duizenden mensen, lijken een ogenblik midden in hun beweging stil te zijn blijven staan en staren langs haar heen. Jasna volgt hun blik naar Oreskovič, die met een uitgestrekte rechterarm uit het open achterportier van de zwarte limousine hangt – een pathetisch gebaar waarin het toeval het lijk liet staan. Uit het gat in zijn achterhoofd vloeit bloed. Zijn ogen zijn open en kijken naar Jasna, maar misschien ook wel naar de demonstranten achter haar. De oude vrouwen met de slechte tanden, in het zwart, rouwend, beschuldigend, gekweld door hun herinneringen aan Višegrad, wekken de indruk van een grote begrafenisprocessie voor hem.

In de verte klinkt het geluid van een sirene, een ambulance die door de menigte probeert te komen.

Jasna kijkt om. Ze ziet de rij huizen tegenover het tribunaal. Daarvandaan moeten de schoten zijn gekomen. Ze zoekt de rijen naast elkaar liggende vensters af, maar ze zijn te ver weg om iets te kunnen zien.

Ongeveer honderd meter achter hen, langs de toegangs-weg naar het tribunaal, staat de tweede Lexus. Ook die is tegen een betonpaal te pletter geslagen; het dode lichaam van de chauffeur hangt uit het portier. Uitgerekend op dit moment dringt de zon door het dichte wolkendek en baadt de scenerie in een licht dat ertoe bijdraagt dat dit beeld een plaats zal krijgen in de iconografie van de politieke aanslag. Op de achtergrond de in het zwart geklede vrouwen, velen waarschijnlijk slachtoffer van Oreskovič' bevelen. Hun ge-zichten zijn moeilijk te interpreteren: is het genoegdoening? Een behoefte aan wraak? Wilden ze zijn dood? Vóór hen op straat glinstert het rode bloed. Matglanzende glassplinters liggen als achteloos uitgestrooide popcorn over de lijken van de chauffeur en de kroongetuige, die verwrongen uit het autowrak hangen.

Metaal, glas en bloed.

Iedereen dood.

Waarom leef ik nog?

Die vraag begint aan Jasna te knagen en zal haar nog dagen-lang achtervolgen. 'Maar u mag leven,' zal de psycholoog later zeggen, naar wie ze niet kan luisteren, omdat ze zich niet goed voelt, omdat haar nek pijn doet, omdat zijn adem ondanks het snel ingenomen pepermuntje stinkt en zijn stem door zijn mondgeur niet tot haar kan doordringen, hoewel ze zich op de geur van de pepermunt probeert te concentre-ren. Ze zal vragen waar het toilet is omdat ze zich niet goed voelt en moet overgeven en wel meteen, en hij zal haar een zakje geven en een suffe, kalmerende toon aanslaan, zo'n lamlendig predikantentoontje.

'Het is niet jouw schuld, Jasna,' zal Peneguy later tegen haar zeggen. 'Begrijp je dat?'

Hij zal haar over Bliekendaal vertellen, wiens dood hem gekweld heeft en hoe het komt dat hij daardoor weet hoe ze zich voelt.

'Alsjeblieft, luister naar me, Jasna: het is niet jouw schuld!'

Maar Jasna zal de vraag niet van zich kunnen afschudden.

Waarom leef ik nog?

Waarom hebben ze mij laten leven?

31 En dan zal die droom weer door haar hoofd spoken. Langzaam.

Pijnlijk.

Die haar kwellend uit haar slaap hield, vanochtend, aan de rand van de Noordzee in de buurt van Scheveningen, met een voorgevoel waar ze niet tegen opgewassen was.

Locatie: het Vilina Vlas-spahotel in Višegrad met uitzicht op de brug over de Drina.

Hoofdpersonen: Ivana Klasnić en ik.

Nog maar een paar meter boven de brug, achter hen de stad, daarboven het Vilina Vlas-spahotel, van waaruit Kovač op hen neerkijkt, de mannen, het gelach, alles opnieuw in slow motion. Jasna loopt achter Ivana, om in de vuurlijn te blijven, ze roept iets naar haar – 'Pas op!' – als Ivana zich omdraait om naar de mannen te kijken, een klein moment van onachtzaamheid dat haar het leven kan kosten, want de kasseien zijn oud en als ze niet oppast zal ze achter een ervan blijven haken. Als ze nu valt, zal een van de mannen schieten en haar raken, dat weet Jasna in die droom. En dan hoort Ivana Jasna's waarschuwing, ze stapt opzij, en heel even staat

Jasna niet meer in de vuurlijn tussen Ivana en de mannen. En dan hoort Jasna in die droom, die haar al een paar weken achtervolgt – de afgelopen tien dagen elke nacht – en die begon nadat ze Ivana in Mostar had overgehaald tegen Kovać te getuigen met het argument dat ze Oreskovič had gevonden en dat ze samen met zijn verklaring een kans zouden hebben Kovać eindelijk veroordeeld te krijgen, en nadat Jasna Ivana ter bescherming die schuilnaam met het nummer had gegeven – Slavenka 378 – en Jasna er plotseling van overtuigd was dat die naam allesbehalve een bescherming was en dat er voor Ivana Klasnić geen bescherming bestond – dan hoort Jasna in die eeuwigdurende droom het schot.

Ze ziet Ivana vallen.

Ze wil 'Nee!' schreeuwen. Maar wat uit haar losbarst lijkt op het gebrul van een dier.

Nu is ze bij Ivana. Ze houdt haar in haar armen en moet haar blik verdragen. Die fractie van een seconde waarin Ivana de dood ziet en haar leven verliest. Jasna schreeuwt het uit – en steeds op dat punt wordt ze wakker.

Eén keer is Hilken bij haar gekomen toen hij haar kreet hoorde. Het was pijnlijk om erachter te komen dat ook Oreskovič hem had gehoord.

Je mag bang zijn. Dat is onvermijdelijk, had Peneguy naderhand tegen haar gezegd.

Maar je mag het niet laten zien.

32 De sirene van de ambulance wordt luider, de veiligheidscorridor is slecht afgezet, na de schoten van zojuist heeft de security zitten slapen, even niet opgelet en de demonstranten hebben een dranghek opzij geduwd en lopen over de corridor, zodat de ambulance moeite heeft erdoorheen te komen. Een tweede sirene is te horen en een derde, van een tweede ambulance en een politieauto, maar die ziet Jasna niet, want ze staart naar het gebouw voor haar, een halve kilometer van haar vandaan, veel te ver weg om details te kunnen onderscheiden.

Jasna trekt haar jasje uit en het kogelwerende vest dat ze eronder draagt. Ze loopt langzaam naar het gebouw toe. Langs het versplinterde glas, langs de tweede Lexus, ook hier het lijk van de chauffeur. Waar de wagen op de versperring is gebotst, is de lak van de wagen afgesplinterd en onder het zwart blinkt het zilveren metaal.

Jasna hoort weer het gelach van de Wolven die Ivana naroepen. Ze ziet de brug over de Drina in Višegrad, waarop Ivana even later zal struikelen. En hoe de Wolven dan dichterbij komen. Ze grijpen Ivana, die gilt, ze trekken haar rok naar beneden en haar benen uit elkaar en...

Het geloei van de sirenes komt dichterbij. Verder naar achteren hebben de veiligheidsmensen de demonstranten teruggedrongen en de ambulance doorgelaten, de tweede heeft nog iets meer tijd nodig; de politiewagen, een zwart busje met eveneens getinte ramen, scheurt erlangs.

Maar Jasna hoort niet wat er om haar heen gebeurt. Voor zich ziet ze alleen een kleine uitsparing, alsof haar gezichtsveld zich heeft vernauwd, ze merkt de pijn in haar nek niet meer, ze merkt helemaal niets meer behalve het gegil van Ivana dat Jasna nooit gehoord heeft. Maar ze heeft het interview met haar gehouden, in Mostar, waar Ivana na de oorlog bij een verre nicht in een moslimenclave heeft gewoond. Jasna heeft haar getuigenverklaring opgenomen, op haar dicteerapparaat en in haar dromen, tot ze wist hoe de situatie was, en ze er zelf bij was en kon voelen wat de Wolven met Ivana...

De psycholoog zal Peneguy en M'Penza later uitleggen dat de symptomen die Jasna vertoont kenmerkend zijn voor een acuut trauma.

De Wolven trekken Ivana's armen opzij, op deze brug, elf bruggenpijlers waden door een rivier van bloed.

Jasna kijkt naar het huis aan de overkant en verwacht dat ze ook op haar schieten. Waarom ben ik de enige die dit hier moet overleven, denkt ze. De verwarring groeit omdat ze de beelden die uit haar geheugen opborrelen – in een verkeerde herinnering waarin haar dromen aan elkaar geplakt zijn tot ervaringen – niet meer kan onderscheiden van wat hier werkelijk gebeurt. Nu.

Hoe bijvoorbeeld het piepen van de banden opgaat in Ivana's gegil. En hoe het busje vlak naast haar stopt, en Ivana haar niet meer aankijkt maar al wegdrijft. Jasna kent dit, de afsplitsing van een deel van haar dat iets ergs overkomt, maar waarmee ze niets meer te maken wil hebben. Telkens weer schrikt Jasna wanneer ze dat deel tegenkomt, omdat het, zoals de psycholoog aan Peneguy en M'Penza zal vertellen, onze voorstelling van de samenhang van het ik overhoop haalt en we van zoiets nu eenmaal grondig schrikken – en hoe dan vier in het zwart geklede mannen van het interventieteam uit het busje springen, haar beetpakken om haar in het busje te trekken en Jasna om zich heen slaat en trappelt en een van de mannen, als hij haar niet kan kalmeren, moet reageren en haar ene arm vastpakt; een tweede pakt de andere arm, een derde een been en, als Jasna naar hem trapt, een vierde het andere been en Ivana houdt op met gillen en het interventieteam trekt haar in het busje, het laatste wat ze ziet voor het zijportier van het busje dichtgaat.

33 'Jasna,' zegt de man tegen haar terwijl hij zijn helm en masker afzet. 'Jasna! Kun je me horen? Kijk me alsjeblieft aan.' Hij legt zijn handen op haar schouders, probeert oogcontact met haar te krijgen, maar ze ontwijkt zijn blik.

'Jasna.'

Huysman heeft geleerd dat hij een getraumatiseerd slachtoffer in zulke situaties met zijn of haar naam moet aanspreken en lichamelijk contact moet maken. Dat lukt niet altijd, maar de combinatie van het noemen van de eigen naam en de aanraking, die niet bedreigend of te overheersend mag overkomen, zal helpen de dissociatie op te heffen.

'Kijk me aan.'

Jasna is verbaasd dat hij haar met haar voornaam aanspreekt, ze kent die man niet. De toon van zijn stem heeft iets warms, ze begint hem te vertrouwen en kijkt hem nu daadwerkelijk aan. Ze voelt zijn handen in haar nek. Hij glimlacht, legt een deken om haar schouders en trekt de deken voor haar bovenlichaam dicht.

'Je bent veilig.'

Jasna begrijpt hem niet. En hij begrijpt dat hij haar toestand nog steeds niet goed kan inschatten.

'Kun je me zeggen waar je bent?' vraagt hij. 'In welke stad?'

Jasna vindt het een belachelijke vraag. Wat wil die man van haar? Ze voelt zich misselijk worden. Nu pas merkt ze dat ze in een rijdende wagen zit.

'Den Haag.'

'Herken je mij?' vraagt hij.

Nee, ze herkent hem niet, waarom zou ze al die kerels moeten kennen? Ze lijken allemaal op elkaar. Militaire training, allemaal in het zwart, min of meer hetzelfde figuur, hetzelfde kapsel.

'Mijn naam is Huysman,' zegt hij. 'Peneguy heeft ons voorgesteld.'

Nu begint ze het zich langzaam te herinneren: twee weken geleden toen ze de briefing hadden over het verloop van de openbare rechtszitting tegen Kovać, de overdracht van de getuige Oreskovič. Ze kregen het met elkaar aan de stok omdat Jasna behoorlijk koppig was en Oreskovič als háár getuige zag die ze tot in de rechtszaal zou brengen, en Huysman zat te leuteren dat hij, en niet zij, in het tribunaal voor de veiligheid verantwoordelijk was. Jasna verbaast zich er nu over dat Huysman hier voor haar zit, hier in deze wagen tussen een interventieteam dat haar van straat heeft geplukt. Waarom komt Huysman zelf? denkt ze.

'Wat is er met de twee andere wagens?' vraagt ze en ze dringt aan als Huysman haar blik ontwijkt. Ze wil een antwoord.

Huysman kijkt haar aan. 'Je bent de enige overlevende,' zegt hij.

Nu herinnert ze zich weer dat ze de tweede wagen heeft gezien, daarnet, achter haar, toen ze naar het gebouw was gelopen.

Jasna trekt de deken van haar schouders. 'Breng me naar de rechtszaal.'

Huysman aarzelt. En hij herinnert zich haar koppigheid, die hij twee weken geleden heeft leren kennen. 'We brengen je naar een veilige plek,' zegt hij.

'Ik voer hier het commando,' zegt ze. 'Breng me nu naar de rechtszaal, naar Peneguy.'

Huysman aarzelt. Hij ziet haar gescheurde jasje. De snijwond in haar arm door het versplinterde pantserglas van de Lexus. Maar hij zal niet met haar in discussie gaan, hij mag niet met haar in discussie gaan. Hij kent de hiërarchie en hij weet dat hij aan het kortste eind zal trekken.

Dus zal hij de chauffeur van het busje opdragen om te keren.

Jasna zal – als de wagen dadelijk de bocht neemt – merken dat haar misselijkheid erger wordt, heel even zal ze zich zorgen maken dat ze in de wagen moet overgeven. Ze zal een plastic zak of een emmer zoeken, volkomen belachelijk, zal ze denken, waarom zou hier een emmer zijn of een plastic zak, en ze zal denken dat ze in de deken zal overgeven als ze er niet heel snel zijn.

'Goed,' zegt Huysman. Hij staat op en loopt naar de portofoon waarmee hij met de chauffeur contact kan opnemen.

34 's Morgens halfelf en de meute is al bezopen. Om 16.30 uur is het beginsignaal, Ajax tegen Chelsea, Champions League; voor het eerst sinds tijden heeft Ajax zich gekwalificeerd. De NS heeft twee speciale treinen ingezet die de fans van Den Haag naar Amsterdam moeten brengen. De eerste gaat over vier minuten. De tweede om 15.00 uur. Daartussendoor het reguliere treinverkeer. Het station is verstopt met voetbalfans, allemaal in Ajax-shirt en met vlaggen. De conducteur heeft het opgegeven om er nog enige orde in te krijgen. Als hij en zijn collega's het voor elkaar krijgen om vandaag hun dienst door te komen zonder dat een of andere eikel hen onderkotst is het doel van vandaag al bereikt. Ze regelen het vertrek en trekken zich dan in de personeelscoupé terug. Controleren is vandaag volstrekt zinloos, en ze hebben ook geen zin om voortdurend de toiletten schoon te maken.

De conducteur stapt in. Kijkt vanuit de deur naar zijn collega's, fluit, zwaait met zijn spiegelei, negeert het geklets van de supporters. Klaarmaken voor vertrek. De twee speciale treinen zullen niet voldoende zijn, het probleem zal tussen halfelf en drie uur escaleren. Uiteindelijk zal Ajax verliezen, de meute zal zoals gevreesd zijn frustratie uitbraken en morgen zullen de conducteurs hun tweede uniform nodig hebben.

Begić wurmt zich tussen de supporters door. Hij draagt een Ajax-shirt. In zijn hand heeft hij een rugzak, waarin hij zijn Dragunov heeft gepropt. Twintigduizend euro, geen replica zoals ze in de woning naast de studentenwoongroep hebben achtergelaten. Achter hem de vier andere scherpschutters, ook zij in Ajax-shirt met sporttas of rugzak.

De tweede conducteur reageert op het sein van zijn collega verder voorin in de trein, fluit en zwaait met het spiegelei naar een derde conducteur.

Begić en zijn mensen sluipen langs hem heen de volgestouwde trein in. Ze dringen niet, zijn niet te vriendelijk en niet te onvriendelijk. Ze maken zich onzichtbaar in de massa. Geen mens zal zich hen herinneren.

Ook bij de latere analyse van de bewakingsbeelden worden de vijf in eerste instantie niet herkend. De gezichtsherkenningssoftware zal falen. Als in de tweede ronde het precieze verloop van de aanslag wordt gereconstrueerd, zal Begić ten slotte worden geïdentificeerd. En er zal worden vastgesteld dat ze met z'n vijven waren. Er wordt een internationaal arrestatiebevel uitgevaardigd, maar het zal te laat zijn omdat de vijf al in Belgrado zijn geland en ieder zijns weegs is gegaan.

Bovendien zal de reconstructie het volgende opleveren:

Een van de vijf mannen (naam niet te achterhalen) heeft zich met de replica van een precisiegeweer aan het reeds genoemde venster laten zien om de aandacht van de veiligheidskrachten te trekken. Voordat de veiligheidskrachten zijn geweer gevonden hebben, heeft de man het huis door de achteruitgang verlaten en is tussen de demonstranten verdwenen.

Naast de replica heeft hij een bewijs achtergelaten van het bagagedepot op het vliegveld, om de rechercheurs op een dwaalspoor te zetten.

Van de andere vier scherpschutters kunnen er drie worden geïdentificeerd. Met name Begić, de aanvoerder, is geen onbekende. In de Joegoslavieëoorlog was hij de bevelhebber van een onderafdeling van de Wolven. Tegen hem is al een gerechtelijk onderzoek ingesteld, maar een arrestatiebevel is er nog niet, want de aanklagers zijn van mening dat de voorgelegde bewijzen niet voldoende zijn om hem met succes te kunnen aanklagen. Peneguy zal naderhand woest zijn als hij hoort dat Begić volkomen ongestoord door de veiligheidscontroles is gekomen.

Begić is ook degene die Oresković heeft doodgeschoten.

Een tweede schutter, die zich een verdieping boven Begić bevond, diende als back-up voor het geval dat Begić zou missen. De tweede schutter heeft blijkbaar geen schot hoeven lossen. Begić zelf heeft twee keer geschoten (één keer op de chauffeur, één keer op Oresković).

In hetzelfde gebouw waren de beide andere schutters geplaatst. De een als hoofdschutter, de ander als back-up. De hoofdschutter heeft de chauffeur van de tweede Lexus met twee schoten gedood.

De vijf mannen zijn met de trein naar Amsterdam gereisd en daar overgestapt op een EuroCity naar Keulen. Vanaf vliegveld Keulen-Bonn hebben ze een vlucht naar Londen-Heathrow genomen en zijn daar toen na een halfuur onderbreking met een Boeing van British Airways naar Belgrado gevlogen.

In Heathrow hebben de vijf in een Starbucks twee caffè latte venti's en drie cappuccino's gedronken (ongeveer toen Ajax door een strafschop nog aan kop lag.) Pas vanaf hier zijn er beelden van de bewakingscamera's waarmee Begić en de drie anderen geïdentificeerd konden worden.

De precisiegeweren zijn niet gevonden. De rechercheurs gaan ervan uit dat ze in de trein van Den Haag naar Amsterdam of op zijn laatst in Keulen aan een onbekende zijn overgedragen.

De derde conducteur geeft met zijn spiegelei een sein aan de laatste collega in het achterste deel van de trein; die collega praat in zijn mobiele telefoon en geeft de hoofdconducteur het sein om te vertrekken. De hoofdconducteur probeert de deuren te sluiten, wat in vier gevallen mislukt omdat ze door binnendringende supporters worden geblokkeerd. Met een vertraging van drie minuten kan de speciale trein ten slotte van Den Haag Centraal vertrekken.

35 Rechtszaal 3.112: politie, ambulancepersoneel, EHBO'ers. Hectiek en chaos. Volstrekt overbodig, want het enige wat men nog kan doen is luisteren naar de echo van de catastrofe.

Jasna staat in de deuropening. Haar broek is gescheurd,

haar blouse en jasje zitten onder het bloed. Geen wonder dus dat de twee agenten bij de ingang naar de rechtszaal – met kogelwerend vest en machinepistool – het er niet mee eens zijn dat Jasna zich er daarbinnen ook nog mee bemoeit.

Heeft ze een arts nodig?

Nee.

Heeft er al iemand naar haar gekeken?

Nee. Dat gaat die twee ook helemaal niets aan. Ze wil naar binnen.

'Het is echt beter als een arts naar u kijkt.'

Beneden voor de ingang is ze langs een EHBO-post gekomen, maar daar wil ze nu niet naar terug. Ze wil verdorie naar binnen.

Jasna probeert zich langs de agenten heen te dringen.

'Uw legitimatiebewijs alstublieft.'

Jasna zoekt naar haar legitimatiebewijs, ongecoördineerd, bibberig, wat de twee politiemannen alleen maar nerveuzer maakt.

'Wilt u alstublieft...'

'Nee, wil ik niet.'

De stank uit de zaal stroomt de gang in, de airco binnen kan de plastic geur van de nieuwe zitplaatsen en de geur van bloed niet meer aan. De stank van urine en uitwerpselen. Zo ruikt de dood.

Als de twee politiemannen hun geduld beginnen te verliezen vindt Jasna eindelijk haar legitimatiebewijs. Via de portofoon wordt haar identiteit gecontroleerd. Het ergste wat hun nu zou kunnen overkomen is een perstrut met een vervalst bewijs. Een foto, een beverig, mooi authentiek filmpje op een mobieltje en de wereld krijgt precies de beelden over de ramp daarbinnen waarvan niemand hier wil dat ze naar buiten komen.

'Wat is er met u gebeurd?' vraagt een van de politiemannen. Hoe langer Jasna hier staat, des te duidelijker merkt hij dat er iets niet in orde is. Maar wat?

'Mag ik nu doorlopen?' vraagt Jasna.

Maar ze mag nog niet. Nog steeds wordt haar legitimatiebewijs gecontroleerd. Hoelang duurt dat verdomme nog?

In de zaal wijkt de groep EHBO'ers, ambulancepersoneel en politieagenten plotseling even uiteen en Jasna vangt een glimp op van een plastic zeil waaronder zich de contouren van een lichaam aftekenen.

Jasna wil erheen rennen. Is ze dat? Is dat Ivana?

Maar de politieagent houdt haar tegen. 'Een ogenblik, alstublieft.' Want zijn collega heeft Jasna's identiteit nog steeds niet kunnen controleren. De groep agenten en EHBO'ers rond het plastic zeil sluit zich weer.

Jasna voelt zich misselijk worden. Haar bloeddruk daalt. Dan valt de beschermende muur tussen haar en de wereld, alles is scherp te zien, meer dan scherp, real HD. Ze ziet de barsten in de wand van Kovač' glazen kooi op nog geen vijf meter van haar vandaan.

Haar reukzin is nu nog weerlozer dan haar overprikkelde gezichtsvermogen; de lucht van het plastic en op een of andere manier hangt er nog een veel te sterke geur van de twee honden – hun vacht was nat –, het zweet van het vluchtende publiek, de stank van angst, bloed, uitwerpselen, urine en ze krijgt het totaalplaatje maar niet op haar netvlies. Al die details hebben steeds minder zin en Jasna raakt hoe langer hoe meer uit haar doen zoals ze hier staat in haar blouse met bloedkorsten en een snijwond in haar bovenarm onder het gescheurde jasje.

De politieagent heeft eindelijk haar identiteit gecontroleerd en weet daardoor op dit moment meer over haar dan zijzelf. Hij geeft haar het legitimatiebewijs terug. 'Alstublieft.'

Maar Jasna staart naar de zaal en pakt haar bewijs niet aan.

De agenten kijken haar aan. 'Weet u zeker dat u geen arts nodig hebt?'

'Ja.'

'Mevrouw Brandič? Is echt alles in orde?'

'Ja. Dank u wel.'

Niets is in orde. Dan neemt Jasna haar legitimatiebewijs aan en loopt naar binnen. Bloed sijpelt onder het plastic zeil vandaan waarmee het lijk is afgedekt. Een opvallend donkerrood waarin de tl-verlichting aan het plafond spiegelt als het maanlicht in de zee, zoals destijds op schoolreis naar Santorini. Van hersenbloed wordt gezegd dat het donkerder is dan ander bloed. Een praatje, had ze altijd gedacht. Tot vandaag. Het bloed is klonterig, vermengd met grijze stukjes. Het duurt even voor ze doorheeft dat dit de hersenen van Ivana zijn. Ze loopt verder de zaal in, naar die plas bloed toe, waaromheen een paar mannen knielen, de ambulanceverpleegkundige, Caflish en Peneguy, die haar nu pas opmerkt en naar haar opkijkt. Voordat Peneguy kan reageren trekt ze het plastic zeil opzij en kijkt naar het lijk van Slavenka 378. Peneguy zegt iets wat Jasna niet hoort en als Peneguy haar arm pakt om haar aandacht te trekken, ziet ze dat zijn lippen bewegen, het rood van die lippen valt haar op, lichter dan het rood op de grond, en de verpleegkundige trekt ten slotte het plastic zeil weer over het lijk, de plas bloed en de urinevlekken op Ivana's rok. En in een verscheurd ogenblik verandert het dossier 'Slavenka 378' dat Jasna bestudeerd heeft, in een leven: Ivana Klasnić, geboren op 8 februari 1977 in een onbekend gehucht in de buurt van Višegrad, waar drie families woonden, Bosniërs, moslims; vandaag, op 3 december 2005, gestorven in rechtszaal 3.112 in Den Haag, Churchillplein 1, het einde van een 28-jarig leven.

Peneguy spreekt haar opnieuw aan, maar ze hoort hem niet. Ze ruikt de hondengeur, het plastic, het bloed, de urine; ze voelt zich steeds beroerder en zakt in elkaar. Peneguy vangt haar op, roept twee EHBO'ers. Ze ondersteunen Jasna, leggen haar op de grond, tillen haar benen op, en terwijl de verpleegkundige haar een injectie geeft en iets tegen haar zegt, staart Jasna naar de tl-verlichting aan het plafond, en het verslag van de getuigenis dat het bijna fotografische geheugen van Jasna heeft opgezogen, wordt plotseling een beeld dat Jasna sinds de getuigenverklaring van Ivana negen maanden geleden niet meer heeft losgelaten.

Ivana Klasnić als veertienjarige en al met een hoofddoek, die, verliefd op Dragan, haar zestienjarige buurjongen die jarenlang niets van het meisje had willen weten, 's morgens de drie koeien van haar vader altijd precies op het tijdstip had gemolken waarop Dragan langs het huis van haar vader naar school in Višegrad fietste, die haar twee jaar later toch ineens opmerkte. Hun eerste zoen viel samen met het uitbreken van de oorlog. Daarna was Dragan, wiens ouders ook moslim waren, plotseling verdwenen; een half jaar had Ivana nog bij de koeien gezeten en gewacht tot Dragan terug zou keren om de belofte na te komen die ze in de zoen had gezien. En toen kwam hij, in november, er lag al sneeuw, en Ivana had Dragans aanraking als een waardevolle relikwie opgeslagen, totdat op een dag Kovać en zijn Wolven in hun camouflage-uniformen kwamen en de drie koeien slachtten, haar beide broers en haar vader – die op die dag was thuisgebleven van zijn werk omdat de geruchten sneller waren dan Kovać' Wolven – naar Višegrad dreven, de brug over de Drina op, hun de keel doorsneden terwijl Ivana naar de bruidssuite van het Vilina Vlas-spahotel werd gebracht, waar Kovać persoonlijk resideerde, met ramen die uit vrees voor zelfmoordpogingen door de hier opgesloten vrouwen alleen op een kier konden en waardoorheen Ivana naar de mooie, rode Drina en de brug keek waarop de mannen stonden, haar vader en haar broers, en toen was Oreskovič in plaats van Kovać naar de bruidssuite gekomen om van het uitzicht te genieten, en nog in haar dromen hoorde Ivana zijn gelach, net zoals ze de in de frisse ochtend dampende, opengesneden lichamen van de drie koeien zag, toen ze zich aan de vensterbank vastklampte, en…

De verpleegkundige zet Jasna een zuurstofapparaat op. Hij snijdt haar bloeddoordrenkte jasje en blouse open. Nu pas wordt de werkelijke ernst van haar verwonding duidelijk, en de verpleegkundige laat onmiddellijk een ambulance komen. Haar wond zit vol glasscherven van het gepantserde raam van de limousine.

'Mevrouw Brandič, als u me hoort, knikt u dan alstublieft.'

Boven haar het wit van de tl-buizen.

'Jasna,' roept Peneguy. 'Jasna!'

Niets meer. Niets.

1 De stank in de stal is bijna niet te harden. Tien rokende, bezopen mannen die de douche in de boerderij aan de overkant al een hele tijd niet vaker dan absoluut noodzakelijk vuilmaken, zitten voor een tv. De mannen vormen de harde kern van Kovać' Wolven. Branko, de oudste en hun aanvoerder, zit op de enige, smoezelige fauteuil alsof het een troon is die hij voor Kovać warm moet houden. Stavros zit op een klapstoel naast hem. De vrouw van de boer van wie de stal is en haar dertienjarige zoon Bora brengen de mannen hun avondeten en nog een krat bier. Een eenpansgerecht, brood, veel goede wil, weinig smaak, want op deze nieuwe gasten is de koelkast van de boeren niet berekend. Maar het bier doet al twee uur zijn best dat te compenseren.

De mannen merken de boerin en Bora amper op, want TV-Pink, de Servische tv, brengt net de beelden uit Den Haag van vanmorgen. De dode Slavenka 378, een moslima die niet ver van deze boerderij – op een steenworp afstand van de Bosnische grens – in het tegenwoordig gezuiverde Višegrad is opgegroeid, ligt op de vloer van de rechtbank die iedereen hier haat. De mannen klappen als de nieuwslezer bericht dat Slavenka 378 zichzelf heeft doodgeschoten, en ze joelen als ze wordt weggevoerd, afgedekt met een lijkkleed.

'Ha ha, die hebben we de chador over haar kop getrokken,' schaterlacht Stavros. En daarop: 'Stil!'

Want terwijl de boerin en Bora het eten uitdelen, zien de Wolven de beelden van Kovać zelf. Twee kerels in uniform en met een kale kop pakken hem bij zijn bovenarmen en voeren hem weg, een gebaar dat macht moet uitstralen. Maar op de korte mouwen van de kale mannen zijn nog de vouwen te zien, bespottelijk, een uniform dat niet in vuil en bloed gedrenkt is – wat is dat voor een uniform? Kovać zit te friemelen aan zijn koran, die hij goed voor de camera's zichtbaar in zijn hand houdt. Een subversief maar duidelijk overwinningsgebaar naar de moslimgetuigen, die alle verhalen over Kovać kennen.

Over Kovać, de moslimslager van Višegrad. Die de moslims in Omarska na vijf dagen hongeren varkensvlees heeft gegeven. Die het met zijn mensen in zijn broek deed van het lachen toen de geraamten zich op het varkensvlees stortten en die, toen Kovać hun vertelde wat ze aten, het slechts halfgare vlees weer uitbraakten – niet uit gekrenkte religieuze gevoelens, maar omdat hun maag na bijna twee maanden ondervoeding en vijf dagen zonder ook maar een enkele hap geen vlees meer verdroeg.

Zo vermaken de tien soep slurpende mannen zich kostelijk in de stal, want de vernedering van Kovać zet de Nederlanders alleen maar in hun keurig gestreken hemd. Die stomme Bosniërs hebben niet kunnen doordrukken dat het Kovać bij ondervragingen van moslimgetuigen verboden wordt een koran mee te nemen naar de rechtszaal. Ze kunnen nog niet eens een boek van hem afpakken en dan willen ze Kovać vanwege oorlogsmisdaden veroordelen?

Kovać salueert in de camera, glimlacht een verre groet naar zijn mensen. Hallo, beste mensen, het gaat goed met me, tot nog toe loopt alles prima.

Tweeduizend kilometer zuidoostelijk van Den Haag en een paar kilometer noordoostelijk van Bajina Bašta bij de grens tussen Servië en Bosnië-Herzegovina groeten de Wolven manhaftig terug.

'Iemand nog een biertje?' lacht Stavros en hij pakt een

flesje uit het krat dat Bora naast hem heeft neergezet. Bora, de boerenjongen, staat nog steeds te stralen, want Stavros is zijn held.

Branko kan het niet aanzien. Voor hem is Stavros allang geen held meer, niemand hier heeft iets heldhaftigs. Branko ziet alleen nog uitgebluste, stinkende, door een vlucht van tien jaar murw gebeukte mannen, gevangen in hun eigenzinnigheid en hun herinneringen die in van angstzweet badende nachten weer komen bovendrijven en zich steeds slechter laten verjagen.

Stavros ziet de blik van Branko en reikt hem een biertje aan. Hij glimlacht naar hem, slaat zijn arm om de schouder van de boerenjongen en kijkt weer naar de tv om niets te missen.

In Višegrad noemden ze Stavros 'het lachebekje'. Regelmatig lieten de moslims zich door zijn glimlach in de luren leggen, omdat hij rust en veiligheid suggereerde. Een grote fout. Kovać had zijn wolf en hij had Stavros, denkt Branko. Allebei, Stavros en de wolf, hadden ooit eenzelfde effect.

Het was Kovać' idee om als mascotte van de eenheid een wolf mee te voeren en de eenheid ernaar te vernoemen. Niemand mocht het beest voeren behalve Kovać zelf en Stavros. Zelfs Oreskovič en Branko niet. Foto's van de wolf die Bosniërs door Višegrad jaagt en mensenlichamen toetakelt, glippen tot vreugde van de users nog altijd door de filters van het internet.

Intussen is op tv een beeld van Oreskovič te zien kort na zijn arrestatie in Tirana. En de haat van de mannen warmt nog eens de soep op die de boerin op hun bord schept.

Toen de wereld nog een overzichtelijke wanorde was, was Oreskovič de nummer twee achter Kovać. Branko had hem gemogen, ook toen Oreskovič moe werd, langzaam, berustend en minder besluitvaardig, en Branko hem vlak voor het eind van de oorlog van zijn plek joeg en naar plaats drie verdrong. Ook toen Oreskovič er jaren later vandoor ging, wilde Branko niet geloven dat Oreskovič Kovać of de Wolven aan het tribunaal zou verraden om zichzelf met een kroongetuigenregeling in veiligheid te brengen. Branko heeft hem drie jaar geleden voor het laatst gezien, in Novi Pazar op een paar kilometer van Kosovo, een man die moe en stokoud overkwam en die toen vier jaar jonger was dan Branko nu. Als Branko Oreskovič nu op het televisiescherm ziet, vraagt hij zich af of hij toen niet al heimelijk heeft gevoeld dat Oreskovič in Den Haag zou getuigen. In de loop van het jaar voor Oreskovič' vlucht was het tussen hem en Oreskovič anders geworden; tussen hen was een hoge muur van geheimen ontstaan die zich ook na een halve fles wodka niet meer – zoals vroeger, ten tijde van de oorlog – liet slechten.

Nee, denkt Branko, ik heb niets gemerkt. Maar kan ik, net als Oreskovič, zelf wel zo goed verbergen wie ik ben?

Weer juichen de mannen, want op het beeldscherm verschijnen de beelden van de vernielde en kapotgeschoten wagen waarin Oreskovič vanmorgen heeft gezeten. Er wordt ingezoomd: bloed, scherven, het afgedekte lichaam van een dode, het lichaam van Oreskovič.

'Een knap staaltje, Begić,' toost Stavros in de richting van de tv.

De mannen joelen. Oreskovič, de verrader, heeft zijn verdiende loon gekregen. Zelfs Bora, de boerenjongen, lacht.

Nee, denkt Branko, walgend van zijn eigen mensen, ik kan me niet langer verbergen.

88

De boerin roept haar zoon, ze wil gaan. Ze vindt Bora's bewondering voor Stavros onprettig. Tegenstribbelend maakt Bora zich los van zijn idool, pakt de lege soeppan en gaat met haar mee.

Ook Branko staat op, pakt zijn jas, grijpt een pakje sigaretten. Niet bepaald het handigste moment, want op tv is nog steeds de reportage uit Den Haag te zien, en het is een statement om nu niet met de anderen mee te juichen om de dood van Oreskovič.

Stavros, het lachebekje, kijkt Branko demonstratief aan. Natuurlijk weet hij allang dat Branko het vertrouwen van Kovać is kwijtgeraakt – onder andere door dit soort acties. En natuurlijk weet Branko dat niet hijzelf maar Stavros naast Begić een van de twee pretendenten is voor de troon van Kovać. Al heel lang is Branko hier bij de Wolven meer een gevangene dan de plaatsvervanger van Kovać, ook al houdt iedereen zich aan de vorm en onderwerpen ze zich aan zijn bevel.

'Ik ga eens bij Zoran kijken,' zegt Branko en hij volgt Bora en zijn moeder naar buiten.

Hij merkt niet dat Stavros achter hem glimlacht.

2 De herdershonden, allebei vastgebonden in een kennel, blaffen de longen uit hun lijf als ze Branko, de boerin en Bora zien. Branko steekt een sigaret op en kijkt naar de boerin, die ingewanden van slachtvee naar de honden gooit, rauw, dat houdt de honden agressief. Want de boerin heeft leergeld betaald, je weet nooit wie de boerderij nog eens komt terugeisen.

Terwijl de herdershonden eten zijn ze even rustig. De boerin geeft de lege emmer aan Bora en de jongen verdwijnt naar binnen. De deur blijft op een kier, en Branko hoort het geluid van de tv veel te hard staan – nog steeds dezelfde extra uitzending naar aanleiding van de gebeurtenissen in Den Haag. De studiogasten in Belgrado zijn intussen vervallen in het gebruikelijke gejammer. Het tribunaal is onrechtvaardig. Eenzijdig. Wij zijn weer het slachtoffer. Zoals altijd.

Het is hierbuiten ijskoud. Het heeft al dagen geregend, sinds de middag daalt de temperatuur en alles is met een dunne ijslaag bedekt. De geur van sneeuw hangt in de lucht.

De boerin vraagt Branko binnen te komen, het is veel te koud buiten. Maar Branko weigert. Zoran is vast bijna klaar met douchen en zal zo wel naar hem toe komen. De boerin knikt en volgt haar zoon het huis in. Ze trekt de deur achter zich dicht.

De Wolven zijn al tien dagen hier. Opsporingsambtenaren uit Den Haag waren hun in de kazerne bij Novi Sad op het spoor gekomen, en de Wolven moesten – voor de zoveelste keer – vluchten. Net als vijf jaar geleden, toen Stavros voor Branko's huis in Belgrado had gestaan: hij had twintig minuten voordat de rechercheurs er met een arrestatiebevel zouden zijn. Branko had destijds vijf minuten nodig gehad en was eigenlijk opgelucht – voor hem was het wachten bijna erger geweest dan het gevonden worden. Daarop hadden Branko en Stavros zich samen naar Zoran gehaast en hem uit zijn ploegendienst in de elektriciteitscentrale gehaald. Sindsdien waren ze op de vlucht.

Het afgelopen halfjaar hadden ze ondergedoken gezeten in de kazerne bij Novi Sad. Geen slecht leven. Want de Wolven werden daar als helden gevierd. Aan een muur van de kantine hingen foto's van Milošević, Kovać en Mladić, die ze hier ook al hadden gehuisvest. Branko zat met de officieren en de commandant van de kazerne aan tafel. Toen kwam de tip uit het ministerie van Binnenlandse Zaken dat de onderzoekers van het tribunaal hen hadden ontdekt. De Wolven vluchtten naar het zuiden en verstopten zich op de boerderij.

Het contact met de boeren was gelegd door Stavros. Stavros, de schuldeiser. Want de boer en zijn vrouw waren Kovać dubbele dank verschuldigd.

Tijdens de oorlog had Kovać de vorige moslimeigenaren van hun boerderij verdreven en de boerderij aan de boer en zijn vrouw overgelaten. Beiden waren vluchteling uit het Kroatische deel van Bosnië, waar de Servische minderheid na het uitbreken van de oorlog werd vervolgd. De boer had in een Kroatisch kamp gezeten, waaraan hij slechts met het grootste geluk was ontkomen. Na een halfjaar in het kamp was hij doof aan zijn linkeroor en de gaten in zijn geheugen wilden – gelukkig – niet meer gedicht worden. Hij en zijn vrouw hadden een nieuw onderkomen nodig en dus was het voor hen een waar genoegen om precies acht jaar geleden op een druilerige dag in het late najaar samen met Kovać de gebedskleden te verbranden die de vorige eigenaren bij hun overhaaste vlucht hadden moeten achterlaten.

Toen de vorige moslimeigenaren een jaar na de oorlog hun boerderij opeisten, had Kovać een tweede keer geholpen. De moslimeigenaren lieten zich niet verdrijven door de boeren en betrokken dezelfde stal waar Branko, Stavros en de andere Wolven nu zijn ondergebracht. De boer riep Kovać te hulp, die bij het invallen van de duisternis een levende kat op de staldeur spijkerde en zich door de boeren voor het avondeten liet uitnodigen. Terwijl Kovać en de boer zich bedronken, moesten de moslimeigenaren van de boerderij anderhalf uur naar het gejank van de creperende kat luisteren en ze deden de hele nacht geen oog dicht. De volgende ochtend waren ze verdwenen.

In de kennel naast de stal rukken de beide herdershonden, zonder elkaar uit het oog te verliezen, aan een rauwe nier, hongerig en opgepropt in een nauwe ruimte – een gevaarlijke combinatie. Een keer had een vechthond het met de wolf van Kovač aangelegd, herinnert Branko zich. Het gevecht had niet lang geduurd, maar toch waren de mannen enthousiast. Nog nooit had iemand van hen een vechthond om zijn leven horen janken. Daarna had de wolf een teef besprongen, met het bloed van de vechthond nog op zijn tanden.

Zoran komt uit de boerderij, zijn haren zijn nog nat.

'Wat is er?'

'Ik ga vannacht weg,' zegt Branko. 'Ga je mee?'

3 De afgelopen dag was voor Peneguy een enorme veldslag. Voortdurend ging zijn mobiele telefoon; blijkbaar was een of andere journalist achter zijn nummer gekomen en had dat aan collega's doorgegeven. Peneguy gaf vier radio-interviews en later nog twee televisie-interviews – rampzalige interviews waarin hij chaotisch, afgemat en verre van besluitvaardig overkwam: zijn stem leek op zoek naar zichzelf, zijn zinnen begonnen drie keer, maar eindigden nergens. Op een bepaald moment krabde hij ook nog per ongeluk het scheerwondje open en verscheen hij met warrig haar en een rode bloedende snee in zijn wang – afgewisseld met de beelden van de aanslag – op de tv-schermen van de hele wereld. Hij legde weinig geloofwaardig uit dat het fiasco van die ochtend niet typisch was voor het falen van een te zwak instituut en dat het niet het einde betekende van de komende processen. Getuigen en verdachten waren veilig.

Peneguy liet 's middags een andere mobiele telefoon bezorgen, belde minstens tien keer met Huysman en werkte twee crisisvergaderingen met M'Penza af. 's Morgens had hij nog met zijn oude mobieltje met de hoofdaanklaagster gebeld, die in Moskou was om met de Russische minister van Buitenlandse Zaken te discussiëren over de Russische steun voor Servië, en die wat gepikeerd was toen ze Peneguy op haar haastige terugreis in een speciaal gecharterd vliegtuig niet kon bereiken omdat hij allang een ander mobieltje had.

Kortom, het crisismanagement van Peneguy was een ramp. Toen hij zichzelf op tv zag, was hij ontdaan over zijn verschijning en zijn retoriek. Laat op de avond verscheen op de tv in het kantoor van de hoofdaanklaagster een over de 'hoop van Kant en de Verlichting' zwetsende derderangs intellectueel met een slecht zittende stropdas, naast wie zelfs de getoonde foto's van de dode Oreskovič meer charisma uitstraalden. Iedereen zweeg toen de persvoorlichtster van het tribunaal eindelijk zo verstandig was de tv uit te zetten. M'Penza keek opzij, de rest van de aanwezigen was het liefst achter de drie orchideeën gekropen. De hoofdaanklaagster schonk hem een glas whisky in en stelde naast veel andere vragen die ene, die voor Peneguy op deze dag de belangrijkste was:

'Hoe gaat het met haar? Hoe gaat het met mevrouw Brandič?'

Peneguy had Caflish meerdere malen naar het ziekenhuis laten bellen, want het mobieltje van Jasna stond uit. Maar van de artsen mocht hij niet bij haar komen. Jasna had rust nodig. Dat was ongeveer alles wat Caflish Peneguy tussen de bedrijven door had kunnen toefluisteren. En dus is Peneguy nu, laat in de avond, blij dat Caflish hem eindelijk voorgaat door een ziekenhuisgang, naar kamer 276, waar twee politie-agenten rondhangen. Caflish voegt zich bij hen terwijl Pene-guy de ziekenkamer binnenloopt.

Hij schrikt als hij haar ziet. Gewond, rusteloos en opge-jaagd.

'Je komt als geroepen,' zegt Jasna als ze hem ziet, want ze is net met de arts in onderhandeling over haar ontslag en ziet in Peneguy een bondgenoot. Vijf minuten later onder-tekent ze dat ze op eigen verantwoording wordt ontslagen, terwijl de arts er bij Peneguy op aandringt haar in de gaten te houden.

Peneguy heeft moeite haar te volgen. Geen idee wat deze vrouw drijft, die als in een roes door het ziekenhuis fladdert.

In de auto is ze stil. Caflish rijdt. Peneguy zit achterin naast haar. In het gouden licht van een Chanel-reclame ziet Peneguy dat ze huilt. Hij legt een arm om haar heen, maar ze houdt zich stijf en kijkt weg. Een paar minuten houdt hij het uit, dan wordt zijn arm vreemd voor hem. Als hij hem wil wegtrekken, houdt ze hem tegen en leunt ze tegen hem aan. Ze zwijgt, ruikt naar tranen en valt ten slotte in slaap.

Als ze bij het zomerhuis in Scheveningen aankomen, draagt Peneguy zijn volkomen uitgeputte heldin naar haar kamer. Hij had als voorwaarde gesteld dat ze niet naar haar eigen appartement terugging maar meeging naar het zomerhuis, dat bewaakt wordt en veilig is. Peneguy wilde geen risico nemen.

Hij trekt haar schoenen uit. Het gescheurde jasje. Haar broek. Jasna beweegt niet, ze slaapt zo vast als een kind, bekaf van deze dag. Even gaat hij naast haar liggen en slaat zijn arm om haar heen. Net als hij indommelt komt Caflish binnen. Peneguy heeft hem zelf gevraagd hem te wekken mocht hij in slaap vallen. Vannacht heeft hij nog een crisis-vergadering met M'Penza en de hoofdaanklaagster die in-tussen telefoontjes in het Engels, Frans en Duits heeft gekre-gen. Morgenvroeg is de persconferentie. Peneguy kan niet hier blijven, ook morgen moet hij weer ten strijde trekken.

Hij kust haar. In haar haren hangt nog de geur van ver-brand rubber en benzine.

Hij staat op, vraagt Caflish te blijven en haar in de gaten te houden. Caflish protesteert, hij is verantwoordelijk voor de bescherming van Peneguy, niet van Jasna. Maar voor deze ene keer vandaag kan Peneguy zich laten gelden en hij rijdt alleen terug naar Den Haag.

Langs de Chanel-reclame. Door lege straten.

Hij blijft voor een stoplicht staan – ook als het allang weer op groen gesprongen is.

Hij rijdt verder.

We hebben verloren.

En alles doet pijn.

4 Bora zit in de oude legerjeep die – een eindje van de boer-derij, de stal en de hondenkennel vandaan – met een net afgedekt onder een overkapping is verstopt zodat de spion-nen van het tribunaal hem niet kunnen vinden. De verleiding is groot, op Branko en Stavros staat een beloning van een miljoen dollar elk, geld dat iedereen in de buurt hard nodig heeft: boerderijen zijn vervallen, auto's moeten steeds weer opgelapt worden. De mensen zijn arm. Maar toch zou nie-mand van hen Branko of Stavros verraden, want juist in de grensgebieden is het nationalisme het sterkst.

Bora's ogen vallen bijna dicht. Hij is dertien, en drie uur 's nachts is niet het tijdstip waarop hij in een onverwarmde jeep zou moeten zitten met een deken om zich heen en een pistool in zijn hand.

Het pistool heeft Stavros hem een paar uur geleden gegeven – tegelijk met de opdracht de jeep, de enige auto hier, met zijn leven te bewaken. 'Pas op!' had hij tegen Bora gezegd. Op een toon alsof hij een hond wilde ophitsen.

Bora heeft vanaf zijn plaats in de jeep om middernacht de eerste sneeuw zien vallen. En ruim een uur geleden was de hemel opengescheurd na dagenlang met grijze sneeuwwolken bedekt te zijn geweest. Nu schijnt de maan op de boerderij en de heuvels een eindje daarachter. Nog twee, drie dagen sneeuw, dan zou Bora met Ilja en de anderen kunnen sleeën. Stavros heeft hem gisterochtend geholpen met het slijpen van de roestige lopers van de slee en met het lijmen van een breuk. Morgen zou Bora de lijmtangen eraf halen, het gelijmde breukvlak slijpen en de slee opnieuw verven. Stavros heeft beloofd hem te zullen helpen.

Weer vallen zijn ogen dicht. Eventjes glijdt hij met een slee door een droom.

Twee schoten, zacht, met een geluiddemper afgevuurd, doen zijn ogen opensperren. Voor de hondenkennel is iemand. Maar ondanks de helderheid van de sneeuw kan Bora niet zien wie het is. De man loopt van de stal waar Stavros en de mannen zijn ondergebracht naar de boerderij toe en verdwijnt door de deur.

Bora knijpt zijn ogen samen en kan nu zien waar de man op geschoten heeft. Beide herdershonden liggen in hun bloed. De jongen houdt zijn pistool steviger beet. Moet hij naar de stal gaan en Stavros wakker maken? Moet hij hier blijven zitten?

Stavros, die gisteravond bij het vieren van Oreskovič' dood behoorlijk heeft gedronken, heeft verzuimd de eventualiteiten met de jongen door te spreken. Aan de andere kant was zijn instructie duidelijk: Bora moest op de jeep passen en verhinderen dat iemand ermee wegreed.

Bora ontgrendelt het pistool en stapt uit de wagen.

Drie dagen geleden is hij met Stavros ginds op de open plek in het bos geweest. Stavros heeft hem vertrouwd gemaakt met de terugslag van het pistool. Als hij wilde schieten, zei Stavros, dan moest hij zijn hand met het pistool op een stevige ondergrond zetten en zijn arm uitstrekken. Dat zou een te ongecontroleerde terugslag voorkomen.

Bora zoekt dekking achter het houtblok waarop zijn vader het haardhout hakt. Hij trekt de bijl eruit en legt hem voorzichtig naast zich op de grond. Dan legt hij zijn arm op het blok, strekt hem uit met het pistool in zijn hand en mikt op de deur. En wacht.

De boer en zijn vrouw zijn oud, over de zestig; niemand van Bora's klasgenoten heeft ook maar in de verste verte zulke oude ouders, en hij wordt vanwege hen door zijn klasgenoten geplaagd. Een jaar geleden heeft een oudere jongen hem verklapt dat hij niet de zoon van de boeren is. Bora vroeg er thuis naar en kreeg te horen dat hij was geadopteerd. Zijn vader was niet bekend en zijn moeder was een Bosnische slet geweest die een jaar na zijn geboorte was verdwenen. In Bora's geboorteakte staat als geboorteplaats Omarska vermeld.

Zelfs met zijn dertien jaar heeft Bora geen idee waarom tegen de veertig man als zijn vader in aanmerking komen, en waarom zijn eigen moeder zich drie jaar geleden in Sarajevo van het leven heeft beroofd. Hij is woedend dat ze niet van hem gehouden heeft. En hij is woedend dat hij een adoptievader heeft wiens armen aan kracht verliezen en die een middagdutje doet terwijl Bora hout moet hakken.

Toen Stavros hier tien dagen geleden verscheen, hebben zijn ouders Bora voor het eerst gevraagd een geheim voor zich te houden: dat ze de zus van Bora op de bovenverdieping van de boerderij verborgen houden voor Stavros en zijn mannen. Bora had gezien hoe ze zijn zus – die in werkelijkheid de dochter van de in de oorlog omgekomen zoon van het boerenechtpaar is – stiekem het huis uit haalden. Bora had begrepen dat zijn adoptieouders bang waren voor Stavros en zijn mannen, een diepe, bijna panische angst die schuilging achter de bewondering en het respect voor de oorlogshelden. Vanaf dat moment was Bora niet meer van Stavros' zijde geweken.

De voordeur van de boerderij gaat zachtjes open. Twee mannen komen naar buiten en doen de deur achter zich dicht. Bora kan ze niet herkennen. Hij knippert met zijn ogen. Ineens is hij klaarwakker. De beide mannen komen dichterbij. Bora's hand begint te trillen.

Na een paar stappen is duidelijk dat de beide mannen op hem afkomen en naar de jeep willen. Blijkbaar hebben ze hem nog niet achter het houtblok opgemerkt. Een van beiden heeft een kalasjnikov in zijn hand en een pistool met een geluiddemper achter zijn riem gestoken.

Bora denkt aan de instructies van Stavros. Mik precies, je moet de eerste kans benutten. Let op de terugslag.

De twee komen dichterbij, nu iets sneller, want ze zijn ver genoeg van het huis en vooral van de stal vandaan, zodat ze daar niet meer te horen zijn.

Bora kan hun gezichten niet zien. Hij staart naar de kalasjnikov die de jongste over zijn schouder heeft gehangen. En naar de rugzak van de oudste. Het begint te schemeren voor Bora's ogen en zijn blik valt uiteen in een hoop details die hij niet op een rijtje krijgt. Zijn broek is warm en vochtig; even is het een opluchting, daarna overheerst de schaamte. Wat zal Stavros denken als hij ziet dat Bora het in zijn broek heeft gedaan?

Het dunne sneeuwdek knerpt onder de voetstappen van de twee mannen. Tot aan de kennel, waar de plas bloed onder de herdershonden groter is geworden, zijn hun sporen in de bevroren modder te volgen.

Bora's been begint te tintelen, hij zit te lang in die houding. Zijn broekspijpen worden koud. De geur van zijn eigen pis dringt in zijn neus. Met zijn ene hand omklemt hij nog steeds het pistool. Met zijn andere hand grijpt hij het houten blok. Hij moet van houding veranderen – zijn rechterbeen slaapt en kan hem zo meteen niet meer dragen – en hij stoot met zijn voet tegen de bijl naast hem. Het lemmet slaat tegen een zaag die naast het houtblok staat.

Als zijn adoptievader zou weten dat hij de zaag weer niet aan de muur had gehangen, denkt Bora, was de boot aan. Het zaagblad had ik ook nog moeten invetten zodat het niet roest, denkt hij. Heel even schiet het beeld van Stavros' lach door Bora's hoofd toen ze samen de lopers van de slee hadden ontroest.

Nu pas merkt Bora dat de mannen stil zijn blijven staan. De jongste heeft het zachte geluid van het lemmet en het zaagblad gehoord. De twee fluisteren in een taal die Bora niet kent. Hij is ontdekt, zijn voorsprong is weg.

Bora krijgt het warm. Zijn hoofd gloeit alsof hij hoge koorts heeft. Hij voelt dat hij het initiatief moet nemen, denkt aan de terugslag, knielt in de modder, voelt de vochtigheid aan zijn knie.

De beide mannen rennen ieder een andere kant op; de een zoekt dekking links achter een paal van de overkapping waar de jeep verstopt is, de ander rent naar rechts, verder van Bora vandaan. De man heeft weliswaar nog geen dekking, maar tegen de onrustige achtergrond is hij slechter te zien: de ingang naar de stal waar Stavros en zijn mannen slapen, de kennel met de twee honden die in de sneeuw leegbloeden.

Bora moet een beslissing nemen. De man links bij de paal van de overkapping is veel dichter bij hem. Bora klampt zich eerder stevig aan zijn wapen vast dan dat hij schiet. Eén keer. De terugslag geeft een schok in zijn pols. Dan nog een keer. Hij hoort de man links schreeuwen, ziet hem naar zijn been grijpen, op de grond zakken zodat hij nu een veel beter doelwit vormt dan achter de paal. Bora schiet nog een keer en nog een keer op de man die op de grond ligt en mist hem tweemaal.

Bora staart naar het lichaam dat een paar meter voor hem in de sneeuwmodder kronkelt van de pijn. Hij neemt alles om hem heen maar onvolledig waar, de indrukken vallen steeds verder uiteen. Een opengesperde mond, tanden. Bora hoort het geschreeuw van de man niet, maar hij ziet zijn pijn. En opeens herkent hij wie hij geraakt heeft: het is Branko.

In de stal gaat het licht aan; in onderbroek en T-shirt rennen de mannen met hun wapens in de hand naar buiten. Hun silhouetten tekenen zich duidelijk af tegen het tl-licht achter hen.

Bora neemt dat allemaal niet meer waar. Zijn ene oog ziet niets meer. In zijn mond heeft hij de smaak van roest. Met een pistool in zijn hand staat Zoran voor hem en staart Bora aan, wiens lichaam begint te schokken. Zoran zag het mondingsvuur uit Bora's pistool en heeft instinctief geschoten. Bora zat zo vol adrenaline en angst dat hij niet heeft gemerkt hoe de kogel uit Zorans pistool hem boven zijn rechteroog trof. Zoran, ontdaan dat de jongen zijn slachtoffer is, staat als aan de grond genageld tussen hem, Stavros en de Wolven, die steeds dichterbij komen.

Bora heeft nog maar een paar seconden te leven. Hij voelt hoe iemand het pistool uit zijn hand trekt.

Het is Branko, die zich heeft vermand toen hij Zoran passief, in shock en volledig onbeschut in de buurt zag staan. Branko weet dat hij met het pistool tegen de aanstormende Wolven niets kan beginnen. Hij grijpt de kalasjnikov van Zoran, schakelt hem van enkel schot naar snelvuur en neemt Stavros en zijn mannen onder vuur – stuk voor stuk makkelijke doelwitten in het tegenlicht. Maar Branko raakt niemand van de Wolven. Of wil hij ze helemaal niet raken?

Terwijl Stavros zich met zijn mannen terugtrekt in de beschutting van de stal schreeuwt hij: 'Licht uit!'

Bora ziet Stavros achter de staldeur verdwijnen. Zijn hoop wordt beschaamd. Een niet nagekomen belofte.

Branko herlaadt de kalasjnikov.

De deur van de stal blijft dicht.

Branko trekt Zoran, die nog steeds in shock is, met zich mee in de richting van het bos, naar de heuvels. De jeep is onbruikbaar om mee te rijden. Branko heeft gezien dat een kogel een van de banden heeft geraakt.

Stavros en zijn mannen wachten nog even en stormen dan de stal uit. Te vroeg. Branko houdt ze met een paar schoten op afstand, wat hem en Zoran genoeg tijd verschaft om te vluchten.

Tijdens Bora's begrafenis zal Stavros allang op weg zijn, op jacht naar Branko. Over een paar dagen zal Stavros Bora al vergeten zijn.

5 Vijftien vierkante meter onvrijheid tot aan de dood. Als er geen tralies voor het raam zouden zitten, zou deze ruimte er op het eerste gezicht eerder als een klooster- dan als een gevangeniscel uitzien. Het zijn de details die de onvrijheid uitmaken en die pas op het tweede gezicht te zien zijn: er zijn geen elektriciteitsdraden, zelfs het scheerapparaat werkt uitsluitend op batterijen. De gordijnen en het beddengoed zijn van zulke dunne stof dat ze – zelfs opgedraaid tot een touw – geen gewicht van meer dan twintig kilo kunnen dragen. Er is geen enkel puntig voorwerp in deze ruimte, zelfs geen toiletpapierhouder. Cijfers over zelfmoordpogingen onder de gevangenen van het tribunaal worden niet gepubliceerd, maar in exact deze cel die Kovać al maanden bewoont, heeft zich een voormalige Kroatische generaal opgehangen wie een celstraf van tien jaar boven het hoofd hing.

Kovać slaapt dieper dan anders. Hoewel hij met zijn hoofd vlak naast de verwarmingsbuis ligt, hoort hij het zachte klopsignaal niet.

Gisteravond was hij lang wakker en volgde de nieuwsuitzendingen op tv en later op het internet. Want Kovać heeft recht op informatie, wat zich uit in een tv met twintig kanalen – een ervan een softpornokanaal – en een computer met een gefilterde internettoegang. Kovać was erg tevreden met de respons van de media. Uit alle hoeken van de beschaafde wereld weerklonk de verontwaardiging over de aanslag, de zelfmoord van Slavenka zoveel en de machteloosheid van het tribunaal; voor hem een bevestiging dat hij gewonnen heeft.

Het klopsignaal op de verwarmingsbuis wordt luider en een tikje opvallender, maar het is desondanks voorzichtig, niet te doordringend, zodat het niemand van de bewakers opvalt. Maar ook Kovać merkt het nog steeds niet.

Zijn advocaat heeft zich gisteren luidruchtig en heftig staan opwinden over de erbarmelijke bewaking van zijn cliënt in de rechtszaal en heeft op de enorme psychische belasting gewezen waaraan Kovać ten gevolge van de poging tot aanslag staat blootgesteld. Kovać heeft zijn advocaat willen bijstaan en zich bij het medisch onderzoek 's middags een sterk medicijn tegen hoofdpijn en een nog sterker slaapmiddel laten voorschrijven. Eigenlijk had hij dat niet nodig, want hij slaapt hier goed. De cel is comfortabeler dan de meeste onderkomens waar hij de afgelopen zes jaar heeft doorgebracht. Maar nadat hij gisteravond al het nieuws had gezien, zat Kovać nog zo vol met adrenaline dat hij niet tot rust kon komen, dus heeft hij het slaapmiddel ingenomen.

Een flinke klap tegen de verwarmingsbuis.

Kovać wordt wakker. Hij luistert en hoort nu het zachte, ritmische geklop dat op de klap volgt. Hij antwoordt met het afgesproken ritme en wacht.

Na een kort antwoord blijft de verwarming stil.

Kovać staat op, trekt een badjas aan, pakt een van zijn

hemden uit de kast, loopt naar de wc in de hoek van zijn cel, propt het hemd in de wc, zo diep dat het niet meer te zien is, en spoelt door. Het water komt omhoog in de wc-pot, die niet leegloopt. Hij belt en wacht.

Even later doet de bewaker van de nachtdienst de deur open.

'De wc is verstopt,' zegt Kovać en hij vraagt of hij naar het gemeenschappelijke toilet gebracht kan worden.

Kovać is een gevangene die buitengewoon prettig in de omgang is, de bewaker heeft nog nooit geintjes met hem meegemaakt. Daarom brengt hij hem, nadat hij het waterpeil van het toilet heeft gecontroleerd, naar de gang.

Voor het gemeenschappelijke toilet moet Kovać wachten. De bewaker heeft een collega geroepen die de vertrekken doorzoekt. De Kroatische en Servische gevangenen kunnen verbazingwekkend goed met elkaar overweg. Voormalige tegenstanders schuiven schaakstukken heen en weer in plaats van hun eenheden in uniform of in versleten winterjassen, lachen samen om het nieuws en verdelen onderling de sigaretten die bezoekers uit Zagreb of Belgrado hebben meegebracht. En toch komt het steeds weer tot gewelddadigheden, in de douches of in het gemeenschappelijk toilet. De bewakers kunnen de stemming na de aanslag nog niet inschatten en willen geen risico nemen. De Kroatische en de Servische gevangenen hebben daarom voor de komende dagen gescheiden luchttijden. En Kovać staat onder bijzonder toezicht.

Het toilet ruikt naar verf. De pornografische tekeningen op de wc-muren worden volgens schema elke veertien dagen overgeschilderd. Bovendien controleert een Servo-Kroatisch sprekende bewaker dagelijks de leuzen. Vandaag – zoals na elke belangrijke procesdag – was alles volgeklad met dreigementen, uitbarstingen van haat, boodschappen en afspraken, zodat de gevangenisleiding de wc's buiten de routine om liet overschilderen.

Kovać loopt naar de een-na-laatste wc en doet de deur achter zich dicht. Hij gaat op het wc-deksel zitten en rolt het wc-papier over zijn linkerarm af. Na ongeveer twee meter toiletpapier vindt hij het briefje en leest.

Branko en Zoran zijn gevlucht.

Ik had naar Stavros moeten luisteren, denkt hij. Ik ben te lang weg bij de Wolven en zit er niet meer dicht genoeg op om de situatie goed te kunnen beoordelen. Ik had Branko moeten laten doodschieten. Stavros had gelijk.

Kovać weet dat hij niet veel tijd heeft, dadelijk komen de twee bewakers kijken. Hij scheurt het briefje in stukjes en gooit ze in de wc. Daarna wikkelt hij het wc-papier verder af, vindt een leeg briefje en een stift van een balpen.

Stavros en Begić zijn hun vertrouwen in Branko allang kwijt. Ze hebben Kovać via zijn advocaat laten overbrengen dat Branko afwachtend geworden was, tobberig, een oude man die zich afsloot en na de vlucht van Oreskovič van het rechte pad af raakte en daarom gevaarlijk was. Het heeft Kovać moeite gekost zijn autoriteit vanuit de gevangenis te handhaven en Stavros ervan te weerhouden Branko dood te schieten. En dat hoewel Branko er een paar jaar geleden zelf bij Kovać op aangedrongen had hem te laten gaan. Branko wilde ergens op het platteland onderduiken, misschien in het Servische kerngebied achter Belgrado, waar hij bescherming genoot. Nadat Đinðić de onderzoekers van het tribunaal in het land had toegelaten, was dat te gevaarlijk geworden en Kovać had Branko onder druk gezet bij zijn eenheid te blijven.

Kovać schrijft. Daarna wikkelt hij de balpenstift en het briefje weer in de wc-rol. De snippers spoelt hij door.

Als de beide gevangenisbewaarders in de wc-ruimte komen kijken, wast hij net zijn handen.

Hij laat zich naar zijn cel terugbrengen, trekt het hemd uit de wc, spoelt het af en hangt het te drogen. Daarna gaat hij op zijn bed liggen wachten.

Na een halfuur hoort Kovać weer een klopsignaal tegen de verwarming.

Zijn bericht is doorgegeven. Hij antwoordt en ligt in de vanaf dan slapeloze nacht te piekeren.

6 De morfine raakt uitgewerkt. Branko vermant zich, maar dat heeft – bij een wond van die ernst – zijn grenzen. Alles doet pijn. Hij heeft met zijn hand Zorans schouder vastgegrepen en laat zich half door hem dragen, half trekken. Het gewonde been kan Branko niet belasten; elke stap drukt op het gebroken bovenbeen en is zonder pijnstiller niet uit te houden.

Zoran hijgt van inspanning, want Branko is zwaar en het gaat al een eeuwigheid alleen maar bergopwaarts. Dus praten ze niet met elkaar maar concentreren ze zich helemaal op het besneeuwde bospad. Zoran kan geen tien minuten vooruitdenken. Hij is moe en tegelijk wakker – een dier, opgejaagd door zijn tegenstander die het wil verscheuren, en dat al zijn zintuigen nodig heeft om de komende meters en secondes beschutting te vinden. Zoran vecht. Hij begint de natuur te lezen en naar tekens te zoeken die hoop geven: de nachtelijke hemel is helder en er ligt sneeuw, zodat het bos, de bomen, de struiken, het kreupelhout en het mijnwerkers-pad voor hen in het maanlicht stralen. Anders zouden ze in een nachtelijk bos geen tien meter ver komen, ze zouden kansloos en verloren zijn.

De morfine komt nog uit de voorraad van een leger dat al tien jaar niet meer bestaat. De Wolven hebben meteen aan het begin van de oorlog een groep deserteurs aangehouden, die zich bij het Kroatische leger wilden aansluiten. Ze waren erbarmelijk bewapend maar de ambulance leverde het een en ander op, zodat voor elke Wolf een medische nooduitrus-ting kon worden samengesteld. Toen hij de spuit in Branko's bovenbeen zette, was Zoran er niet zeker van of vijftien jaar oude morfine nog bruikbaar was. Bestond er een houdbaar-heidsdatum voor morfine? Maar al een paar minuten na de injectie was de pijn verdwenen. Branko had naar zijn bloe-dende wond gestaard en niets anders gevoeld dan geluk. Hij had zich door Zoran laten verbinden, omhoogtrekken en door het bos laten slepen, terwijl hij de hele tijd in zich-zelf glimlachte.

Een paar dagen geleden, kort na de aankomst op de boerderij, heeft Zoran de omgeving verkend. Boven in het bos, vlak onder de top, ontdekte hij een hut voor bos-arbeiders, die sinds het begin van de winter niet werd ge-bruikt.

Hij hoopte dat de dosis morfine Branko lang genoeg tegen de pijn zou beschermen om de hut te bereiken. Maar dan begint Branko weer zachtjes te jammeren en Zoran moet hem bijna dragen. Het zweet loopt hem over de rug, op die manier houdt ook hij het niet lang meer vol. Want met het verlies van zijn krachten zullen de hoop en het optimisme in dit bos stap voor stap wegsijpelen. En de herinnering aan de blik van de jongen, de blik van Bora, zorgvuldig verdrongen, zal zijn hersenen binnendringen en hij zal zich er niet tegen kunnen weren.

Maar nog zijn de tekenen hoopvol: de twee herdershonden zijn dood, en Stavros zal eerst andere moeten vinden die hij op hen af kan sturen. Bovendien zullen Stavros en zijn mensen voor het aanbreken van de dag niet op weg gaan.

Precies op dat moment verft de zon met een paar koele roodtinten de dag op het nachtelijke blauw. Krachteloos, maar duidelijk gelukkig met het wolkeloze zicht op Gods schepping. De sneeuwkristallen voor Zorans schoenen beginnen ongehoord overdadig te glinsteren.

Zoran zou keihard schreeuwen van paniek als de angst zijn keel niet zou dichtsnoeren. Want nu keren de tekenen zich tegen hen: ze worden achtervolgd door acht man, twee van hen zijn geoefende scherpschutters, alle acht zijn ze sneller dan zij. Zelfs als ze de hut nog bereiken, zullen de vast snel opgehaalde honden Branko's bloed en Zorans angst ruiken en hun spoor volgen. En voor iedereen die de omgeving kent, zal het duidelijk zijn dat hun doel alleen de boshut kan zijn.

Zoran begint nog heviger te zweten, steeds sneller en ruwer sleurt hij zijn vader met zich mee. De herinnering aan de blik van Bora dringt door zijn hersenpan naar binnen. Angst en paniek hebben hem in hun greep en benemen hem de adem. Hij ziet al voor zich hoe hij zijn vader tegen een boom legt, er zelf naast gaat zitten, ademhaalt en hun lijdensweg beëindigt. Hij heeft al ergere oorden gezien waar je kunt sterven, en ergere manieren om te sterven dan een

kogel door je hoofd te schieten. Zoran was al vele doden gestorven tijdens die oorlog van tien jaar geleden, en was er
toch steeds heelhuids van afgekomen.

Tien geschonken jaren. Waarin Zoran in kazernes heeft
gewoond, een halfjaar in Belgrado in het huis van zijn
vader. Belgrado! Waar hij al vijf jaar geen voet meer heeft
gezet, hij, de stadsmens. Hij moest in boerderijen wonen, in
hutten overwinteren of in vakantiehuisjes van familie van
Stavros of Kovać. Nu eens volgevreten, dan weer vastend,
meestal stinkend. De mobiele telefoon op het hoofdkussen
voor het geval dat het telefoontje kwam dat ze ontdekt waren. Tien verloren jaren. Tien rotjaren. Tien klotejaren op de
vlucht. Waarheen eigenlijk?

Wat was er nou eigenlijk zo slecht aan om tien of vijftien
jaar in Nederland of ergens anders in een gevangeniscel te
zitten, vergeleken met...

Ineens ligt de hut voor hem. Hij verzamelt zijn laatste
krachten, trekt zijn vader met zich mee, die zachtjes jam-
mert, kort het bewustzijn verliest en overeind komt, tot hij
even op zijn gewonde been zakt en de pijn in zijn bovenbeen
schiet.

Ze bereiken de hut en Zoran legt Branko naast de deur op
de grond. Hij heeft een ogenblik nodig om zijn hoofd leeg te
maken. Dan breekt hij het slot open en trekt Branko naar
binnen.

Naast het huis ligt brandhout opgestapeld. Blijkbaar
komt ook in de winter hierboven af en toe een parkwachter.
Zoran steekt de open haard aan. Vindt een deken voor Branko. Thee. Een pan. Een paar blikken.

Hij injecteert Branko de helft van de morfine die hij bij
zich heeft. Branko zal nu helder moeten zijn, ze moeten pra-

ten. De andere helft van de morfine legt Zoran samen met de spuit binnen handbereik naast zijn vader.

Dan verlaat hij de hut om nog meer brandhout te halen. En om uit te rusten. Even maar.

7 In de vroege ochtend raken de pijnstillers uitgewerkt. Als Jasna zich in haar slaap op haar zij draait, op haar rechterarm, is het gedaan met de nacht.

Veertien splinters pantserglas heeft de arts uit haar arm gehaald, haar bovenarm moest hij hechten, de wonden in haar onderarm heeft hij gekramd, de schaafwond aan haar elleboog ziet er ernstig uit maar is onschuldig. Een whiplash en een lichte hersenschudding – gisteren zwom Jasna door de wereld, alles was gedempt, vanmorgen begint haar hoofd langzaam alles weer op een rijtje te krijgen.

Jasna draait zich liever weer op haar linkerzij. De met afstand meest beroerde fase van haar tijd hier in het zomerhuis begint: verwijten, herinneringen.

Herinneringen aan de gesprekken met Ivana, gesprekken waarin Jasna haar heeft uitgelegd dat ze bescherming en een nieuwe identiteit nodig zou hebben – Ivana zou nu hier kunnen zijn, in een huis als dit. Gesprekken waarin ze Ivana heeft opgesomd waar ze naartoe zou kunnen gaan, welk land haar getuigenbescherming zou aanbieden en een baan, het liefst in een grotere stad; er waren aanbiedingen uit Duitsland, Italië, Oostenrijk, Zwitserland enzovoorts. Waarom heeft ze dat niet gedaan? Jasna had moeten merken dat die vrouw geen toekomst wilde, dat er geen 'waarheen' voor haar bestond. Maar dat is flauwekul, want hoe had Jasna moeten voorzien wat er in de rechtszaal van het tribunaal zou gebeuren?

Ik weet waarom ze mij niet alles eerlijk heeft verteld, waarom ze niemand heeft vertrouwd. Omdat andere vrouwelijke getuigen in het beschermingsprogramma door de Wolven waren opgespoord, beweerde ze. Een gerucht dat Kovać de wereld in had geholpen: getuigen zijn niet veilig, nergens, we vinden jullie overal, altijd, jullie kunnen nooit veilig zijn. Daarom heeft Ivana bij niemand haar hart uitgestort. Mij had ze misschien vertrouwd, ik was misschien de enige voor wie ze tenminste de deur heeft opengedaan. Ik had gewoon nog meer haar vertrouwen moeten winnen. Maar dat...

Stop. Hou daarmee op.

Jasna gaat rechtop in bed zitten. Door haar bovenarm golft de pijn, in haar hoofd is het één modderbrij. Ze besluit dat de nacht voorbij is en haalt een glas water. Ze ziet de pillen op tafel. Vergeet die rotpillen, die maken je hoofd alleen nog maar waziger.

Ze opent het raam – tralies, zilte lucht, gekrijs van meeuwen.

Gistermiddag in het ziekenhuis had Jasna geen tv, geen internet, haar mobiele telefoon hadden ze haar afgenomen. Maar zelf moeten bedenken wat er na de aanslag is gebeurd, was erger dan het daadwerkelijk te weten. Jasna is naar de twee politieagenten voor haar kamer gelopen en heeft hun gesmeekt om te zeggen wat er was gebeurd. Ze kon zich voorstellen dat de wereld op zijn kop stond, maar ze wilde eindelijk feiten. Een van beiden toonde uiteindelijk begrip en zorgde voor een smartphone. En ze zag dat het er niet best uitzag.

Een harde, zeer onaangename en zeer doordringende echo uit alle hoeken van de wereld klonk het tribunaal tegemoet. De beschieting van de gepantserde limousines voor het tribunaal was gefilmd, want het proces en de demonstratie hadden talrijke televisieploegen aangetrokken. Dus waren de beelden van de slingerende Lexus die ten slotte tegen een versperring knalt en waaruit het lijk van Oreskovič valt, de hele wereld overgegaan, op een beschaafde manier in de nieuwsbulletins en minder beschaafd op YouTube.

Hoe hadden ze Jasna's falen beter kunnen illustreren?

Vier andere vrouwelijke getuigen hebben hun bereidheid om te getuigen direct ingetrokken, drie andere, die nog anoniem in Servië woonden, zijn meteen ondergedoken. Jasna heeft Peneguys ongelukkige interviews gezien. Ze heeft gelezen dat de hoofdaanklaagster van het tribunaal bij de VN was ontboden, waar ze morgenmiddag verslag zal moeten uitbrengen. Ook M'Penza had al verscheidene persconferenties gegeven waarin hij zich had moeten verantwoorden.

Ik had in Berlijn moeten blijven, dacht Jasna. Beter salaris, vrienden, een echt leven, niet dit shitleven hier. Niet elke keer als de telefoon rinkelt te hoeven ineenkrimpen, niet elke keer als de deurbel gaat een bericht over de ellende in de wereld te hoeven verwachten, of iemand die vindt dat ik voor iets moet boeten en een pistool tegen mijn voorhoofd houdt. En ten slotte is alles dan toch voor niets geweest.

Relax! Kom op.

Jasna pakt nog een glas water. En de pillen. Tegen de pijn. Ter kalmering. Laat dat waas maar rustig komen. Ze pakt haar badjas. Voorzichtig, die arm – fuck!

Ze grijpt haar sigaretten, gaat weer voor het raam staan. Nou niet alweer gaan paffen, niet doen, denkt ze. Hierbinnen zeker niet. Ze gooit het pakje op de ladekast naast het bed.

De kijvende meeuwen buiten en de zilte lucht hebben iets. Een paar verdwaalde sneeuwvlokjes trillen door de lucht. Een grauwe kust, afwijzend in december. Zal ik dat missen als ik hier weg ben? Misschien terug in Berlijn?

Peneguy doet het nog een jaar, dan wil hij terug naar New York, of naar Washington.

Waarom steeds 'Peneguy'?

Mark. Voor haar is het Mark.

De laatste paar keer toen ze met hem naar bed wilde, ging het niet omdat ze elke keer het Vilina Vlas-spahotel voor zich zag. Ivana in de bruidssuite, Kovać bij haar aan het raam. Ivana staart naar de brug van Višegrad en voelt niets meer en ziet het water en... Kovać' hand op mijn borst, en ik staar naar buiten en voel zijn hand niet meer, mijn eigen huid en... Ze heeft intussen meer herinneringen van anderen dan van zichzelf.

'Zou je het erg vinden om nu te gaan?' heeft ze tegen Peneguy gezegd. 'Het heeft echt niets met jou te maken, het is alleen... Nee, ik wil het er echt niet over hebben.'

M'Penza heeft Jasna en Peneguy vrijwel gelijktijdig bij zijn afdeling gehaald, in de herfst van 1999. Jasna had vanuit de recherche in Berlijn gesolliciteerd, Peneguy was als aanklager uit New York gekomen.

Jasna had het na vijf jaar moordbrigade in Wedding wel gehad met doden op binnenplaatsen, met lijken die naar alcohol en moordmotieven die naar rood staande bankrekeningen en beslagleggingen stonken. Ze had genoeg van misdaden in de relationele sfeer van mensen die al jaren alleen maar deden of ze een relatie hadden. Jasna was vijfentwintig, haar zus was een jaar geleden overleden, ze wilde het over een andere boeg gooien, een ander leven beginnen.

Toen ze de advertentie zag had ze meteen gesolliciteerd. Ze werd voor een kennismakingsgesprek uitgenodigd en was met de Polo van haar vriendin Tanja, een medestudente van de politieschool met wie ze tijdens de opleiding had samengewoond, naar Den Haag gereden.

'Je wilt toch niet naar de tulpen,' had Tanja gezegd. 'Dat meen je toch niet?'

M'Penza had Jasna direct aangenomen.

Nog dezelfde dag scheurde ze terug naar Berlijn – zonder onderbreking en met de Michael Jackson-cd van Tanja in de cd-speler, ook zonder onderbreking. In de ochtendschemering plantte Jasna op het kerkhof in Plötzensee in de smog, die het zachte ochtendbriesje van de snelweg blies, klimop op het graf dat haar moeder en haar zus deelden. Groenblijvend, onderhoudsarm, want ze zou de komende jaren opgaan in een ander leven, ze zou hier niet zo vaak kunnen zijn. De klimop had Jasna bij de kerkhofmuur uitgegraven en in tranen groef ze hem bij het graf weer in.

Ik kom terug mama. Ik ben je dankbaar, Marica, vergeet me niet, lieve zus. 'Downy' zeiden ze altijd tegen je, 'downy', maar jij was de enige die in ons gezin gelukkig was, echt gelukkig. Laat me los, alsjeblieft. Marica, mama, laat me gaan.

Daarna ontbeet ze bij het metrostation Amrumer Strasse, zwarte koffie en een gekookte worst. Een typisch duifgrijze Berlijnse ochtend in oktober. Om haar heen stonden arbeiders in blauwe overall. Jasna bietste een sigaret.

'Alles goed, meisje?'

'Ja, alles goed, dank je.'

Even later parkeerde ze de Polo voor de voordeur van haar vriendin Tanja in Friedenau en gooide de autosleutel met de autopapieren en een afscheidsbrief in de brievenbus. Haar tweekamerappartement hield Jasna aan, een lijntje met Berlijn dat ze wilde houden, de huur maakt ze na zes jaar nog steeds over.

In de trein terug naar Den Haag op de avond van diezelfde dag sliep ze de hele tijd door, droomde wilde dingen.

De volgende ochtend huurde ze in Rijswijk een eenkamerappartement op de zesde verdieping. Bij het neuken kan ze naar de wolken kijken en de buren bij het avondeten horen smakken. Voor het balkonraam is geen traliewerk – twee seconden tussen haar bed en een wisse dood; een kleine *base jump* als de kinderen uit de buurt op school zijn. En als toch iemand zou kijken, zou het eruitzien alsof er een engel uit de wolken was gevallen, en de nieuwe huurders zouden niet eens opnieuw hoeven te schilderen.

'Jouw appartement is een straf,' zei Peneguy op een keer terwijl hij op het balkon tevreden en afgemat een sigaret stond te roken.

'Pardon?'

Hierboven verdwaalde tenminste geen duif, zoals destijds in haar woonkamer in Wedding, toen dat rotbeest alles had ondergescheten. Op het hoofd van Marica, die daar een paniekaanval van kreeg. En als het wolkendek boven Den Haag bij wijze van uitzondering eens een keer in de was zit en ik weer niet kan slapen en met koffie en een sigaret op het balkon zit, kan ik van hieruit de zon verwelkomen en moet ik bijna glimlachen om mijn geluk.

Straf? Nee.

Peneguy nam haar daarna in zijn armen – dat was een van de schaarse momenten waarop ze dat eigenlijk toeliet.

M'Penza had hen aan elkaar voorgesteld, begin november 1999. Peneguy was drie weken later dan Jasna naar Den Haag gekomen. Nog steeds door de jetlag getekend, met zwarte wallen, maar met stralend witte, net twee dagen daarvoor door zijn tandarts in Manhattan gebleekte tanden, stond hij er al de dag na zijn aankomst op zijn medewerkers te leren kennen. Weinig kont, nog minder haar, een gemaakte glimlach als vertrouwenwekkende maatregel op zijn lippen, zijn ogen waren ver weg – nog bij de tandarts in Manhattan, of waar dan ook.

Jasna draaide zich om, liep naar M'Penza en wilde zich laten overplaatsen, per direct en overal heen, want met zulke slijmballen ging ze niet samenwerken.

Het weekend daarop nodigde Peneguy Jasna uit om te gaan eten in een strandtent. Zijn wallen zaten er nog, zijn glimlach was verdwenen. Hij vroeg haar met klem in zijn team te blijven.

'Ik werk niet met mensen die oppervlakkig in mijn gezicht staan te glimlachen,' zei Jasna, 'en ik werk niet met iemand die hierheen komt om zijn vastgelopen carrière weer uit het slop te halen.' En ze vroeg om de rekening.

Drie weken later vond Jasna bij hem thuis het verzamelde werk van Ivo Andrić in het Servo-Kroatisch, daarnaast een woordenboek Servo-Kroatisch-Engels. Hij had zich al door ongeveer een derde van *De brug over de Drina* heen geworsteld en het boek daarna in het Engels uitgelezen. Sinds een klein halfjaar leerde Peneguy min of meer dagelijks met een privéleraar Servo-Kroatisch om de vertalingen van de getuigenverklaringen te kunnen controleren. Zijn iPod zat vol met luisterboeken van Servische en Kroatische schrijvers, met toespraken van Tito en Milošević die hij had laten inspreken en die hij in zijn hoofd stampte terwijl hij zich op zaterdagmiddag op zijn racefiets zestig kilometer afbeulde om de stress kwijt te raken. Niemand van de aanklagers die Jasna bij het tribunaal leerde kennen, was zo serieus in de wereld van Joegoslavië gedoken als Peneguy. Ten slotte was zijn taalbeheersing zodanig dat hij niet alleen de verschillende vertalingen van Milošević' Merelveld-toespraak met elkaar kon vergelijken, maar ook de nationalistische ondertonen van die toespraak begreep, die nog helemaal in de toon van de Socialistische Internationale was gehouden. Een expertise waarvoor zelfs M'Penza nogal wat specialisten moest raadplegen.

Voor het strandrestaurant had Peneguy haar nog een keer gesmeekt te blijven.

'Wat heb je hier te zoeken?' vroeg Jasna.

Papa en mama uit de oude Amerikaanse aristocratie, opleiding aan Harvard Law School met een tweede diploma in distributieve rechtvaardigheid bij Rawls, Dworkin en Michael Sandel, en gedoodverfd troonopvolger van het internationale advocatenkantoor Mason, Schuster & Partners op 3rd Avenue met vestigingen in Parijs, Berlijn, Moskou en Buenos Aires. Jasna had hem gegoogeld en hield hem voor een gladde carrièrejager.

De krijsende meeuwen brengen haar terug naar het zomerhuis. Ze loopt naar buiten het strand op, stelt haar toekomstplannen uit tot later. Daar is nu het moment niet voor. Want de triomf van Kovać kan het tribunaal vernietigen, alles wat Peneguy en zij hebben opgebouwd. De aanklacht kunnen ze vergeten – geen getuigen, geen aanklacht.

Zo'n proces kunnen ze niet voeren op basis van vermoedens. Het was haar werk de getuigen te pakken te krijgen. Meer dan anderhalf jaar heeft ze achter Oreskovič aan gezeten, waarvan een jaar undercover. Ze heeft hem opgepakt, hem hierheen gekregen – en ze heeft het laten gebeuren dat hij werd gedood. Misschien had Peneguy gelijk en hadden ze hem met een helikopter moeten overbrengen, waarom...

Ze haalt diep adem. Het gaat zo beter. Nog even en de pillen beginnen te werken.

8 De bijl heeft roestplekken, de steel is afgesleten. Zoran vindt hem bij de voorraad brandhout in een schuurtje naast de hut. Het hout zou voldoende zijn voor een paar dagen maar hij moet het zelf hakken. Eén, twee minuten nog, dan zal de morfine bij Branko zijn werk gaan doen. Dan kunnen ze bespreken hoe het verder moet.

Zoran trekt zijn volledig bezwete hemd uit en hakt met de bijl op het hout in alsof hij het moet doodslaan. Na een tijdje worden zijn verwarde gedachten helder.

Branko heeft dringend een arts nodig, en omdat hij niet kan lopen, zal Zoran een auto moeten opsnorren. Geen makkelijke opgave, want het nieuws van hun vlucht zal al snel overal bekend zijn geworden. En Kovać is in deze omgeving de held, een grotere held dan Karadžić of Milošević. Want Kovać heeft voor de mensen hier zijn handen vuilgemaakt en het land bezemschoon voor hen achtergelaten, vrij van moslims en vrij van Kroaten. Kovać' foto hangt in de kazernes, in de directiekamers van de scholen, in de kantoren van de kleinere steden. Bajina Bašta ligt hier maar tien kilometer vandaan. Maar in Bajina Bašta is Kovać geboren. Dat betekent dat de bijna tienduizend inwoners allemaal naar Zoran en Branko zullen uitkijken. Net als de inwoners van de omliggende dorpen waar Zoran meteen als onbekende zou worden ontdekt.

De kou knaagt aan zijn blote bovenlijf. Hij heeft genoeg hout voor een dag. Toch slaat hij steeds weer op de grove blokken.

En Užice dan? Dat is wel verder weg, maar het is een wat grotere stad, zestigduizend inwoners. Ze zullen zich geen moer van hem aantrekken. 's Middags zou hij met een auto terug kunnen zijn. Tot de grens met Bosnië is het maar een paar kilometer, tot Sarajevo een kleine honderd – met de auto is dat misschien twee uur. Ze zouden naar de NAVO-basis Butmir rijden en zich aangeven. Een arts zou Branko's wond verzorgen. En morgenavond al zouden ze naar Den Haag kunnen worden gevlogen.

Ook Zoran zal tegen Kovać getuigen, over Višegrad. Hij zal tot misschien vijf jaar worden veroordeeld en zal veertig zijn als hij wordt vrijgelaten. Jong genoeg om de hele klerebende hier te vergeten en opnieuw te beginnen.

Zoran zakt naast de houtstapel op de grond, de bijl als een wapen in zijn hand. Zijn lichaam dampt in de kou, de idylle om hem heen trekt zich niets aan van zijn grote wanhoop.

Zo vindt Branko hem als hij uit de hut komt. Toen de morfine begon te werken heeft hij de wond met jodium schoongemaakt en opnieuw verbonden. Branko gaat naast zijn zoon zitten, die hij tot dan toe nog maar één keer heeft zien huilen, destijds in Višegrad.

'Je had geen keus,' zegt Branko. 'Hij zou mij hebben doodgeschoten.'

Ja, denkt Zoran. Bora zou geschoten hebben. De jongen wiens blik zich in Zorans hoofd heeft genesteld en op hem begint in te hakken, zou zijn vader hebben omgebracht.

'Laten we naar binnen gaan,' zegt Branko, 'en nadenken hoe we verdergaan.'

En Zoran veegt zijn tranen af en loopt achter zijn vader naar de hut.

9 Caflish zit in de bewakingsruimte van het zomerhuis. Voor hem suffen twee bewakingsmonitoren – op de een is nu de gang te zien die naar de kamers van Jasna en Oreskovič leidt; in de kamer van de laatste staat nog steeds zijn koffer –, daarnaast twee computerbeeldschermen, op het ene is Jasna's e-mailaccount te zien, op het andere ziet het er net erg goed uit voor: wit.

Caflish speelt al de halve nacht schaak. Tegen halfeen heeft hij de computer eindelijk zo afgesteld dat hij niet voortdurend een pak slaag krijgt maar – vooral met wit – steeds wint. Waarbij hij de computer een paar keer opnieuw moest bijstellen, want die werd vreemd genoeg steeds sterker. Nu, om 5.56 uur, speelt Caflish op een goed basisschoolniveau tegen een ongeveer even sterke tegenstander.

Peneguy heeft hem gevraagd op Jasna te letten en haar af te schermen voor de buitenwereld. Waarbij 'afschermen' in deze wereld van meeuwen en gestrande parelkwallen die het grauwe strand een paar aardige kleuraccenten geven, vooral betekent: in de gaten houden dat Hilken en de anderen op de wc niet staand plassen en de wc-deur dichtdoen want we hebben een dame aan boord. Goed, Caflish overdrijft misschien een beetje, maar zijn humeur daalt nog verder als de computer rokeert, wat mogelijk twee zetten later uitdraait op een dameruil, en dat kan echt niet, want Caflish maakt zwart alleen af met toren en dame, en zijn torens staan al naast het bord en... oké, het wordt dus een dameruil. Shit.

'Afschermen' betekent op dit ogenblik voor Caflish in feite het checken van Jasna's e-mails en haar mobiele telefoon – daarom zit Caflish, een lijfwacht die getraind is in gevechten van man tegen man, aan een bureau voor een paar monitoren chips en verliespotjes schaak te verwerken.

Is dat echt nodig? Jazeker!

Het e-mailaccount van Jasna en het nummer van haar mobiele telefoon zijn de afgelopen maanden het centrale meldpunt voor fraaie postings in de stijl van

bedreiging met moord

bedreiging met verkrachting

bedreiging met verminking van alle ledematen

Details laten we buiten beschouwing.

Bovendien melden zich daar getuigen die mogelijk in Den Haag een verklaring willen afleggen. Tegen Kovać. Of in een van de 157 andere processen van het ICTY.

Het verspreiden van haar e-mailadres en mobiele telefoonnummer in heel Bosnië hield ook een bepaald risico in. Maar op info@icty.org meldt zich nu eenmaal geen enkele getuige. Getuigen, vooral vrouwen, melden zich liever bij een vrouwelijke onderzoekster die ze vertrouwen. Precies langs die weg was Jasna ook bij Oreskovič gekomen.

Omdat Jasna voorlopig uit de wind wordt gehouden, heeft Peneguy iemand nodig die de e-mails van getuigen – die juist nu bitterhard nodig zijn en mogelijk in Den Haag een verklaring willen afleggen – uit de modder van de drei-gementenspam filtert.

Dus viert Caflish vakantie tussen parelkwallen en wc-bril, werkt hij met matig succes aan zijn highscore en overweegt hij omwille van het peil van zijn humeur de moeilijkheids-graad nog een keer aan te passen.

Beweging op monitor 1. Een dame in rood vertrekt rich-ting voordeur.

Jasna – de dame in rood – opent de deur, een portie zilte lucht waait door het zomerhuis, ze gaat naar buiten. Caflish, die er meer dan genoeg van heeft, neemt een pauze.

Hij staat op en net als hij koffie inschenkt – zwart voor haar, met melk voor hem – laat de computermonitor het zachte geluid van een scheet horen; grapje van Hilken, die het leuk vindt het geluidssignaal van binnenkomende e-mails te veranderen. Het heeft zo zijn nadelen meerdere mannen alleen te laten zonder de beschavende invloed van witte, zwarte of rode maar in ieder geval echte dames. Absoluut niet de humor van Caflish. Voordat hij met de kopjes naar buiten gaat, checkt Caflish dus nog kort de inbox.

In één klap is hij wakker. En gelijk bij de les.

Hij laat het e-mailadres van de afzender door de verifi-catiesoftware lopen en checkt het IP-adres. Ja, de mail komt uit Belgrado, zeker weten.

Who are you? schrijft Caflish en hij print de mail uit ter-wijl hij op antwoord wacht. Dit moet ze lezen. Nu. Met-een.

En weer een scheet.

I can't tell you. Come to Belgrade, I'll get in touch.

When? schrijft Caflish.

Hij wacht.

Weer een scheet.

ASAP.

Pauze. En net als Caflish wil antwoorden, leest hij:

Don't write again. It's too dangerous for me. I have already proved my trustability. Join me here in Belgrade. I'll find you.

10 Jasna draait zich om. De schijnwerper verblindt haar. Vanuit het zomerhuis komt Caflish over het strand naar haar toe.

'Hier,' hijgt hij, 'kwam net binnen. Lees eens!'

Hij stopt de uitgeprinte e-mail in haar hand.

Jasna leest.

En leest nog een keer.

'Geen bluf?' zegt ze.

Absoluut niet. Want het IP-adres van de afzender is bij hen bekend. Al twee keer heeft een informant hem gebruikt, twee keer raak. De doorslaggevende tip voor Tirana kwam van dit e-mailadres en leidde haar naar Oreskovič.

I have proved my trustability. Slecht Engels, juiste verklaring.

'En als ze het lek hebben gevonden en alleen zijn e-mailadres gebruiken?' vraagt Jasna.

'Kan. Maar tamelijk onwaarschijnlijk.'

'Waarom zouden ze ons anders voorstellen Branko uit te leveren?'

11 Vrijdagmiddag, even voor twaalven. Lidija cruiset in haar Škoda door de binnenstad van Užice. Op de radio draaien ze Ceca weer. Ceca, die tegenwoordig niet meer naar turbofolk maar naar MTV klinkt en er ook zo uitziet. Lidija kan elke regel meezingen en denkt even aan de videoclips uit de jaren negentig en aan de bruiloft van Ceca en Arkan – twee uur live op tv en natuurlijk zat ook Lidija voor de buis. Ze denkt aan de foto's uit het Intercontinental van vijf jaar geleden toen Arkan door een kogelregen werd doorzeefd. Ceca werd erbij gehaald en hij stierf in haar armen. Wat die vrouw allemaal heeft moeten doormaken. De plegers van de aanslag op Đinđić, of in ieder geval hun kameraden, die Ceca's huis in- en uitliepen, de wapens in Ceca's kelder waarvan ze niets afwist. Goed dat ze die arme vrouw eindelijk met rust laten. Het is fantastisch dat ze er nu weer is – en hoe! Lidija zingt mee en is intussen bij het winkelcentrum aangekomen.

De hele stad is op de been, blij dat de zon er weer is, eindelijk weer zonnebrillen. Bovendien is vanmorgen de eerste sneeuw gevallen. Die is weliswaar in de stad alweer weggesmolten, maar het weerbericht, dat Ceca kort onderbreekt, voorspelt vorst en meer sneeuw voor het weekend. De supermarkten verkopen sleeën en glijmatten, de sportzaken hebben langlaufski's op de stoep gezet. De moeders rijden met hun auto's nog snel naar de winkelcentra om in te slaan voor het weekend voordat de scholen, de kantoren en de winkels sluiten.

Weer wordt Ceca gedraaid, de volgende song van haar nieuwste cd. Lidija is in opperbeste stemming. Ze neemt de oprit naar het winkelcentrum, daarginds is een parkeerplaats vrij, vlak naast de uitgang. Zonnebrillencheck in de achteruitkijkspiegel. Nog een beetje met Ceca meezingen. Deur open, naar buiten en showtime. Uit de achterbak van de Škoda nog de tassen pakken, kont even naar achteren, dan de achterbak dicht, radio uit, deur dicht. Zeker niet glimlachen, langs het schatje van de security – natuurlijk kijkt hij naar haar kont – en de supermarkt in.

De knaap van de security heet Aleksandar Obrenović. Hij was blij dat hij na de oorlog deze baan kreeg – wie er allemaal niet naar binnen wilde! Het verdient slecht maar dat maakt hem niet uit, hij hoeft alleen voor zichzelf te zorgen, hij kan van de poen rondkomen. Hij mag trouwens blij zijn dat hij nog leeft.

Als de blik van Aleksandar aan Lidija's kont blijft hangen, die zo meteen achter de potten jam zal verdwijnen, waardoor hij afgeleid is, verschijnt Zoran op de parkeerplaats en kijkt rond tussen de auto's. Zijn schoenen zijn door de lange tocht van het nationaal park hierheen vuil geworden, zijn laatste scheerbeurt is van twee dagen geleden. Hij is bezweet, oververmoeid en past niet in deze wereld van het twee jaar geleden nieuw gebouwde winkelcentrum voor de tien jaar geleden nieuw tot stand gebrachte elite van de stad, die liever tomaten met mozzarella eet dan ćevapčići. Zoran kan nog ongestoord tussen de auto's rondkijken – tot Lidija's kont achter de schappen met de conserven verdwijnt.

De beveiligingsman is nog in gedachten bij Lidija en alle dingen die hij graag met haar zou doen, maar niet kan. Want wat Aleksandar, die ooit 'de Grote' werd genoemd, zorgvuldig verbergt voor zijn kameraden en vooral voor zijn nogal dikke zwager, die hem al jaren vanwege zijn onafgebroken vegetatieve staat als single plaagt: 'Aleksandar de Grote' is sinds een jaar of vijf alleen nog maar Aleksandar de Kleine.

Zijn probleem deed zich voor het eerst voor toen Aleksandar zich in een winkelcentrum als dit hier – in Čačak – met een verkoopster opsloot in de kantine. De verkoopster had een bijna meisjesachtig lichaam en toen Aleksandar zag dat ze haar schaamhaar had geschoren, had hij poep geroken en begon hij plotseling te zweten. Een week later waagde hij een tweede poging – in alle rust, bij hem thuis. Maar ook zijn eigen slaapkamer vond Aleksandar ineens naar poep ruiken, en opnieuw begon hij zonder duidelijke aanleiding te zweten. De vrouw betrok de afwijzing op zichzelf en begon te huilen, wat de zaak voor Aleksandar niet bepaald makkelijker maakte.

Meteen de volgende dag nam hij ontslag en vertrok naar Užice. Een kameraad bezorgde hem de baan bij de security. Zijn zus was blij hem weer in de buurt te hebben. En al vijf jaar kijkt Aleksandar voortaan vrouwen als Lidija na, glimlacht uitdagend en afstandelijk, en neemt genoegen met de wetenschap dat hij een man is die vrouwen willen veroveren.

Zodra hij namelijk verder denkt, ziet hij het twaalfjarige meisje in het kamp van Omarska voor zich bij wie de poep langs haar benen liep terwijl Aleksandar zijn bijzondere standvastigheid bewees, aangevuurd door zijn vrienden, de Wolven, die hem destijds de bijnaam 'de Grote' gaven en er tot op de dag van vandaag voor zorgen dat hij niets tekortkomt en daarom deze baan hier voor hem hebben versierd.

Maar de Wolven bezorgen hun voormalige leden niet alleen een baantje bij een beveiligingsbedrijf. Af en toe vragen ze ook om een gunst. Zoals vanmorgen, toen ze Aleksandar en anderen op hun mobieltje de foto's van Zoran en Branko stuurden.

12 Caflish zit achter het stuur met Jasna naast zich op de passagiersstoel. Het groot licht doorboort de dorpen die ze – veel te snel – passeren.

'Dat zal heel moeilijk gaan, de heer M'Penza zit meteen om negen uur in een persconferentie,' klinkt het uit de handsfree kit. De stem is van dr. Francesca Rovighi en heeft de klank van vakantie aan zee. Rovighi is al zeven jaar de assistente van dr. M'Penza en ze benadrukt haar rollende Italiaanse r op dezelfde manier als haar baas zijn Angolese 'M'P' die hier geen mens normaal kan uitspreken.

'Negen uur is te laat, schuif ons er eerder tussen,' zegt Caflish.

'Wie bedoel je met "ons"?'

'Mevrouw Brandič en mij.'

'Mevrouw Brandič? Ik dacht dat ze…'

'Francesca! Wanneer is M'Penza op kantoor?'

'Tegen halfnegen, we hebben nog een briefing voor de persconferentie.'

'Kun je hem niet om acht uur daar krijgen?'

'Je moest eens weten hoelang M'Penza gisteren op kantoor was. Het laatste interview over de aanslag heeft hij om even na enen gegeven!'

'Luister, Francesca, Jasna heeft zo snel mogelijk een afspraak met Peneguy en M'Penza nodig. Desnoods verschuif je de persconferentie.'

'Waar gaat het dan over?'

'Dat wil ik niet over de telefoon zeggen.'

'Oké. Een aanwijzing dan.'

'Nee.'

'Misschien krijg ik hem een beetje vroeger te pakken. Maar ik heb een aanwijzing nodig, anders doet hij me wat!'

'Wat ik al zei: liever niet over de telefoon.'

'Caflish! Weet je wat jouw mobiele telefoon ons per jaar kost? Je hebt precies hetzelfde model als koningin Beatrix. Als je wilt dat ik M'Penza uit zijn bed haal, geef me dan tenminste een trefwoord!'

Jasna zegt in de handsfree kit: 'Het gaat over Branko.'

'Ja?'

'We hebben een tip gekregen waar hij zich ophoudt.'

'Van wie?'

'Weten we nog niet, de tip was anoniem. Is dat genoeg?'

'Kom om acht uur. Ik zorg dat ik Peneguy en M'Penza tegen die tijd hier heb. Oké?'

'*Grazie mille.*'

'*Prego.*'

De verbinding wordt verbroken.

Stilte in de auto.

Twintig minuten later bereiken ze de eerste buitenwijk van Den Haag.

Tweeëntwintig minuten later moeten ze bij het kruispunt waar Jasna met Oreskovič langsgereden is voor een rood stoplicht wachten.

'Alles goed?' vraagt Caflish.

'Ja,' zegt Jasna.

Caflish rijdt verder.

'Wat weten jullie eigenlijk over Branko?' vraagt hij.

'Niet veel. Bij de Wolven is hij de nummer twee na Kovać. Een jaar voor Oreskovič de wijk nam naar Tirana heeft Branko hem opgevolgd. Branko laat geen sporen achter – het lijkt erop dat hij de intelligentste van het stel is. We weten niet waar hij is, we hebben geen foto, er bestaat geen video van hem, we hebben niet eens zijn echte naam, nauwelijks

een aanknopingspunt. Mogelijk is hij op pad met Stavros.
"Stavros" – zegt dat je wat?'

'Kosenić?'

'Ja.'

'Was die niet ook in de kazerne in Novi Sad?' vraagt
Caflish.

'Waarschijnlijk. Net als de rest.'

Caflish herinnert zich het gevloek van Peneguy toen hij
het fiasco van de arrestatie te horen kreeg. Een groep onderzoekers was na een tip onaangekondigd met een internationaal arrestatiebevel in de kazerne bij Novi Sad verschenen,
waar de Wolven ondergedoken waren. De onderzoekers
waren door de commandant van de kazerne opvallend
vriendelijk met koffie en gebak ontvangen. Van de Wolven
was natuurlijk geen spoor meer te bekennen – van Stavros
niet, van Branko niet, van niemand.

Stilte.

'Wat heeft Oreskovič eigenlijk over Branko verteld?'
vraagt Caflish.

'Hij heeft zich helemaal niet over hem uitgelaten, wilde
hem vermoedelijk buiten schot laten.'

'Hoezo? Branko berooft hem van de kans op de troon en
Oreskovič laat geen woord over hem los? Tegen Kovać wil
hij wel getuigen, maar tegen Branko niet?'

'Ja,' zegt Jasna, 'maar hij heeft laten doorschemeren dat
Branko vroeg of laat het bijltje erbij neergooit.'

'En waarom?'

'Weet ik niet,' zegt Jasna. 'Hij wilde dat ik Branko dan zou
helpen naar Den Haag te komen.'

'Waarom uitgerekend jij?'

'Geen idee.'

Stilte.

'Jij kunt daar onmogelijk naartoe. Je hebt een break nodig, helemaal na gisteren,' zegt Caflish. 'We hebben daarginds meer dan vijftig onderzoekers rondlopen. Laten zij dat maar doen!'

'Die e-mail was niet gericht aan meer dan vijftig onderzoekers daarginds, maar aan mij!'

Op dat moment lijkt ook Jasna haar r te benadrukken – en die heeft allesbehalve de klank van vakantie aan zee. Het is een zeer Duitse r. Hard. Onbuigzaam.

Ze zwijgen.

'Voel je niet overal verantwoordelijk voor,' zegt Caflish. 'Je hebt Oreskovič hier gekregen.

Je hebt ternauwernood een aanslag overleefd. Dat is genoeg. Laat de anderen het nu verder opknappen. Je hoeft niet in je eentje tegen Kovać te vechten!'

Stilte.

'Ik heb zelf de getuigenverklaringen opgetekend van negentien vrouwen die in het Vilina Vlas-hotel waren. Acht van hen zijn vermoord, vijf hebben zelfmoord gepleegd, vijf hebben hun verklaring ingetrokken nadat hun familie met de dood was bedreigd. Ivana was de enige die we hier hebben weten te krijgen,' zegt Jasna.

Stilte.

'Wat zou jij in mijn plaats doen?' vraagt Jasna.

Stilte.

Voor hen ligt nu het Churchillplein.

Het vroege ochtendverkeer.

Aan de lantaarns hangen zwarte linten.

'Als Branko getuigt, krijgen we Kovać te pakken,' zegt Jasna. 'Dan hangt ie.'

13 Lidija haast zich van de supermarkt naar de parkeerplaats en zoekt in haar handtas naar de autosleutel. Ze is ongerust omdat ze in de supermarkt haar portemonnee niet kon vinden. Zo ongerust dat ze de bellende Aleksandar niet eens ziet en in haar meest onsexy waggelloopje vervalt. Ze heeft geen idee of ze haar portemonnee in de Škoda is vergeten of daarnet in de sportzaak heeft laten liggen. Of dat hij gestolen is.

Ze steekt de sleutel in het slot.

Plotseling staat Zoran naast haar. Hij rukt de sleutel uit haar hand en duwt haar opzij, van de auto weg.

Ze gilt. Op de parkeerplaats zijn een hoop mensen, maar niemand reageert. Een trage massa, het IQ van de zwermintelligentie is van een niet al te hoog niveau. Grondregel: afwachten.

Aleksandar, ook al uit hoofde van zijn beroep verantwoordelijk, is de enige die naar Lidija en Zoran kijkt, maar hij staat nog steeds te bellen.

Lidija smeekt Aleksandar met haar ogen om hulp. Want de vent die haar bij haar jas vasthoudt, stinkt naar vuur en oud zweet. Zijn schoenen zijn smerig, zijn jas is kapot.

Wat is dat voor een vent, gaat het door Lidija heen. Een zwerver? Uitschot van de oorlog van tien jaar geleden? Een van de boeren uit de pampa hier? In ieder geval krijgt die klootzak haar Škoda niet. De beveiligingsman zal zo bij haar zijn. Ze moet die stinkende figuur alleen lang genoeg zien bezig te houden.

Zoran heeft Aleksandar al opgemerkt toen die zijn mobieltje pakte, Zoran aanstaarde en begon te bellen. Die kerel kan me niet kennen, dacht Zoran, niet hier. Niet dertig kilometer van Bajina Bašta en Stavros vandaan.

Big fail.

Als Zoran nog een keer naar hem kijkt, stopt Aleksandar net zijn mobieltje weg en komt in beweging.

Lidija merkt dat Zoran niet op haar let en haalt met haar trouwring zijn gezicht open. Het bewijs van veertien jaar huwelijk klauwt voor een fractie van een seconde in de wang van Zoran en trekt een stuk huid mee. Ineens voelt Lidija zich sterk.

Tot Zoran met zijn vuist in haar gezicht stompt, harder dan hij wilde – een oud vechtersinstinct. Hij geeft Lidija, die zich aan hem blijft vastklampen, nog een stomp om definitief van haar af te komen. Ze tuimelt achterover en slaat na twee, drie meter tegen de grond.

Aleksandar is bijna bij hem.

Zoran springt in de auto, start de motor, zet hem in de versnelling. Wie is die gast, denkt hij, moet ik hem kennen?

Lidija krabbelt overeind, gilt dat ze die rotzak moeten tegenhouden. Maar het zwerm-IQ is nog steeds laagdrempelig en wordt ook niet bepaald verhoogd door de drie moekes die zich met hun winkelwagen bij de groep van toch nieuwsgierig geworden mensen hebben gevoegd.

Zoran geeft gas. Hij scheurt roekeloos op Lidija af, die vliegensvlug opzij rolt, en rijdt recht op Aleksandar af.

Aleksandar de Grote is ongewapend. Hij zit bij de security, pistolen zijn voor hem natuurlijk verboden. Het enige wapen dat hij mag dragen is een knuppel van imponerende afmeting en vorm, voor Aleksandar de Grote in ieder geval volkomen toereikend. Hij trekt de knuppel uit de holster en rent naar de bestuurderskant van de op hem afkomende auto.

De auto rijdt nog altijd langzaam genoeg, hoewel de banden het asfalt wegslijpen. Aleksandar de Grote kan nog met de fier opgerichte knuppel op de ruit beuken, hij heeft het recht aan zijn kant, hij zal de ruit met één klap aan diggelen slaan, want hij heeft flinke slagkracht verzameld; hij zal Zoran grijpen, zich aan hem vastklampen, hem uit de auto trekken, in ieder geval zover omhoogtrekken dat Zoran met zijn voet van het gaspedaal af moet en dan heeft hij die zak.

Terwijl Aleksandar de Grote uithaalt om erop los te slaan, ziet Zoran de tattoo op zijn onderarm: een wolf die zijn tanden laat zien. Maar het gezicht kan hij nog steeds niet thuisbrengen. Waarom ken ik hem niet, denkt Zoran nog. Waarom?

Omdat Aleksandar de Grote maar kort bij de Wolven zat, en ook nog in een tijd dat de Wolven zich tijdens het Kroatische tegenoffensief in twee groepen hadden opgedeeld.

Als Aleksandar slaat, wijkt Zoran uit. De klap gaat er zo goed als naast, hij schampt de lak van de Škoda – nog een diepe teleurstelling in het leven van Aleksandar de Grote.

Zoran raast verder in de richting van de straat.

Het algemene voorstellingsvermogen van de zwerm is intussen zo groot dat die kan uittekenen wat er gebeurt als Zoran plankgas op hem in rijdt. De zwerm – pientere beslissing! – zwermt dus liever uit.

Voordat Zoran de weg op draait, kijkt hij in de achteruitkijkspiegel. Aleksandar rent nog een stuk achter hem aan, maar geeft al snel op, haalt zijn mobieltje uit zijn zak en begint te bellen, terwijl Lidija opgewonden op hem inpraat.

De straat is bijna leeg. Het verkeer is overzichtelijk. Geen spoor van politieauto's. Nadat hij twee keer is afgeslagen laat Zoran het gas los. Hij mag nu niet opvallen.

Als hij de snelweg bereikt, schiet hem te binnen waarvan hij die vent van de security kent. Zoran had hem bij de Wolven gezien die uit Omarska naar Višegrad terugkwamen. Aleksandar de Grote. Grote hilariteit onder de jongens, die beweerden dat Aleksandar zo groot was dat hij altijd pas als laatste aan de beurt kwam. Want na hem waren de meiden zo wijd als de weg naar Mekka. Dan was de lol er voor de anderen een beetje af. Opnieuw grote hilariteit.

Zoran had gegruwd van die vent, van dat leven, van zijn beslissing erbij te zijn. Van alles.

14 M'Penza leest de e-mail. Sinds Đinđić drie jaar geleden Milošević aan het tribunaal heeft uitgeleverd, is dit hier de waardevolste informatie die M'Penza in handen heeft. Je zou ook kunnen zeggen dat het de informatie is waarmee het tribunaal *can save his ass* – in ieder geval zal hij later met die formulering aan de telefoon (hetzelfde model als koningin Beatrix) een glimlach toveren op de lippen van de hoofdaanklaagster, die daarginds in New York voor het overige beduidend minder te glimlachen heeft.

'Francesca,' zegt M'Penza in de intercom, 'verplaats de persconferentie naar vanmiddag.'

Hij kijkt Peneguy aan. Die had om zeven uur eindelijk zijn gsm aangezet, de sms van Jasna gelezen, hetzelfde bericht ook nog een keer op de voicemail afgeluisterd en vervolgens *shit, shave and shower* in absolute recordtijd afgelegd (wat alleen lukte doordat hij twee dingen tegelijk deed). Om half-acht was hij op kantoor, kort daarvoor had hij Jasna en

Caflish in de kantine gebeld, hen koffie mee laten brengen en de feiten gecheckt.

De kern van de e-mail: de informant beweert dat Branko zich sinds tien dagen met de eenheid van Stavros Kosenić in de buurt van Bajina Bašta bevindt, in het nationaal park Tara bij de grens tussen Servië en Bosnië-Herzegovina. Waar precies wil hij alleen mondeling meedelen.

'Wat vind je ervan?' vraagt M'Penza aan Peneguy. 'Is de mail geloofwaardig?'

'Volstrekt geloofwaardig,' zegt Peneguy.

Ten eerste vermoeden ze al langer dat Branko bij Stavros zit. Ten tweede gaan ze ervan uit dat Stavros Kosenić zich – na de vlucht uit de kazerne bij Novi Sad – daadwerkelijk in de buurt van Bajina Bašta bevindt, want een van Peneguys informanten heeft hem in Užice gezien. Ten derde komt de tijdsaanduiding exact overeen met hun onderzoek.

'De mail is de hoofdprijs,' zegt Peneguy, 'een geschenk uit duizenden. En onze enige kans Kovać toch nog te kunnen veroordelen. Als Branko tegen hem getuigt, heeft Kovać verloren.'

'Wat weten we van de informant?' vraagt M'Penza. 'Waarom geeft hij ons deze informatie en noemt hij zijn naam niet?'

'Goede vraag.'

Een heel goede vraag zelfs waarmee Peneguy en Jasna zich destijds al grondig hebben beziggehouden, toen hun uit dezelfde bron de informatie over de verblijfplaats van Oreskovič werd toegespeeld.

'We weten precies twee dingen over hem,' zegt Peneguy. 'Ten eerste: het e-mailadres dat hij gebruikt, werd in maart 2001 aangemaakt, twee maanden nadat Đinđić als minister-president aantrad. Ten tweede: het werd één keer gebruikt voor de afwikkeling van Milošević' uitlevering aan het tribunaal. Verder werd er vanaf dit adres twee keer contact met ons opgenomen over Oreskovič, en nu dan over Branko.'

'Twee dingen, maar die kunnen ons toch het een en ander vertellen. Waarschijnlijk is de informant een secretaris-generaal die Ðinðić zelf nog geïnstalleerd heeft, en die hij zo goed vertrouwde dat hij aan hem een deel van de uitleveringsbevoegdheden heeft overgedragen, en die tegenwoordig – twee jaar na de dood van Ðinðić – nog steeds op die positie zit.' Alsof Ðinðić die informant alsnog vanuit zijn graf naar hen toe heeft gestuurd.

Peneguy heeft bij een bezoek aan Belgrado samen met de hoofdaanklaagster Ðinðić zelf leren kennen. De twee jaren van Ðinðić' Servische presidentschap waren de twee gouden jaren van het tribunaal. Hij liet onderzoekers van het tribunaal tot Servië toe, beloofde Milošević uit te leveren en hield woord. Bovendien beloofde hij Mladić en Kovač uit te leveren en werd daarom vermoedelijk vermoord. Hij was een van de moedigste, eerlijkste en intelligentste politici die Peneguy ooit heeft leren kennen.

Stilte.

Iedereen hier weet dat de informant een zeer, zeer eenzame strijd voert en buitengewoon groot gevaar loopt. Want de opvolgers van Ðinðić varen – ondanks hun anders luidende retoriek – een radicaal tegenovergestelde koers. Sinds de dood van Ðinðić twee jaar geleden is het onderzoek van het tribunaal weer net zo moeilijk als daarvoor. Dat Stavros en zijn mensen een kleine twee weken geleden in Novi Sad gewaarschuwd werden, is daar een typisch voorbeeld van.

Stavros en de Wolven leven ongehinderd in kazernes en worden als oorlogshelden gevierd, maar zodra de onderzoekers van het tribunaal in het land opduiken, heeft niemand ze gezien. Mladić duikt in Belgrado bij voetbalwedstrijden op, maar de regering weet zogenaamd niet waar hij woont. Arkan was een grootindustrieel in Belgrado geworden, maar het tribunaal kreeg geen enkele kans hem ter verantwoording te roepen. Branko zou zonder twijfel het succes zijn dat ze nodig hebben.

'Goed,' zegt M'Penza. 'Wat is het plan? Wat gaan we doen?'

'We gaan precies datgene doen wat hij voorstelt,' zegt Jasna. 'We gaan onder een voorwendsel naar Belgrado en bieden hem gelegenheid contact met ons op te nemen. En wel zo snel mogelijk, voordat Branko en Stavros weer ontsnappen.'

'Wat voor voorwendsel?' vraagt M'Penza.

'Het beste dat we hebben,' zegt Peneguy. 'We hebben de aanslagplegers op Oreskovič geïdentificeerd, we weten dat ze naar Belgrado zijn gevlucht, we kennen hun aanvoerder – Mirko Begić hoort bij de Wolven. We spreken met Skula, hij moet ons bijstand verlenen. Twee dagen Belgrado zijn genoeg om de informant met ons in contact te laten komen.'

Skula is in Belgrado het aanspreekpunt voor het tribunaal. Hij heeft de rang van minister. Een voormalig aannemer uit de Vojvodina, in het noorden van Servië, aartsconservatief, ondoorgrondelijk en met een onvolledige biografie. Niemand weet wat hij tijdens de oorlog precies heeft gedaan. Bekend is dat hij burgemeester van een kleine stad bij Novi Sad was, een communistische functionaris, iemand die iets betekent dankzij Milošević' genade, die perfect aanvoelt wanneer het schip gaat zinken. Hij was een van de eersten die uit de Communistische Partij zijn gestapt. Omdat de Communistische Internationale hem niet zinde – 'communistisch' was oké, maar 'internationaal'? Skula is een Servische nationalist. Het gerucht gaat dat hij zijn vermogen heeft vergaard met het verpatsen van restanten van het Joegoslavische leger. Ook gaat het gerucht dat de verdediging van Kovać door Skula wordt gefinancierd. Maar tot nog toe heeft niemand deze geruchten kunnen verifiëren. Want Skula is een vos. En in ieder geval de grootste kink in de kabel tussen Den Haag en Belgrado.

'Dan blijft er nog precies één vraag over: wie?'

'Ik ga,' zegt Jasna.

Lichte whiplash, *lichte* hersenschudding, over vier dagen kunnen de hechtingen eruit – is er een serieus argument tegen?

'Geef me een serieus argument waarom je zou moeten gaan,' vraagt M'Penza, die blijkbaar meer in de richting van een schok, een trauma en wondnaden denkt.

'Omdat hij mij de mail heeft gestuurd. Omdat het betekent dat hij waarschijnlijk alleen mij vertrouwt. Omdat we niet kunnen riskeren dat hij het contact meteen verbreekt als hij merkt dat er iemand anders komt, waardoor we Branko zouden kwijtraken.'

Ten eerste, ten tweede, ten derde – Peneguy-stijl.

Korte pauze.

M'Penza denkt na. Peneguy wil protesteren, maar M'Penza steekt zijn hand op; hij wil de mening van Peneguy niet weten. Hij heeft zijn eigen mening al gevormd.

'Goed,' zegt M'Penza tegen Jasna, Peneguy en Caflish.

'Francesca maakt voor jullie drieën een afspraak met Skula en boekt een vlucht.' Hij kijkt Peneguy aan, en Peneguy begrijpt dat tegenspraak zinloos is. Jasna zal gaan.

15 Zoran kijkt in de achteruitkijkspiegel. De weg achter hem is nog steeds leeg. Hij kijkt weer vooruit. Ook vóór hem is de weg leeg. Grote onrust maakt zich van hem meester, want de laatste auto is hij ongeveer een kwartier geleden tegengekomen. Het is vrijdagmiddag, probeert hij zichzelf te sussen. De omgeving hier is arm, de boeren kunnen niet meer van hun boerderij leven, dus werken ze doordeweeks in Užice. Het is nu halftwee, daarna wordt het drukker, vanaf vier uur misschien, dan begint het spitsuur.

Voor die tijd ben ik bij Branko, stop hem in de auto, en voor het donker is zijn we hier weg.

Bovendien is hij al halverwege Užice en Bajina Bašta. Hoe moeten ze hem nu nog te pakken krijgen? Hij had alle kanten op kunnen rijden, dat kunnen ze onmogelijk nagaan. Ze weten immers alleen bij benadering waar hij heen wil, in het beste geval weten ze globaal de richting, maar ze hebben niet de mogelijkheid elke provinciale weg en elk bospad af te zoeken. We zijn zo goed als in Den Haag.

Maar toch: zijn onrust gaat niet weg. Ze zijn met z'n achten en hebben alleen een jeep, denkt hij. En misschien de auto van de boer. Maar die roestbak kunnen ze niet gebruiken, want die is veel te langzaam, de as-ophanging is verbogen, daar kun je nog net het veld, maar niet meer de weg mee op. Dus met z'n achten in een jeep die nauwelijks sneller is dan deze Škoda? Vergeet het. Ze hebben op de parkeerplaats in Užice hun kans gehad en die hebben ze laten lopen. Alles is oké.

Het trillen van zijn beide handen tot in zijn onderarmen irriteert hem. De angst komt terug. Overweldigend. Net als vanmorgen toen hij Branko door het bos sleepte, bergop naar de hut. De angst wegduwen helpt niet. Als hij komt, komt hij, hij kan ermee omgaan. Angst is sinds de oorlog een deel van zijn leven. Maar toch, dit trillen kent Zoran niet van zichzelf. Zijn lichaam lijkt iets te weten wat Zoran nog niet weet. Of niet wil weten.

Dus praat hij in gedachten weer op zichzelf in en verzamelt hij de laatste argumenten waarom hij een kans van vrijwel honderd procent heeft om aan Stavros te ontkomen. Stavros heeft steun nodig om hem te vinden. Daarvoor komt eigenlijk alleen het leger in aanmerking, daar heeft Kovać legio medestanders en zij zouden zich ook achter Stavros scharen. Maar waar is de dichtstbijzijnde kazerne? Of de dichtstbijzijnde militaire basis? Novi Sad is te ver weg. Užice? Geen idee…

Nog een uur, dan is hij boven bij de hut. Het is onmogelijk dat ze hem nog te pakken krijgen. Hij mag zich nu niet door zijn angst kapot laten maken.

Zoran kijkt in de achteruitkijkspiegel. De weg achter hem is nog steeds leeg. Verdomme. Stilaan vraagt hij zich toch af waarom hij geen auto's tegenkomt, achter hem geen auto, voor hem geen auto. Tenslotte is het de verbindingsweg tussen Užice en Bajina Bašta, middagpauze of niet.

Het trillen wordt steeds erger, met twee handen klemt Zoran het stuur vast. Hij heeft lucht nodig, stopt, laat zich uit de auto vallen, is even weg. Een ogenblik is hij helemaal in de war. Een geruis in zijn oor, heel even maar, dan is het weer weg.

Hij staat op, wankelt naar het passagiersportier. In het zijvak zit een fles water. Hij spoelt zijn mond, spuugt op straat, haalt diep adem. Hij neemt een slok. Hij voelt zich al beter, het trillen is weg. Hij gooit het portier dicht en loopt om de auto heen. Hij schudt zijn hoofd omdat hij er niet bij kan dat juist in dat winkelcentrum, juist daar, een ex-lid van de Wolven werkt. Hij heeft bijna vijfentwintig kilometer gelopen, en bewust niet voor Bajina Bašta gekozen maar voor het verder weg gelegen Užice, en dan staat daar die hufter, Aleksandar de Grote. Heeft hij juist vandaag dienst.

Het was niet mijn fout, het was pech. Ik heb alles goed gedaan. En toch was die pech mijn doodvonnis.

De bladeren langs de kant van de weg zijn ijskoud, de bovenste laag is vochtig, want de sneeuw is in de middagzon gesmolten, maar daaronder zijn de bladeren bevroren en breken als Zoran ze optilt. De geur van het bos. Hij glimlacht. Een beetje angst en je beleeft alles intenser.

Het zachte donzen sneeuwdek links en rechts van de weg, overal waar de zon de grond niet raakt, kalmeert hem. Het trillen is weg, de onrust is voorbij, in ieder geval een beetje. Dat is nu het belangrijkste: het hoofd koel houden. Misschien was het geen doodvonnis.

Plotseling is het geruis in zijn oor weer terug. Harder dan daarnet.

Het duurt een tijdje voor Zoran merkt dat het geruis niet ín zijn oor zit maar van buitenaf komt. Dat er iets schuurt aan de stilte om hem heen, iets wat de natuur niet met zichzelf alleen wil laten.

Het geruis komt niet van de straat, het komt vanuit de heuvels, van ergens achter de bomen. Het wordt luider. Komt dichterbij. Razendsnel.

Zoran springt in de auto, start de motor, kijkt om zich heen. Hij heeft een schuilplaats voor deze Škoda nodig en wel verdomd snel. Maar de bomen langs de weg staan dicht op elkaar, er is geen bospad links of rechts. Dus scheurt Zoran ervandoor, verder deze weg af. Waarom moet dit blik nou net rood zijn? Hij trapt het gaspedaal in, koestert even de illusie dat hij op tijd een schuilplaats zal vinden.

Maar het is te laat. Veel te laat.

De helikopter heeft hem allang ontdekt.

16 De helikopter komt op Zoran over als een valk die klaar is om zich elk moment op de muis te storten, die hij al minutenlang op dezelfde afstand volgt. Als hij omhoogkijkt kan hij drie personen ontwaren – de piloot voorin, twee soldaten achter hem. Ze maken een ontspannen indruk, een van hen praat in een mobilofoon, hij lijkt te glimlachen, alsof hij zit te grinniken om een mop.

Zoran wacht op de schoten. Hij vraagt zich af waarom de twee soldaten die daar tien meter boven hem cirkelen, vervelend dichtbij, niet allang geschoten hebben. Tot hij doorheeft dat ze hem niet mogen neerschieten – voorlopig niet.

Een ogenblik gaat Zoran op in het schaduwspel van de rotorbladen op de rode motorkap van de Škoda – een prachtig rood in de zon. Dan is hij weer in het hier en nu.

De soldaten schieten niet omdat Stavros het hun verboden heeft. Want hij heeft Zoran levend nodig. Dat is aan de ene kant een goed teken, omdat het betekent dat ze Branko nog niet gevonden hebben. Aan de andere kant weet Zoran wat hem te wachten staat als ze hem pakken. Hij kent Stavros, hij kent de Wolven, hij weet wat er voor Kovać – en daarmee ook voor Stavros – op het spel staat als Branko in Den Haag getuigt. Zoran staan grote kwellingen te wachten.

De enige open vragen zijn: wanneer zal ik sterven? Hoe zal ik sterven? Zal ik Branko verraden?

Hij maakt zichzelf niets wijs, natuurlijk zal hij Branko verraden. Iedereen denkt van zichzelf dat hij niets zal zeggen, maar we zijn dieren, zwakke, angstige dieren, die alle principes vergeten zodra een ander dier zijn tanden in hem zet en de pijn ondraaglijk wordt. Dan verraadt iedereen iedereen – Zoran weet het, en Stavros weet het ook.

De weg voor hem is leeg. Achter zich ziet hij ook niets.

Hij zou nog kunnen stoppen, het pistool pakken, zich de kwelling besparen en misschien zelfs verhinderen dat Branko wordt gevonden. Hij zou kunnen stoppen, het wapen ver in zijn mond duwen, het beste is om erop te bijten zodat het niet wegglijdt, zijn hoofd naar achteren leggen – dan is de hoek ideaal. De kogel zou door het zachtste deel van de schedel in zijn hersenen schieten. Boven het gehemelte zijn geen botten die de kogel van richting kunnen doen veranderen. Branko heeft hem over de talloze onhandige, want onwetende, zelfmoordenaars verteld die de kogel door hun slaap wilden jagen. Hij heeft hem de verbazende eigenzinnigheid van het schedelbeen beschreven – een uiterst kleine afwijking van de inslaghoek en de kogel wordt door de schedel van richting veranderd en raakt niet wat hij moet raken. En we leven ondanks het hoofdschot verder, maar hulpeloos, wat verbazingwekkend genoeg vaker gebeurt dan je denkt. Dat heeft Branko hem destijds nog in de kazerne van Novi Sad duidelijk gemaakt toen de onderzoekers van het tribunaal hen opgespoord hadden en ze erover gesproken hebben wat Zoran zou doen als de onderzoekers opeens voor zijn neus zouden staan. Zoran zei dat hij zich niet zou overgeven, dat hij zichzelf zou doodschieten en hoe hij dat het beste kon doen.

Hij kijkt in de achteruitkijkspiegel – en ziet achter zich de militaire jeep die de kazernecommandant van Novi Sad aan Stavros heeft afgestaan. Onder het rijden zou hij in het gunstigste geval het wapen uit zijn jas kunnen halen, maar om de zaak tot een goed einde te brengen zou hij in ieder geval moeten stoppen.

Links voor hem een bospad. Zoran gooit het stuur om. De dennentakken grijpen boven hem in elkaar; de helikopter zou hem nu in ieder geval uit het oog moeten verliezen. Toch is het chassis van de Škoda niet op bosgrond berekend – in tegenstelling tot de jeep, die zijn achterstand goedmaakt.

Zoran grijpt achter zich, tast naar zijn jas op de achterbank, trekt hem naar voren, haalt het pistool uit de jaszak, ontgrendelt het en legt het op zijn schoot. Die hele actie heeft nog geen tien seconden geduurd, maar toch heeft de Škoda intussen vaart geminderd.

Korte check in de achteruitkijkspiegel. De jeep is dichterbij gekomen, maar is nog te ver weg voor Stavros om er een schot aan te wagen. Zoran haalt zijn gsm uit zijn zak, bladert in het adresboek, vindt Branko's mobiele nummer en belt. Maar daarboven in het nationaal park Tara heeft de gsm van Branko geen ontvangst.

Shit.

Geen ontvangst, de voicemail gaat niet eens aan. Zoran hangt op. Hij draait het raampje van de Škoda omlaag en kijkt achterom om er zeker van te zijn dat zijn achtervolgers niet zullen zien dat hij zijn gsm uit de auto gooit. Hij strekt zijn arm uit en gooit zijn gsm zover hij kan door het open raam. Hij trapt het gaspedaal in, zorgt voor afstand tussen zichzelf en zijn gsm, tussen zichzelf en de jeep. Maar het pad wordt smaller; nog even en de jeep zal binnen schoots-afstand zijn.

De Škoda hobbelt als een gek. Het pistool valt van Zorans schoot voordat hij het kan grijpen. Shit. Hij bukt zich. Zijn voet glijdt van het gaspedaal.

Dan valt het schot.

17 Jasna, Peneguy en Caflish zijn van Den Haag naar Amsterdam en vandaar onder escorte van een politie-wagen direct naar het vliegtuig gereden, dat aan het begin van de startbaan op hen wachtte. De drie verwachtten geen echt vriendelijke blikken toen ze – vijftien minuten na de laatste oproep – in de businessclass op hun gereserveerde plaatsen ploften.

Nog voordat het vliegtuig opsteeg hadden ze een wee gevoel in hun maag, want om de vlucht nog op tijd te halen was de chauffeur met de maximumsnelheid over de snel-weg geraasd. De laatste kilometers over de provinciale weg, waarnaar hij was uitgeweken om een file te vermijden, waren één lange slalom geweest.

Bij de start scheurt de wind de aders stuk waarin de sneeuwregen langs het raampje stroomt. Daarna is het om hen heen alleen nog maar grijs. Een onrustige klim door het dichte wolkendek dat deze vroege middag over Noord-Europa ligt. Pas als ze boven de Alpen nog verder stijgen, zijn ze hoog genoeg om de kwakkelende en koud schijnende zon te zien. Hier en daar steken een paar besneeuwde bergtoppen door de wolken. Jasna kijkt naar buiten, Peneguy en Caflish praten zacht met elkaar over Skula.

Jasna doet haar ogen dicht. Skula komt straks, alsjeblieft nog niet nu.

Als ze over het zuiden van Duitsland vliegen, is ze in slaap gevallen, zo diep dat ze niet merkt dat Peneguy zijn jas over haar heen legt. Vlak achter de Servische grens schrikt ze door de aankondiging van de stewardess wakker uit een slaap zonder dromen, nerveus en afwezig, en opeens gegrepen door een diepe onrust.

'Wilt u de stoelriem vastmaken?' De stewardess buigt zich naar haar toe. 'We gaan zo landen.'

Onder haar wordt Belgrado al zichtbaar, net zo grauw als Amsterdam. Elke keer als ze in Belgrado landt, moet ze aan haar moeder denken. In haar verhalen was de stad altijd lichtgroen, met een stralende lucht, geurend naar het voorjaar, een negentiende-eeuws aandoende stad die Tito kon wegwuiven, en het communisme en de politiek al helemaal. Onschuldig als een komedie die niets anders doet dan het geluk bezweren. Zo heel anders dan Berlijn, dat voor Jasna's moeder één ellenlange, grauwe herfst was, een donkergrijze massa midden in de DDR, het communisme en de politiek helemaal.

Jasna glimlacht naar Peneguy en pakt zijn hand.

'Dank je voor je jas.'

Peneguy eigent zich een liefkozing toe die eigenlijk voor

haar moeder is bedoeld. Wat hij natuurlijk niet kan weten.

'Dames en heren, namens de hele crew heet ik u van harte welkom in Belgrado. De temperatuur bedraagt op dit moment twee graden, de komende dagen zal het zwaarbewolkt blijven. We wensen u ondanks het weer een aangenaam verblijf en hopen u spoedig weer bij ons aan boord te mogen begroeten. Ik wil u vragen uw stoelriem om te houden totdat het vliegtuig tot stilstand is gekomen.'

Door het raampje ziet Jasna twee zwarte limousines op het vliegtuig afkomen.

Skula.

Het was Caflish die na een van de eerste ontmoetingen met de vergelijking kwam: Skula heeft iets van een eunuch. Zijn waggelende loopje, zijn honderdtwintig kilo lichaamsgewicht, de eeuwig vochtige, donkerrode lippen, obsceen als een op een gezicht getekende vagina. In de ringvinger van zijn linkerhand heeft zich in de loop der tijd een zegelring ingegraven waaraan hij af en toe zit te snuffelen als hij zich alleen waant. De geur van goud, zweet en restanten bedorven zeep waarmee hij jaren geleden tevergeefs heeft geprobeerd de ring van zijn vinger te trekken, lijkt hem te kalmeren.

Het gerucht gaat dat de ring een geschenk is geweest van Brezjnev aan Skula's vader dat na diens dood aan de zoon is toegevallen. 'Voor mijn vriend Skula' had Brezjnev in de ring laten graveren, 'Skula' zonder voornaam. Op die manier is de gravure op zowel de vader als de zoon van toepassing. Skula's vader was bijna tien jaar de ambassadeur van Tito in Moskou, waar Skula zijn eerste levensjaren doorbracht. Skula junior herinnert zich de gelukkige wintermaanden in de sneeuw en de warme zwoele zomers die hij samen met zijn moeder doorbracht op een datsja in de buurt van Meli-chovo, waar Tsjechov heeft gewoond.

Hij had nooit gedacht dat het Sovjet-imperium ooit zou kunnen instorten. Hij had als vijfjarige toch zelf de wasbleke Lenin in het Moskouse mausoleum gezien. Het communisme overwint zelfs de dood, had zijn moeder gezegd. Die ironie begreep Skula toen net zomin als vandaag.

Ook zag hij het imperium van Tito instorten, met wie zijn vader altijd zo goed had kunnen lachen, en hij heeft zijn lesje geleerd: wanneer bovenin de golven uitrazen, laat ze maar razen, vier meter dieper is het rustiger. Zo groeide Skula, de diplomatenzoon, uit tot een van de grootste diplomatieke talenten van de politieke nomenclatuur in het late Joegoslavië. Een man op de achtergrond en uit overtuiging. Hij overleefde niet alleen de imperia van Brezjnev en Tito, ook ondervond hij geen nadeel van de vriendschap met de zoon van Milošević of van de vijandschap van Đinđić.

Het Russisch van Skula is net zo perfect als zijn Frans; zijn Duits is voldoende om *Faust* te lezen. Het zou voor hem geen enkel probleem zijn geweest bijna perfect Engels te spreken, maar Skula heeft altijd zijn best gedaan om een door rancune gevoed accent te behouden, dat sterker wordt naarmate er meer Russische diplomaten in de buurt zijn.

Peneguy kent Skula al zes jaar. Omdat hij hem van meet af aan niet vertrouwde, heeft hij hem met alle middelen die hem ter beschikking stonden laten doorlichten. Het gerucht ging dat Skula in nauw contact stond met Kovač en Arkan en dat hij van Milošević zelf de opdracht had gekregen de acties van de paramilitaire eenheden te coördineren, lees: ze daarheen te sturen waar het wrong en waar het leger (nog) niet heen kon. Peneguy kon niet geloven dat er niets werd gevonden wat hij tegen Skula had kunnen gebruiken. Zulke acties konden toch onmogelijk geruisloos zijn gebeurd. Maar Skula was nu eenmaal handig. Er bestonden geen foto's waarop hij samen met de aanvoerders van de paramilitairen te zien was, niets wat op een connectie met de Wolven of de 'Tijgers' wees. Skula heeft geen e-mails verstuurd, geen faxen, geen brieven, niets heeft hij op schrift achtergelaten. Naar verluidt had Skula een tijdlang tien mobiele telefoons, die hij nooit langer dan vier of zes weken gebruikte en daarna verving.

Als de stewardess de vliegtuigdeur opent, slaat de kou Jasna in het gezicht. Onder de geur van kerosine hangt de naderende winter in de lucht. Als ze op het punt staat op de passagierstrap te stappen, houdt Caflish haar tegen. Skula ontvangt hen persoonlijk. Daarvoor bestaat een protocol waar ze zich maar beter aan kunnen houden. Dus gaat Peneguy voorop, Jasna en Caflish volgen op gepaste afstand.

Jasna kent het ritueel. Beneden op de landingsbaan staan twee limousines te wachten. Uit beide limousines stappen twee veiligheidsmensen, die eruitzien als een karikatuur van zichzelf: overdreven gepoetste schoenen, zwart pak en wit hemd. Ze kijken rond alsof er ergens vandaan acuut gevaar dreigt. Skula zelf blijft in de auto zitten – het is onduidelijk in welke, want de ramen van de twee voertuigen zijn verduisterd; de auto's zien er identiek uit en geven niets prijs.

Een securityman brengt Peneguy naar de achterste limousine en stapt samen met hem in. Peneguy neemt op de achterbank plaats naast Skula, die hem zijn hand geeft – een gebaar op de grens tussen handenschudden en het verzoek om een handkus. Jasna en Caflish stappen met een andere veiligheidsbeambte in de voorste wagen. De twee overgebleven veiligheidsmensen wachten tot alle portieren dicht zijn en de auto's gaan rijden. Daarna haasten ze zich naar een derde, kleinere en snellere auto, waarmee ze de beide limousines van de luchthaven naar de binnenstad van Belgrado zullen volgen.

De hele procedure is een verborgen boodschap van Skula aan zijn bezoekers – opvallend genoeg om haar te begrijpen, subtiel genoeg om er niet op in te hoeven gaan. De inhoud van de boodschap is ongeveer als volgt: 'Ik, Skula, sta doorlopend aan bedreigingen blootgesteld, meneer Peneguy. Mocht u mij ooit op een of andere manier met de aanslag op Đinđić in verband hebben gebracht, weest u zich er dan van bewust dat ik, de voor de samenwerking met het tribunaal verantwoordelijke secretaris-generaal met de rang van minister, zelf constant in levensgevaar verkeer. Ik draag echter niet alleen zorg voor mijn eigen bescherming, maar zoals u ziet minstens in gelijke mate voor die van u, meneer Peneguy.'

Skula geeft zijn chauffeur het sein te vertrekken, waarna de door Peneguy zo verafschuwde leugenpraatjes beginnen.

'Het doet me genoegen u na de gebeurtenissen bij u in de rechtszaal in Den Haag ongedeerd in Belgrado te mogen begroeten, meneer Peneguy.'

'En ik dank u dat u ons persoonlijk verwelkomt.'

'Uit uw verzoek om een gesprek is een bepaalde urgentie op te maken. Ik ga ervan uit dat u direct naar het ministerie gebracht wilt worden, of zal ik u eerst naar uw hotel brengen?'

'Nee, laten we meteen met elkaar spreken.'

'Goed. De minister-president en het gehele kabinet maken zich grote zorgen of het tribunaal de veiligheid van de verdachten daadwerkelijk kan garanderen,' kwijlt Skula.

'Dat kan het. Ik kan u geruststellen,' zegt Peneguy, die zichzelf dwingt niet naar Skula's lippen te kijken. 'De verdachte is ongedeerd, meneer Skula. We zijn juist op dergelijke gevallen voorbereid en...'

'Het voorval bevordert niet bepaald toekomstige uitleveringen,' valt Skula hem in de rede. 'Of zou u zich bij een gerecht melden waarvan u moet vermoeden dat er in de rechtszaal op u geschoten wordt?

'U kunt er zeker van zijn dat...'

'Meneer Peneguy, zegt u eens hoe het mogelijk is dat een amper meerderjarige getuige een getrainde politieagent een wapen afhandig kan maken. Ik hoop van harte dat niet alle agenten die bij het tribunaal worden ingezet zo'n abominabele opleiding hebben genoten.'

'Meneer Skula, ik begrijp uw bezorgdheid maar...'

'Het is zeer zeker niet mijn persoonlijke bezorgdheid, meneer Peneguy. Het is mijn taak u de zorgen van de minister-president mee te delen.'

'Goed, wilt u hem dan laten weten dat de veiligheid van de heer Kovać op geen enkel moment in gevaar is geweest en dat de heer Kovać het uitstekend maakt, zoals zijn advocaat u te allen tijde kan bevestigen.'

'Dank u. Dat zal ik doen.'

'Kijk,' had zijn vader tegen hem gezegd toen Skula bijna tien was. 'Ik stel de vragen, de anderen moeten antwoorden. Ik beweer iets, de anderen moeten reageren. Wie heeft de macht?'

18 Op het moment dat Stavros – zelf enigszins verbaasd – met het eerste het beste schot de rechterachterband van de Škoda raakte, de auto begon te slippen, tegen een houtstapel knalde en Zoran een tand uit zijn mond werd geslagen, omdat hij met zijn gezicht op het stuur klapte; op het moment dat Stavros het portier openrukte en Zoran uit de auto sleurde, die vergeefs probeerde het pistool te pakken, dat onder het gaspedaal gegleden was, precies op dat moment vond de begrafenis van Bora plaats.

Twee van Stavros' mannen waren op de boerderij achtergebleven en hadden de boer geholpen met het timmeren van een houten doodskist; ze hadden het beddenlaken van Bora erin gelegd en daarop het lijk van de jongen, dat de boerin intussen gewassen had. Over de linker, door Zoran kapotgeschoten gezichtshelft was een zwarte doek gelegd die ze, nadat hij steeds weer was weggegleden, met vier punaises in de schedel van de jongen hadden vastgezet toen de boer en zijn vrouw even niet in de kamer waren.

Alles moest zo snel en onbureaucratisch mogelijk verlopen, want Stavros wilde het liefst geen aandacht trekken. De boer had zich zelfs bereid verklaard er geen arts bij te halen om de overlijdensverklaring op te stellen, omdat hij begreep hoe belangrijk het voor Stavros en zijn mannen was om onder de radar van de internationale onderzoekers te blijven. In ruil daarvoor had hij er wel op gestaan de man die Bora had doodgeschoten nog een keer te mogen zien.

Net toen de kleine rouwstoet klaar was om naar het kerkhof te vertrekken, bereikte hen het nieuws dat Stavros Zoran te pakken had gekregen en dat de boerderij verlaten moest zijn als hij daar over ongeveer drie kwartier zou aankomen. Het kerkhof lag op zo'n drie kilometer van de boerderij, in de richting van Bajina Bašta. De beide Wolven droegen Bora's doodskist naar de kleine kapel, daarna haastten ze zich – terwijl de rouwstoet met de begrafenis moest wachten – met de boer terug, ontruimden de varkensstal, en de boer dreef het varken – ondanks de invallende kou – de wei in.

Maar een paar minuten later rijdt de jeep met Stavros' mannen en Zoran het erf op. De boer staat in zijn beste, donkerblauwe pak voor de deur van de varkensstal en kijkt Zoran aan, die Stavros naar hem toe duwt. De boer ziet de afgebroken snijtand en het geronnen bloed om Zorans mond en de haal die Lidija's trouwring heeft achtergelaten. Dan kijkt hij hem recht in zijn ogen. Het gesnuif en geknor van het varken dat in de wei naast de stal loopt te wroeten, is te horen. De wind voert de galm van de kerkklokken van de kleine kerkhofkapel tot hier; ze roepen de boer naar de begrafenis van zijn zoon die zijn zoon niet wilde zijn.

Zoran bespeurt geen haat in de ogen van de boer, alleen een grote terughoudendheid. Hij kan niets van dit gezicht aflezen en heeft moeite zijn blik te weerstaan. Moet hij zich bij de boer verontschuldigen voor de dood van de jongen? Dat zou belachelijk zijn – misschien niet belachelijk maar oneerlijk, want de jongen heeft op hen geschoten, natuurlijk moest Zoran zich verdedigen.

De boer grijpt in zijn broekzak en voelt het mes. Het is

ooit van de echte zoon van de boer geweest. De boer had het hem bij zijn vormsel cadeau gedaan, stiekem en achter de rug van zijn vrouw om, die het niet passend vond om de jongen juist bij het vormsel een mes te geven. De zoon van de boer verzorgde het mes goed, smeerde het lemmet regelmatig in met reuzel zodat het niet kon roesten. Toen hij de oorlog in trok, liet hij het op zijn kamer achter. Na de dood van zijn zoon had de boer het mes schoongemaakt, want het vet was ranzig geworden en gaan stinken. Hij had het doorgegeven aan Bora, die het in de bovenste la van de ladekast in zijn kamer in een doek bewaarde en het eveneens zorgvuldig met reuzel insmeerde. Terwijl de mannen beneden in de woonkamer de zwarte doek aan Bora's schedel vastpinden, had de boer het mes uit de ladekast gehaald en hij droeg het sindsdien in zijn zak.

Voordat Stavros tussenbeide kan komen, steekt de boer toe.

Eén keer.

Nog een keer.

Twee diepe steken onder zijn ribben, die Zorans lever doen scheuren en tot aan zijn nier dringen. Een derde keer kan de boer niet toestoten, want Stavros grijpt hem bij zijn arm en trekt het mes uit zijn hand.

Zoran knielt voor de boer. Zijn handen zijn op zijn rug vastgebonden en hij valt met zijn gezicht recht in de modder en verliest even zijn bewustzijn. Als hij weer bijkomt, hoort hij het obscene, onverschillige geknor en geslobber van het varken een paar meter naast zich. Hij merkt dat Stavros het bebloede lemmet aan zijn jas afveegt, het mes in zijn zak steekt en hoort dat Stavros tegen de boer zegt dat hij moet verdwijnen, de nacht moet doorbrengen bij familie. Hij wordt morgen gehaald. Stavros kan hem op de boerderij nu absoluut niet gebruiken.

Een van Stavros' mannen brengt de boer naar de jeep om hem naar de begrafenis terug te brengen. Het is de hoogste tijd, de klokken zwijgen al.

Stavros gaat naast Zoran zitten. Hij werpt een blik op de wond waaruit het bloed gutst. Hij kijkt hem aan. Hij ziet de dood al over Zorans gezicht glijden en probeert in te schatten hoeveel tijd hij nog heeft. Hij weet dat het zijn slachtoffers kracht geeft als ze merken dat hij de dood niet verder kan uitstellen. Tegen die kracht zal hij moeten opboksen als hij te weten wil komen waar Branko zit.

Vanochtend heeft Stavros zijn mensen erop uitgestuurd om naar Zoran en Branko te zoeken. Bij een boerderij in de buurt hebben ze twee honden opgehaald, ongetrainde beesten natuurlijk, maar het was voldoende om het spoor van Branko op te nemen. Daarna werden de honden door de sporen van een wildpaadje afgeleid. Maar het maakte geen moer uit, want de richting was duidelijk. Nog in de loop van de ochtend hebben ze de bosarbeidershut gevonden. Er lagen verbandspullen en een lege morfineampul. Overal bloedsporen. Maar Branko zelf was verdwenen. Ver kon hij door zijn verwonding niet gekomen zijn. Dus liet Stavros de hele omgeving afzoeken. Maar helaas voor hem begon het te sneeuwen. De sneeuw beperkte het zicht en bedekte de sporen; ze kwamen maar moeizaam vooruit en Stavros liet zijn mensen omkeren.

Het was vrijwel uitgesloten Branko in het nationaal park op te sporen. Natuurlijk, hij zou proberen om over de grens naar Bosnië te vluchten en een basis van de NAVO of EUFOR te bereiken. Maar waar? In de winter was daarboven in het nationaal park geen mens te bekennen. Anders dan in Užice zou hij daar niemand tegen het lijf lopen. Het weer zou de komende uren nauwelijks beter worden. En als hij eenmaal de grens over was, zou het nog moeilijker – zo niet onmogelijk – zijn hem te vinden. Het grensgebied tussen Bosnië en Servië werd volledig door de EUFOR gecontroleerd, Branko hoefde maar een van hun patrouilles tegen te komen.

Er was dus op dit moment maar één manier om bij Branko te komen.

Stavros staat op en laat Zoran naar de varkensstal brengen.

19 Peneguy heeft alles uit de kast gehaald om zoveel mogelijk ruchtbaarheid te geven aan het nieuws van hun ontmoeting met Skula. Tegen de gewoonte in droeg hij zijn kantoor op de keuze van de aanwezigen niet aan Skula over te laten, maar zelf uitnodigingen te versturen. Hij wilde er ondersecretarissen bij hebben, een vertegenwoordiger van de geheime dienst en een vertegenwoordiger van het leger. Peneguy wilde deining veroorzaken, zo veel en zo luid mogelijk, zodat het niemand die in Servië op een of andere manier met het tribunaal te maken had, kon ontgaan.

Peneguy en Jasna hadden geen idee wie haar de e-mail gestuurd kon hebben. Het had natuurlijk iemand uit de hogere kringen kunnen zijn, misschien daadwerkelijk een secretaris-generaal. Maar het was waarschijnlijker dat het ging om iemand uit het middenkader die niet per se bij zulke hoge ontmoetingen aanwezig was.

Als Peneguy, Jasna en Caflish door Skula naar zijn bespreekruimte worden gebracht, zijn ze niet weinig verbaasd dat behalve zij alleen Drakulić, een ondersecretaris, aanwezig is.

Drakulić is net zo lastig te plaatsen als Skula. Enerzijds behoorde hij tot de weinigen die Đinđić na het aantreden van zijn regering op zijn post heeft gelaten. Anderzijds wist Drakulić zich ook onder Skula te handhaven en van hem werd door Peneguys contactpersonen bij de NAVO steeds weer gezegd dat hij erg close was met de Wolven. Niemand van het tribunaal weet dus precies waar Drakulić staat. Peneguy gelooft dat hij gewoon een opportunist is, bovendien discreet en niet al te ambitieus, precies wat iemand als Skula op prijs stelt.

Skula verzoekt zijn bezoek plaats te nemen. De muren van de bespreekruimte hebben een kersenhouten lambrisering, de open haard brandt, ze zitten in leren clubfauteuils – een ruimte die zich net zo goed in een sociëteit van Oxford of Cambridge zou kunnen bevinden. Naar men zegt heeft Tito hier zijn West-Europese staatsgasten ontvangen en hun Cubaanse sigaren aangeboden.

'De minister van Binnenlandse Zaken laat zich verontschuldigen,' zegt Skula op poeslieve toon. 'Maar hij laat u zijn groeten overbrengen.'

Peneguy is geïrriteerd. Hij speelt meteen zijn grootste troef uit. 'U weet dat de toetreding van Servië tot de EU alleen mogelijk is onder de voorwaarde dat Servië met het tribunaal samenwerkt. Daar hoort de uitlevering bij van vermoedelijke oorlogsmisdadigers die per internationaal arrestatiebevel worden gezocht.'

'Dat doen we,' zegt Skula. 'We hebben Milošević aan u uitgeleverd. En Kovač.'

'Đinđić heeft Milošević en Kovač uitgeleverd,' antwoordt Peneguy. 'Sinds de dood van Đinđić steunt de Servische regering het werk van het tribunaal niet meer. De hoofd-aanklaagster bereidt momenteel een memorandum voor dat ze binnenkort aan de regeringsleiders van de EU zal voorleggen. Naar de huidige stand van zaken kunt u zich wellicht voorstellen dat het niet bepaald positief zal uit-vallen.'

'Meneer Peneguy, ik vat dat op als een persoonlijke be-lediging,' zegt Skula. 'Juist u zou moeten weten dat ik alles in het werk stel om het tribunaal bij zijn werk te onder-steunen.'

'Dan zult u ons zeker ook helpen bij de opsporing van deze mannen,' zegt Peneguy en hij laat de foto's van de aan-slagplegers zien, die zijn gemaakt met een bewakingscamera op het Centraal Station van Den Haag.

'Dit hier is Begić. We weten dat hij via Keulen en Londen naar Servië is teruggekeerd. We gaan ervan uit dat hij zich hier nog steeds verborgen houdt.'

Skula bekijkt de foto's. 'Ik ken die man niet, maar dat zegt niets. Ik kan per slot van rekening niet iedereen kennen die u beschuldigt.' Skula geeft de foto van Begić door aan Dra-kulić. 'Kent u die man?'

Maar ook Drakulić beweert Begić nooit gezien te heb-ben.

' Begić,' zegt Peneguy, 'is een lid van de Wolven. Net als de andere medeplichtigen in Den Haag.'

'Meneer Peneguy, hoe kunt u zoiets zeggen, de Wolven be-staan allang niet meer,' zegt Skula. 'De oorlog is al tien jaar voorbij, al dat soort eenheden is opgedoekt.'

'Bijna twee weken geleden,' zegt Peneguy, 'zijn onze onderzoekers in de kazerne van Novi Sad een groep van de Wolven op het spoor gekomen.'

'We hebben die kazerne op uw verzoek laten doorzoeken,' zegt Skula. 'Er was daar geen enkele aanwijzing waaruit een verblijf van de Wolven opgemaakt kon worden – wat overigens blijkt uit de processen-verbaal van de doorzoeking, die in uw bezit moeten zijn.'

'In de kantine van de kazerne hangen foto's van Kovać en Arkan,' zegt Peneguy.

'Kovać en Arkan hebben in Servië nu eenmaal een andere reputatie dan in Den Haag,' antwoordt Skula. 'We kunnen niet iedere kazerne in het land op foto's doorzoeken, alleen maar omdat het Den Haag niet bevalt dat een heel volk sympathiseert met degenen die bereid waren hun leven voor dit land te geven! Servië is een natie die aan het veranderen is. Die verandering zal slagen, maar daar hebben we tijd voor nodig, meneer Peneguy. Dat moet ook het tribunaal duidelijk zijn.'

Peneguy is deze discussies beu. Steeds weer neemt Skula zijn toevlucht tot gemeenplaatsen, komt aanzetten met holle frases en praat over positieve ontwikkelingen, waarbij hij hoofdzakelijk verwijst naar successen die zijn terug te voeren op Ðinðić.

Tegen het geleuter van Skula helpen alleen feiten, heeft de hoofdaanklaagster eens gezegd. Dus laat Peneguy aan Skula een getal zien. 3264. Dat is het vluchtnummer van de Boeing van British Airways die op 3 december jongstleden om 15.48 uur in Londen-Heathrow is opgestegen en twee uur later met een vertraging van tien minuten in Belgrado is geland. Aangetoond kan worden dat Begić en de andere daders van de aanslag in Den Haag zich in dat toestel bevonden – onder een valse naam en voorzien van een vals paspoort.

Op last van de hoofdaanklaagster staat Peneguy erop dat Skula de mannen vindt en uitlevert. Anders zal het rapport van de hoofdaanklaagster aan de EU rampzalig uitvallen.

Skula zweet. Door de open haard is de ruimte te warm. Maar Skula kan zijn colbert niet uitdoen omdat hij weet dat hij onder beide oksels enorme zweetplekken heeft. Hij zal ook zijn zakdoek niet tevoorschijn halen om zijn natte voorhoofd af te drogen.

'Is dat de reden van uw komst? Met z'n drieën?' vraagt hij en hij glimlacht moeizaam. 'U moet wel onder enorme druk staan. Maar ik kan geen getuigen uit mijn mouw schudden. Ik ben secretaris-generaal. Hoe zou ik Begić moeten vinden, die zich ergens in dit land verborgen houdt. We doen wat we kunnen, maar we hebben de middelen niet. U kunt me geloven dat als deze regering het kon, ze u alle getuigen zou aanbieden die u nodig hebt.'

'Als u Begić en de andere daders aan ons uitlevert,' zegt Peneguy, 'zal de hoofdaanklaagster een positieve beoordeling over uw inspanningen leveren. In het andere geval zal de beoordeling negatief uitvallen. Daar valt van onze kant niet verder over te onderhandelen.'

'We weten niet wie die Begić is,' zegt Skula. 'We stellen uiteraard alles in het werk om hem te vinden, maar daarvoor hebben we meer tijd nodig.'

'Morgenmiddag vliegen we naar Den Haag terug,' zegt Peneguy. 'Als u ons tot die tijd iets bruikbaars kunt laten zien, krijgt u ook meer tijd.'

Peneguy staat op en blijft met uitgestoken hand voor Skula staan – een kleine maar efficiënte vernedering die de hoofdaanklaagster een keer na een derde grappa heeft bedacht. Want het kost Skula enige moeite zich uit de diepe fauteuil omhoog te hijsen. Pas bij de derde poging lukt het hem en kan hij de hand van Peneguy pakken.

Zijn hand is klam. Zijn handdruk slap.

'Morgenvroeg zal ik u bij het hotel afhalen en tot die tijd zal ik zien wat ik in dit gecompliceerde land voor u kan doen,' glimlacht hij.

Hij vraagt Drakulić Peneguy, Jasna en Caflish uitgeleide te doen.

En hij zorgt ervoor dat hij als eerste de ruimte verlaat.

20 Zoran wordt weer wakker. Het is de pijn die hem terughaalt – die begint in zijn linkerhand, trekt door zijn arm en dan door zijn hele lichaam, dat bovendien vanbinnen lijkt te gloeien. Stavros moet vlak boven hem zijn, want Zoran voelt zijn naar sigaretten stinkende adem op zijn huid. Zoran dwingt zich zijn ogen open te doen, hoewel zijn oogleden zo zwaar zijn dat hij ze nauwelijks kan optillen. Stavros zit naast hem en haalt een injectienaald uit de kromming van Zorans elleboog. Zijn tanden zijn geel verkleurd door de nicotine en over zijn linkersnijtand loopt een barst, die Zoran nooit eerder is opgevallen.

Zoran heeft elk besef van tijd verloren. Hoelang ligt hij hier nu? Vier uur? Vijf? Een halfuur? De ruimte is verduisterd, Stavros heeft zijn horloge afgedaan, maar Zoran ziet het halflege pakje sigaretten van Stavros naast de hamer en de spijkers liggen. Een fout. Minstens vier uur, denkt Zoran en hij kijkt Stavros aan. Zoran glimlacht. Want Stavros ruikt niet alleen naar sigarettenrook. Stavros ruikt naar

angst. Zoran heeft het voor elkaar gekregen weerstand te
bieden. Hij heeft Branko niet verraden. Hij heeft lang gezwegen, was innerlijk weggedreven, heeft zich vastgeklampt
aan een plek uit zijn jeugd, heeft die aan Stavros beschreven
als in een bezwering, steeds weer, als een mantra tegen de
pijn.

De binnenplaats. Toen ze in het vroege najaar het huis
naast ons afbraken. Een paar maanden lang hadden we
vanuit onze kamer, waar we toen nog met z'n allen woonden, mijn twee zussen en ik, vrij uitzicht op de huizen aan
de overkant. Op de vierde verdieping woonde Christian;
we gaven elkaar lichtsignalen met zaklampen. Beneden op
de binnenplaats was een bouwput. Die winter lag er geen
sneeuw maar we sleden op het zand. Mijn vader lachte.
'Dat lukt nooit,' zei hij. En of het lukte! Vervolgens ging hij
ook op de slee zitten, natuurlijk was hij veel te zwaar, hij
kwam geen centimeter vooruit.

Steeds weer beschrijft Zoran de kamer, het uitzicht uit de
kamer, en hoe zijn vader op de slee in het zand blijft steken.
Tot hij verbaasd constateert dat de pijn in zijn linkerhand
minder wordt. Het gloeien bereikt nu Zorans hoofd. Waar
heeft hij me mee ingespoten, denkt hij, terwijl hij naar zijn
hand kijkt en de drie spijkers ziet die door zijn hand in
het kruis zijn geslagen. De huid en het vlees rond de spijkers zijn gescheurd; bloed waarin het licht van een staande lamp weerspiegelt, loopt langs de binnenkant van zijn
hand.

Stavros heeft de armen van Zoran onder zijn polsen aan
het kruis vastgebonden. In Višegrad was het een paar keer
voorgekomen dat door de spijker de handen van de gekruisigden doormidden scheurden als het kruis overeind werd

gezet en het lichaamsgewicht hen naar beneden trok. Daarom was Stavros ertoe overgegaan zijn slachtoffers aan het kruis vast te binden voordat hij de spijkers in de handen sloeg. Het idee van de pepmiddelen was bij hem opgekomen toen te veel gekruisigden gewoon bewusteloos raakten terwijl hij bezig was. Als de pepmiddelen op waren, had Stavros zijn slachtoffers met koffie volgegoten. Zoran heeft hij niet alleen een pepmiddel ingespoten maar ook een dosis morfine. Niet te veel, want Zoran moet de pijn nog voelen. Maar kennelijk heeft Stavros al een te hoge dosering morfine toegediend, want Zoran is in een delirium weggezakt en kraamt onzin uit die Stavros niet interesseert.

Stavros pakt een nieuwe spijker uit een doosje, houdt de spijker op Zorans rechterhand en zoekt de goede plek. Want hij wil een bot raken, en niet de tussenruimte tussen twee botten, die minder gevoelig is voor pijn. Hij pakt de hamer, kijkt Zoran aan en stelt opnieuw zijn vragen.

Waar is Branko? Waar wil hij de grens over? Hebben jullie een contactpersoon die hem oppikt?

Dezelfde vragen heeft Stavros al bij de eerste spijker gesteld toen Zoran nog helder was en zich op de pijn had ingesteld. Het is belangrijk, dacht hij, je niet voor de pijn af te sluiten. Het is niet goed als het lichaam verkrampt, dat maakt het alleen maar moeilijker. De pijn zal hoe dan ook komen. Je moet hem accepteren, dat is de enige vrijheid die je hebt.

Stavros sloeg toe en Zoran schreeuwde. Schreeuwen helpt. In het begin verzet iedereen zich tegen het schreeuwen, omdat ze denken dat het hun beulen genoegdoening verschaft. Dat is ook zo, maar het maakt niets uit, want de enige werkelijke genoegdoening van de gefolterde is niets los te laten. Toch was Zoran ervan overtuigd dat hij zou gaan praten, want in Višegrad was zowat iedereen gaan praten.

Als ik praat, zul je me vergeven, Branko, omdat je zult weten dat ik er alles aan gedaan heb om te zwijgen.

Nu slaat Stavros weer toe. Even zakt Zoran weer in elkaar en raakt bewusteloos. Maar de pepmiddelen en de morfine zijn te sterk en halen hem weer terug. Stavros geeft hem een draai om zijn oren. En nog een, en weer de vragen.

Zoran glimlacht. Steeds dezelfde vragen stellen is een teken van zwakte.

Zoran denkt aan de bouwput op de binnenplaats, de slee, het zand, zijn vader, en hij glimlacht.

Stavros pakt de volgende spijker uit het doosje.

21 Hotel Intercontinental, Belgrado. Vijftig meter lange gangen, op de vloer bruin en blauw synthetisch tapijt, tl-verlichting aan het plafond. Vijftig meter eenzaamheid naast elkaar.

Kamer 305.

Anders dan de laatste keer zijn er geen sleutels meer. Jasna staat met haar koffer in de hand met een chipcard voor de kamerdeur, doet hem open en gaat naar binnen.

De tv stuurt Lee Ritenour en Larry Carlton als welkomstgroet, de achtergrondmuziek bij de geel-blauwe teletekst: *Hartelijk welkom, mevrouw Jasna Brandič, we wensen u een prettig verblijf.* Als Jasna haar koffer wegzet, is Larry net klaar met zijn Les Paul, en Lee is met zijn L5 aan de beurt. Jasna hangt het rode plastic NIET STOREN-bordje buiten aan de deur en zoekt de afstandsbediening. Hartelijk dank, mister Ritenour, het klinkt echt fantastisch, maar nu zou ik liever wat op mezelf willen zijn.

Het raam kan alleen kantelen, uit vrees voor zelfmoordenaars. Waarom hebben ze ons uitgerekend hier ondergebracht, dacht Jasna al in de foyer. Hier, in hotel Intercontinental, waar bijna exact zes jaar geleden Arkan werd geliquideerd, beneden bij de bar. Destijds was M'Penza nog zelf met Peneguy naar Belgrado gereisd om over Arkans uitlevering te onderhandelen. Elke keer werden ze hier in hotel Intercontinental ondergebracht. Arkans lievelingshotel voor besprekingen of seks of allebei. Kamer 305 was de laatste kamer waar Arkan hier had overnacht – voorteken op voorteken, of word ik soms langzamerhand een beetje gaga, denkt Jasna.

Sinds drie jaar mag hier niet meer gerookt worden, en toch hangt er nog steeds een lichte sigarettenstank in de lucht. Drie jaar geleden had M'Penza haar de donkerbruine leren fauteuils beneden in de lounge laten zien. Daar had Arkan gezeten toen hij door zijn moordenaar werd geraakt; als je weet waar ze zitten zijn de kogelgaten nog altijd te zien. Het hotel had de leren fauteuil laten vervangen door een exacte kopie, alleen was het leer iets lichter.

Toen Jasna de afgelopen keer in dit hotel was, ging het om de uitlevering van Kovać. Ze vergezelde M'Penza en Peneguy naar Belgrado, maar voelde zich al tamelijk snel als louter versiering; tijdens de diplomatieke inleidingshandelingen was ze compleet verkrampt en tussen de hapjes door was ze druk met het bekijken van de belletjes in de prosecco. Bij de tweede gespreksronde was ze er niet meer bij – op haar eigen verzoek.

's Avonds wilde M'Penza haar aan Đinđić voorstellen,

maar dat ging niet door omdat Đinđić weigerde het Intercontinental binnen te gaan – uit bijgeloof? Angst? Jasna zat al een halfuur in de lichte leren fauteuil in de lounge te wachten terwijl ze in plaats van de belletjes in de prosecco die in het mineraalwater bekeek, toen haar vanuit de dienstwagen van Đinđić een sms'je van Peneguy bereikte. Đinđić wilde niet naar het Intercontinental, of ze met een taxi achter hen aan kon komen, het was zo'n 'heerlijke lenteachtige avond', ze gingen nog naar het blablabla. Alsof Barbie voor een reünie werd uitgenodigd, dacht ze. Ze bedankte en liet voor zichzelf het drankje mixen dat Arkan op het moment van zijn dood had gedronken. Verschrikkelijk bocht. Daarna nog een toen ze hoorde dat de barkeeper dezelfde was die ook voor Arkan de drankjes had gemixt. Na het derde onderzocht ze de genius loci en ging op zoek naar de kogelgaten. Ten slotte wankelde ze naar bed. 's Nachts om twee uur klopte Peneguy bij haar aan en ze vestigden een eigen traditie van 'heerlijke lenteachtige avonden' – in de lichte sigarettenstank, omdat ze de ramen tegen het lawaai liever dicht hielden.

Het is even na negenen en buiten is het nu donker. Jasna trekt haar jas en schoenen uit en laat zich op bed vallen. Voor het eerst sinds weken is ze echt alleen. Eigenlijk heeft ze nog honger en zou ze graag iets drinken, maar een dodelijke vermoeidheid bekruipt haar, en om op te staan en naar de minibar te lopen zou veel te inspannend zijn, laat staan om weer naar de bar beneden te gaan. Dus blijft ze liggen in dat decor van een soapserie met poepbruin tapijt, bedgordijnen en geel behang. Door de deur valt een smalle lichtstreep, over de muur vóór haar glijdt steeds opnieuw het licht van de koplampen van auto's. Geen idee waar het vandaan komt, denkt Jasna. Haar kamer ligt op de derde verdieping. In plaats van zeegeluiden zoals de afgelopen weken, halen nu getoeter en remmende auto's haar steeds weer uit een lichte slaap.

Af en toe valt haar oog op het schilderij in de zwarte plastic lijst: een hert en negen honden. Een beetje oneerlijk. Daarentegen is het hert een zestienender, wat de situatie mogelijk enigszins in evenwicht brengt. Eronder staat op een gouden bordje de naam van de schilder – een lokale negentiende-eeuwse beroemdheid uit Belgrado, nog nooit van gehoord.

Jasna dommelt weg; ze krijgt niet meer mee dat Peneguy met een sms'je refereert aan de oude Belgradose traditie van heerlijke lenteachtige avonden.

Het hert begint voor zijn leven te rennen. Met zestien enden zonder twijfel op het hoogtepunt van zijn leven, maakt het een buitengewoon vetarme indruk. Een hert en negen honden. De honden worden sneller, het struikgewas dichter. Het hert blijft in het kreupelhout steken, de eerste kleine scheur in zijn vacht – een aansporing, want pijn maakt sneller. Maar helaas ook de negen honden; degene die wil doden vindt altijd een snelle weg. Daar zit de eerste hond al op het dappere hert, dat – slim! – het struikgewas gebruikt om zijn onaangename berijder af te werpen. Maar de hond heeft zich met zijn tanden flink vastgeklampt in de dunner wordende voorjaarsvacht van het enorme dier met de zestien enden. Het hert begint te bloeden, hoewel de afgeworpen hond achter een boomstam ligt en een ogenblik nodig heeft om op verhaal te komen. De andere honden lopen in en storten zich met z'n allen op het hert, dat op een open plek is gestruikeld, precies daar waar het weer aan snelheid had kunnen winnen. Met zijn laatste waardigheid staat het hert daar nu te wachten op het moment dat de honden zich op hem zullen hebben uitgeleefd. Hij staat daar roerloos terwijl hij Jasna aankijkt, die niet weet waar ze het vandaan heeft dat een dier op dat moment geen pijn meer voelt omdat een deel van hem al dood is. De honden zijn moe van de drijfjacht, maar weten dat hun nu niets meer zal ontgaan, en het bloed spuit uit de flank van het volkomen weerloze hert.

Jasna wordt wakker. Ze checkt meteen haar gsm – alleen een sms van Peneguy. Meer niet. Wie haar ook de e-mail gestuurd heeft, diegene moet opschieten als hij contact met haar wil leggen. Ze pakt de gsm, staat op, kleedt zich uit en stapt onder de douche. De gsm in het zicht. De droom nog steeds in haar hoofd.

Ik doe dit werk al tien jaar en ik heb geen afstand meer. Het wordt steeds erger. Een obsessie met manieren om te sterven, om te folteren, angst. Zelfs in mijn slaap kan ik me niet meer ontspannen en helpt niets me meer om het los te laten.

In Belgrado was haar slapeloosheid altijd bijzonder erg.

Jasna staat voor de spiegel, bekijkt de wonden aan haar bovenarm, de wondnaden, de huid is blauw en groen. Dan pakt ze haar toilettas en schuimt haar benen in. Het scheermes is een mannenscheermes. Haar hand trilt. Ze snijdt zich.

Belgrado. Haar moeder is hier geboren. Het was altijd haar wens om samen met Jasna hiernaartoe te komen; ze wilde haar laten zien waar ze was opgegroeid zodat Jasna begreep waarom ze er weg was gegaan, waarom ze haar toekomst in Berlijn zag en niet hier. Toen kwam de oorlog en konden ze niet reizen. Nu is haar moeder overleden en begraven in Berlijn en is Jasna hier. Ze weet niet waar haar moeder heeft gewoond, kent hier geen familie, mocht die er al zijn.

Ze spreekt de taal van haar moeder, haar dialect, en hoort haar moeder door haar heen spreken. Nog nooit heeft ze zich zo eenzaam gevoeld.

Jasna spoelt haar benen af. Drie wondjes. Ze checkt haar gsm. Nog steeds geen sms, geen telefoontje. Daarna opent ze het raam. Het is kouder geworden, maar de kou voelt goed.

Er wordt op de kamerdeur geklopt.

Zou hij hier echt langskomen? 's Nachts op mijn kamerdeur kloppen?

Jasna kijkt door de deurspion. Het is Peneguy.

'Kom binnen.'

'Heeft hij wat van zich laten horen?' vraagt Peneguy.

'Nee,' zegt Jasna, 'nog niet.'

'Wat is er?' vraagt Peneguy.

'Ik wil nu niet praten.'

'Heb je mijn sms'je gekregen?'

'Ja, maar ik was in slaap gevallen, sorry,' zegt Jasna.

'Waarom huil je?' vraagt Peneguy. 'Wat is er gebeurd?'

'Niets. Een nachtmerrie.'

Peneguy neemt haar in zijn armen, ze stribbelt tegen, haar rug is een pantser, haar blik afwezig. Toch houdt Peneguy haar vast, strijkt over haar rug, houdt haar hoofd in zijn handen.

'Kijk me aan,' zegt hij. 'Hou op me te ontwijken.'

Ze doet haar ogen dicht, draait haar hoofd opzij, ze wil niet dat hij haar ziet huilen.

'Moeten we teruggaan?' zegt hij. 'Je hoeft hier niet mee door te gaan. Als het te veel is, moeten we stoppen. Hoor je me? Dan moet je stoppen!'

Ze geeft toe. Peneguy streelt haar over haar rug en ze laat zich door hem naar bed brengen. Ze sluit haar ogen en slaapt uiteindelijk in.

Een halfuur later wordt Jasna wakker. Peneguy ligt naast haar. Hij slaapt diep en hoort niet hoe Jasna zich aankleedt, haar spullen pakt, haar gsm van de ladekast grijpt en stilletjes de kamer verlaat.

Bij de receptie vraagt ze om een andere kamer. Ze informeert bij de nachtportier of er berichten voor haar zijn – die niet zijn gekomen – en vraagt hem haar meteen te bellen ingeval iemand naar haar vraagt. Daarna loopt ze naar de lift, en terwijl ze omhoog naar haar nieuwe kamer gaat, checkt ze opnieuw haar oproepenlijst, haar e-mails en haar sms'jes.

Geen enkel bericht.

Op haar kamer laat ze het licht uit, legt haar gsm naast zich op het bed en kleedt zich uit. Het beddengoed ruikt fris en schuurt.

Als ze eindelijk slaapt, is het voorjaar in Belgrado: de laan met platanen voor het huis waar haar moeder is opgegroeid heeft een lichtgroene gloed, uit de kelders stijgt de geur van kolenstof op. 'Dat was onze taak,' heeft haar moeder een keer verteld, 'wij moesten de kelders opruimen en leeg scheppen voor de nieuwe kolen die mijn ouders in de zomer kochten als ze het goedkoopst waren. Zwart als de nacht kropen we uit de naar kolen, muffe lucht en rottende appels ruikende kelders naar het fel schijnende licht tussen de platanen en spoelden de viezigheid van onze kleren, tot onze huid weer wit was als de sneeuw van de lange winter. En we verheugden ons op het feest van de opstanding, dat we natuurlijk niet begrepen omdat we niet wisten wat de dood is.'

22 Het duurt even voor Branko weer bij kennis is. Buiten meent hij kerkklokken te horen. Onregelmatig, gedempt door de sneeuw. Vermoedelijk uit een van de dorpen aan het stuwmeer beneden in het dal. Het raam naast zijn brits staat op een kier; het flintertje licht dat met moeite naar binnen komt, dompelt de ruimte in een vaal grijs.

De koorts is gestegen en alleen al de deken opzijschuiven kost kracht, nadenken helemaal, maar in elk geval is het bloed niet verder door het verband om zijn bovenbeen heen gekomen. Branko hijst zich van de brits omhoog en duwt het vensterluik verder open. De zon is nog niet opgekomen, en is het werkelijk klokgelui dat zijn kant op waait? Zo vroeg in de ochtend?

Toen Branko gisteren het geblaf van de twee honden in het bos hoorde, heeft hij meteen de andere helft van de morfine ingespoten en zonder de werking af te wachten een jas aangetrokken die een bosarbeider in de hut moest hebben achtergelaten. Hij graaide de kalasjnikov mee en verliet de hut zo snel hij kon, sleepte zich over de gladde besneeuwde boomstammen en stenen bergafwaarts naar de beek die naar het stuwmeer stroomde. Hij liep het ijskoude water in dat hij nauwelijks waarnam, want de morfine deed net op tijd het pure geluk door zijn lichaam stromen. In een bocht van de beek verstopte hij zich achter een paar stenen. Voor de zekerheid telde hij de patronen in het magazijn van de kalasjnikov en vroeg zich af of het hem zou lukken de schoten mee te tellen. Twee schoten wilde hij overhouden voor zichzelf, want hij wilde niet levend in handen van Stavros vallen.

Twee van Stavros' mannen kwamen met hun wapen in de aanslag tot op bijna vijftig meter bij hem. Branko had ze niet zien aankomen en was kwaad op zichzelf. Toen ze weer tussen de bomen waren verdwenen, dwong hij zichzelf steeds weer zijn adem in te houden om zijn achtervolgers vroegtijdig te horen.

Zo zat hij tussen de rotsen met doorweekte schoenen en voeten. Een oude man die cowboy en indiaantje speelde en wiens benen geleidelijk begonnen te slapen terwijl hij in zijn morfinegeluk voor zich uit grijnsde. Het begon weer te sneeuwen, de wereld om hem heen lag erbij in volkomen rust, de dieren waren weggekropen – waarschijnlijk in betere schuilplaatsen dan hij – en de mannen waren niet meer komen opdagen.

Toen de morfine langzaam de strijd tegen de pijn verloor en Branko merkte dat de wond door de vlucht en het rennen door het bos en de beek weer was gaan bloeden, besloot hij terug te keren naar de hut. Voorzichtig liep hij op de tast door het geleidelijk in het duister verdwijnende bos. Het duurde een eeuwigheid voor de hut in zicht kwam.

Vanaf de bosrand was het nog dertig meter. Branko zocht dekking achter een rij stenen en legde de loop van de kalasjnikov op een omgevallen boomstam voor zich. Had Stavros iemand achtergelaten? Of was hij ervan uitgegaan dat Branko niet zo stom was om terug te keren en was hij met al zijn mannen afgedropen?

Kort overwoog hij of er een mogelijkheid was om daarachter te komen; daarna kwam hij gewoon uit zijn dekking en stapte op de hut af. Het maakt me geen donder uit, dacht hij. Erger dan de pijn in zijn been kon de dood ook niet zijn.

De hut was leeg.

Omdat het een te groot risico was om de open haard aan te steken, redde hij zich met een gasstelletje, bracht sneeuwwater aan de kook, zette thee, goot de rest van het warme water in een pan met koude sneeuw en zette zijn bevroren voeten erin. Nadat hij zich een beetje verwarmd had, druppelde hij het laatste beetje jodium op de wond en verbond hem opnieuw. Hij voelde de koorts komen opzetten. Nu hij zich niet meer hoefde in te spannen, begon zijn lichaam zich met alle kracht tegen de wond te verweren.

Branko liet het raam naast de brits een stukje openstaan en deed ook de luiken niet helemaal dicht, want hij wilde het horen ingeval ze terugkwamen. Daarna rolde hij zich in de jas en een deken, ging met de kalasjnikov in zijn hand op de brits liggen en gaf zich rillend over aan de koorts.

Hij vroeg zich af waar Zoran nu uithing, waarom hij nog niet terug was. Hij vermeed de voor de hand liggende antwoorden, probeerde zich in plaats daarvan gerust te stellen met wilde speculaties. Branko wist dat hij zichzelf voor de gek hield, maar hij wilde de hoop niet opgeven. Zijn zoon zou alles doen om hem te halen. Daarvan was Branko overtuigd.

Op een bepaald moment hield het rillen op. In een droom zag hij – voor de eerste keer sinds tijden – zijn vrouw voor zich. Ze schreeuwde tegen hem, woedend, omdat hij Zoran naar het uiteenvallende Joegoslavië wilde meenemen. Ze had hem nooit willen begrijpen. Branko had haar een draai om de oren gegeven en het huis verlaten. Maar het geschreeuw van zijn vrouw liet hem de hele nacht niet meer los.

Tot hij door de kerkklokken werd gewekt.

Branko pakte de kalasjnikov en ging naar buiten in de ijzige kou. De klokken luidden, en hun galm werd weerkaatst door de bergen die het dal omringen. Een zacht gefluister: Branko.

Hij liep zo ver het bos in tot hij het stuwmeer onder zich zag.

Hij moest met zijn ogen knipperen – midden op het meer dreef iets wat hij niet kon identificeren.

Wat was dat?

23 Het geluid van haar gsm klinkt vreemd, doordringend, en wordt steeds harder. Om haar heen is het donker, het raam staat op een kier, ergens komen stemmen vandaan, twee mannen staan buiten een vrachtwagen te lossen.

Haar gsm ligt op het nachtkastje naast de wekker. 4.48 uur. Goedemorgen Belgrado. Jasna wrijft in haar ogen – word wakker, meisje – en grijpt de telefoon.

'Mevrouw Brandič?'

'Ja.'

'Wat is de naam van uw broer?'

'Wat?'

'De naam van uw broer. Zegt u het.'

'Wie bent u?'

'Ik bel niet nog een keer.'

'Hebt u mij de e-mail gestuurd?'

'De naam of ik hang op.'

'Zoran.'

'Uw zus?'

'Zij is allang dood.'

'Haar naam!'

'Marica. Wie bent u?'

'Uw vader?'

Stilte.

'Luister, mijn vader...'

'Zijn naam.'

'Milenko. Milenko Brandič.'

'Kunnen we elkaar ontmoeten?'

'Wanneer?'

'Nu.'

'U denkt toch niet serieus dat ik 's morgens vroeg even voor vijf uur met iemand afspreek van wie ik totaal niets weet.'

'Ik ben een kennis van Zoran.'

Jasna zwijgt.

'We hebben elkaar al een keer ontmoet, het is belangrijk, het gaat om Branko. Meer kan ik u niet vertellen.'

'Ik heb een gsm die niet afgeluisterd kan worden,' zegt Jasna. 'U kunt vrijuit spreken.'

'Uw gsm kan misschien niet afgeluisterd worden. Maar uw kamer? U weet in welk hotel u bent?'

Arkans doodskist, denkt Jasna.

'Hoe weet ik dat ik u vertrouwen kan?' vraagt ze.

'Dat risico moet u nemen,' zegt de man. 'Branko is niet zomaar iemand, dat weet u. Dus stelt u zich niet aan.'

Jasna denkt na.

'Goed. Geeft u Branko mijn nummer.'

'Dat gaat niet.'

'Hoezo?'

'Omdat hij gevangen wordt gehouden.'

'Door wie?'

'Herhaalt u vanaf nu geen namen.'

'Goed.'

'Stavros Kosenić. Kent u hem?'

'Ja, natuurlijk.'

'Is dat voldoende om elkaar te ontmoeten?'

Ze weet het niet. Is dat voldoende om zich in levensgevaar te begeven?

'Waarom ik? Waarom hebt u juist aan mij geschreven? We hebben hier meldpunten, het tribunaal heeft een kantoor in Belgrado...'

'Goed,' zegt de man. 'Zoran en een vriend wilden Branko helpen vluchten.'

'Zoran? Mijn broer?' vraagt Jasna. 'Dat kan niet. Mijn broer wordt vermist. Al jaren.'

'Hebt u de foto's nog niet gevonden?'

'Nee. Welke foto's?'

'Zoran is dood.'

'Luister... dit gaat me allemaal...'

'Ga naar de kamerdeur. Bekijk de foto's. Ik bel u over vijf minuten terug, voor die tijd moet u een beslissing hebben genomen. Meer kan ik niet doen.'

'Geef me uw naam. Of tenminste waar we elkaar van kennen!'

'Vijf minuten. Denk na over wat u wilt doen.'

De man hangt op.

De kamer is nog altijd donker, de vrachtwagen voor het hotel is allang weggereden.

Zoran. Twaalf jaar geleden heeft ze voor het laatst iets van hem gehoord. Drie jaar daarvoor had hij haar, Marica en haar moeder verlaten. Daarna belde hij plotseling op, midden in de oorlog. Jasna woonde destijds nog met Tanja samen en was zich in de badkamer aan het opmaken.

'Telefoon voor jou,' riep Tanja vanaf de gang. 'Kom, het is dringend.'

'Wie is het?' vroeg Jasna. Eigenlijk wilde ze met Tanja gaan stappen.

'Je broer,' zei Tanja.

Jasna stormde de badkamer uit, halfnaakt, en griste de hoorn uit haar hand. Ze wilde met de telefoon naar haar kamer gaan, maar daar was het snoer te kort voor. Ze zei haar naam. Belachelijk. Zoran moest al gehoord hebben dat Tanja haar had geroepen. De verbinding was belabberd, alsof het de jaren tachtig waren en je met het Oostblok belde.

'Zoran,' zei ze en ze hoorde dat hij huilde. 'Zoran, waar ben je?'

Hij wilde het haar niet vertellen, ook niet wanneer hij zou terugkomen en óf hij wel zou terugkomen. Hij draaide eromheen, begon opnieuw te huilen.

Jasna huilde ook, zei dat hij naar huis moest komen, zei dat ze hem geld zou sturen. Op de achtergrond hoorde ze gelach.

'Waar ben je, Zoran?'

Hij antwoordde niet.

'Vader is dood,' zei hij na een tijdje. 'Zeg jij het tegen haar, zeg jij het tegen mama. Vertel haar dat haar man dood is. Ik ben niet in staat haar te bellen. Wil jij dat alsjeblieft voor me doen?'

Tanja liep de gang op, ongerust omdat Jasna huilde en luidruchtig en opgewonden op haar broer inpraatte om hem ervan te weerhouden op te hangen.

'Het ga je goed,' zei hij.

'Hoe is hij gestorven, Zoran?'

'Groet Marica van mij – en mama.'

'Kom terug,' smeekte Jasna. 'Dat kun je mama niet aandoen. Alsjeblieft, Zoran, kom terug.'

'Het ga je goed,' zei hij nog een keer. 'Ik belde alleen om te zeggen dat vader dood is.'

En hij hing op.

24 Aan de oever van het Perućacmeer staat Stavros met een megafoon in zijn hand en fluistert Branko's naam over het water naar de omringende bergen en bossen. Om hem heen staan zijn mannen met veldkijkers de straten af te zoeken die vanaf de bergen naar de hoofdweg langs het meer lopen. De mannen zijn doodop en tegelijk door het dolle heen, want ze hebben de slaap met energydrinks en pillen verdreven toen het geschreeuw van Zoran niet meer genoeg was om ze wakker te houden en iedereen alleen maar wenste dat die zak eindelijk de pijp uit zou gaan.

Zes van de acht mannen worden door het tribunaal met een internationaal arrestatiebevel gezocht; de aanklachten liggen in de la van Peneguy, de getuigenverklaringen zijn al opgemaakt. Alle acht mannen, de harde kern van de Wolven, waren er in Višegrad bij, in het Vilina Vlas-hotel. Ze kunnen het zich niet veroorloven dat nu ook Branko nog een getuigenverklaring aflegt.

Stavros legt de megafoon aan de kant, belt de twee mannen die hij naar de kapel heeft gestuurd en zegt dat ze naar het stuwmeer moeten komen. Een halfuur lang hebben ze allebei onafgebroken de klokken geluid: de hele omgeving moest weten dat de jacht op Branko is geopend. Sinds gisteravond is overal bekend geworden dat Branko op de vlucht is en tegen Kovać wil getuigen. Sinds negen dagen is iedereen op de hoogte dat Stavros hier is, Branko, de mensen van Kovać.

Toen vier jaar geleden onderzoekers van het tribunaal, forensisch onderzoekers uit Zagreb, Londen en Duitsland, in het Perućacmeer begonnen te wroeten, hebben de mensen voor de eerste keer sinds de oorlog hun geweren weer tevoorschijn gehaald, geolied en op de onderzoekers geschoten, tot ze weer verdwenen, voorlopig. Tegenwoordig blijven diezelfde mensen thuis, omdat ze weten dat Stavros – naast Begić – de beste jager is van Kovać en dat het beter is om thuis te blijven als de jacht begint, en niets te zien, geen vragen te stellen en niet in de weg te staan.

Stavros laat zich een lichtpistool van Amerikaanse makelij geven die ze destijds van de moedjahedien hebben afgepakt. Robuuste kerels met groene tulbanden en smoezelige laarzen uit de Kaukasus die door Saudi-Arabië werden betaald en die aan de Drina jacht maakten op alle nietmoslimse Serviërs en Kroaten. Kovać heeft korte metten met hen gemaakt en hen met grote tactische behendigheid en met hulp van een zeer zeldzame, maar uiterst effectieve alliantie met onze Kroatische collega's – per slot van rekening kruisdragers net als wij, varkensvleeseters net als wij en wodkaliefhebbers net als wij – in de mangel genomen.

Stavros laat zich dus een lichtpistool geven, legt aan en mikt op een vlot dat in het midden van het meer drijft. Er waait een zwak briesje dat de bezwete en door bloed en benzine aan elkaar geplakte plukken haar uit Zorans gezicht strijkt, een teder, goedbedoeld gebaar. Een laatste groet van het leven aan hem die ontkleed en uitgestald aan het kruis hangt waaraan hij gestorven is.

Toen Stavros een paar uur geleden doorkreeg dat hij met een dode sprak, was dat voor hem een enorme vernedering. Uit woede sneed hij Zorans genitaliën af en gooide ze naar het varken dat zich er totaal uitgehongerd op stortte. Stavros keek naar het varken, rookte en dacht na. Toen kwam hij op het idee van het vlot en ging zijn handen wassen.

Het heeft zijn mannen enige moeite gekost het vlot in het midden van het meer te krijgen. De wind was te zwak om het weg te drijven en dus bleef het eerst langs de oever liggen, waar het alleen om zijn eigen as draaide. Twee van de mannen werden het water in gestuurd. Met alleen een onderbroek aan gingen ze aan de slag om het vlot verder het ijskoude meer op te duwen. Aanvankelijk zonder resultaat, want de oever liep steil af en ze verloren algauw hun houvast. Ten slotte gebruikten ze twee stokken als hulpstuk. Toen het vlot een flink eind van de oever was en de zwakke wind het verder naar het midden van het enorme stuwmeer dreef, belde Stavros naar zijn man in de kapel en het klokgelui begon. Een wekroep aan de omliggende dorpen – maar vooral aan Branko.

Het eerste wat Branko op die vroege ochtend moest zien was zijn dode, gekruisigde zoon van wie Stavros een vrouw had gemaakt. En hij had ook nog een andere verrassing voor Branko in petto.

25 Zijn ogen waren te slecht en de dag was nog niet helder genoeg om te onderscheiden wat zich bijna zevenhonderd meter beneden hem afspeelde. Toen het klokgelui maar niet ophield en de stem van de megafoon doorging met het fluisteren van zijn naam, haalde Branko, strompelend en met gloeiend hoofd, de verrekijker uit de hut.

Als eerste zag hij Stavros en zijn mannen aan de oever, daarna zwenkte hij de verrekijker naar het midden van het meer en ontdekte hij het vlot. Een ogenblik voelde Branko helemaal niets, zocht hij naar levenstekens van zijn zoon, draaide aan de verrekijker om het beeld scherper te krijgen; daarna begon hij te trillen, zo erg dat Zoran steeds weer uit het zicht glipte. Precies op het moment dat hij zijn zoon strak in beeld had, sloeg het projectiel uit het lichtpistool in het vlot. Het sissende geluid kwam pas bij Branko aan toen Zorans scheef hangende lichaam al brandde.

26 Door de kier tussen de deur en de vloerbedekking valt licht op een bruine envelop. Jasna pakt hem en vindt vier, vijf foto's. Het is te donker om te kunnen onderscheiden wat erop te zien is, dus gaat ze naar de badkamer en doet het licht aan.

Ze kijkt in een verbrand gezicht. De haren zijn verschroeid, de ogen gesmolten. De tweede foto is eerder genomen. Hierop is een jonge man te zien die naakt en bloedend aan een kruis hangt. Het kruis staat op een vlot. Het gezicht van de man is weliswaar zwaar toegetakeld, maar toch herkent Jasna hem meteen. Het is Zoran. De andere foto's zijn variaties op hetzelfde thema, verschillende opnames van haar gemartelde en verbrande broer.

Plotseling is er een ruis en een gevoel alsof er een waterval op haar neerkomt die haar platdrukt op de grond, het water is scherp en snijdend. Haar hoofd voelt alsof iemand haar hersens uitwringt, haar armen alsof ze met mesjes worden gestoken. Jasna moet overgeven en spuugt over de foto's die ze heeft laten vallen.

Haar gsm gaat.

Jasna braakt het laatste maagsap uit en veegt de tranen van haar gezicht. Mens, beheers je, neem op.

Haar gsm blijft gaan.

Ze probeert te gaan zitten; vergeefs, ze knielt als versteend op de grond. Hij zal opleggen, denkt ze, en niet terugbellen.

Kom op, Jasna, neem op! Hij belt niet terug!

Gerinkel.

Ze vist naar de gsm.

'Hebt u de foto's gezien?'

Jasna zwijgt. Ze kijkt naar de ondergespuugde foto's. In haar val heeft ze per ongeluk een handdoek meegesleept. Ze pakt hem en veegt het braaksel van de foto's, die waarschijnlijk het laatste zijn wat ze ooit van Zoran te zien zal krijgen.

Wat Jasna niet kan voorzien is dat ze vijf jaar later – allang in een ander leven, midden in de regentijd van Rwanda – een e-mail zal krijgen. Een van haar voormalige informantes in Sarajevo met wie ze zo nu en dan contact heeft, zal haar schrijven dat de Perućacstuwdam in de gloeiend hete zomer van 2010 gerenoveerd moet worden. De Servische instanties in Bajina Bašta hebben zich jarenlang tegen die renoveringswerkzaamheden verzet, maar nu worden ze noodzakelijk om de drinkwater- en energievoorziening van de stad te garanderen. Jasna zal bij het tribunaal een verzoek om twee maanden verlof indienen en hiernaartoe terugreizen om de forensische onderzoekers te helpen die – beveiligd door een internationale politie-eenheid – hun onderzoek zullen heropenen. Jasna zal aan de oever staan en aan haar broer denken, en ze zal vanaf dan iedere nacht door een droom worden achtervolgd: Zoran zinkt naar de bodem van het stuwmeer. Tussen de meer dan driehonderd lijken die de lange weg van Višegrad hiernaartoe zijn gedreven, die de Drina door de rivierbedding heeft gesleurd om hier te vergaan.

'Het spijt me,' zegt de man. 'Zoran wilde Branko helpen vluchten. Ze hebben hem gepakt.'

Jasna gaat op de rand van het bad zitten. Langzaam. Ze laat het water in het bad lopen.

'Bent u er nog?' vraagt de man.

Jasna gooit de foto's in het water, pakt er een, houdt hem onder de waterstraal alsof ze de vlammen kan blussen die het gezicht van Zoran verbranden.

'Waar moet ik heen?' vraagt Jasna.

27 's Morgens is het hier even voor zessen een drukte van belang: de kramen liggen al bijna halfvol, ertussenin staan overal kisten en dozen met de rest van de groente en het fruit uit Italië, Griekenland en Nederland.

Jasna loopt met haar mobieltje in haar hand door de gangpaden van de Zeleni Venac, een reusachtige markthal in het centrum van Belgrado. De beller heeft haar hierheen gestuurd zonder een precieze ontmoetingsplaats te noemen, hij zou haar vinden. Om haar heen ruikt het naar knoflook en vers gezette koffie, de marktvrouwen brengen hun kraam in orde, laten thermoskannen en porseleinen bekers met afgebroken oortjes rondgaan. Jasna heeft het gevoel dat ze overal en voortdurend in de weg staat. Handelaren dringen met steekwagens vol lege kisten langs haar heen, een meisje poetst de appels op. Niemand let op haar. Iedereen is hier druk met zichzelf en zijn kraam.

In een nis waar ze wel te zien is maar minder in de weg loopt, blijft Jasna staan. Wie haar wil vinden, zal haar hier – in het midden van de markt – vinden. Afwezig kijkt ze naar het meisje, probeert zich te vermannen, krijgt de foto's van Zoran maar niet uit haar hoofd. Ze voelt zich nog steeds beroerd en slap.

Ze heeft de badkamer met de toch al vuile handdoek afgeveegd, de handdoek in een plastic zak gestopt en is onder de douche gegaan. Vervolgens heeft ze de foto's met de föhn gedroogd, teruggestopt in de envelop en in haar koffer gelegd – het kamermeisje hoefde ze niet te zien.

Ze was blij dat het op dit tijdstip in de ontbijtruimte nog heel stil was, pakte een stuk gebak om snel haar bloedsuikerspiegel weer op peil te brengen en voordat iemand haar kon aanspreken was ze de straat op gerend. Buiten was het donker, een smoezelige winterochtend, koud-vochtig. Jasna had in het hotel bewust geen taxi laten bestellen; niemand hoefde daar te weten waar ze naartoe ging. Ze gooide de plastic zak met de smerige handdoek in een vuilnisemmer en ging op pad. De kou hielp haar helderder te denken, wat dringend nodig was.

Toen ze er zeker van was dat niemand haar volgde, hield ze onderweg een taxi aan, want de weg naar de Zeleni Venac was te voet veel te ver. De chauffeur wilde net zijn nachtdienst beëindigen en was erg blij met de rit, vooral omdat de markt op weg naar zijn huis lag. Hij kletste tijdens de hele rit. Jasna zei niets en was weer in Berlijn, met Zoran. Flarden van herinneringen – aan de Plötzensee waar ze met Zoran voetbalde, hij was acht, zij vijf, iemand had een bal vol op haar neus geschoten, Zoran lachte, zij huilde. Jasna deed het raampje open, want de taxi stonk naar zweet en goedkope lavendelluchtverfrisser. Toen de taxichauffeur haar eindelijk naast de markthal afzette, was ze blij dat ze uit kon stappen.

Het meisje voor haar grijpt de volgende appel om hem op te poetsen, terwijl ze langs Jasna heen opkijkt. Jasna volgt haar blik en schrikt, want naast haar staat Drakulić.

Ondersecretaris Drakulić, die Jasna gisteren in het kantoor van Skula heeft gezien. Nu in trui en jeans, onopvallend.

'Kom,' zegt Drakulić en hij trekt Jasna naar de brede gang in het midden van de hal – rusteloos, nerveus, boos.

'Hebt ú mij de mail gestuurd?' vraagt Jasna.

'Ðinðić werd vermoord omdat hij het tribunaal heeft geholpen,' zegt hij, 'en wat doet u daarmee? Ik geef u de tip waar Oreskovič is en u bent niet eens in staat uw hoofdgetuige te beschermen. Hebt u er eigenlijk een idee van hoezeer u zich bij iedereen belachelijk maakt? Als ik Branko niet aan u uitlever, kunt u Kovač over een halfjaar vrijlaten en hem een schadevergoeding voor zijn ten onrechte ondergane hechtenis betalen! U zult in Servië noch in Bosnië-Herzegovina, noch ergens anders een getuige vinden die een verklaring zal afleggen. Niet tegen Kovać, niet tegen Mladić en al helemaal niet tegen Milošević! Midden in Den Haag! En u verwijt ons dat we Mladić Servië niet uit krijgen of Arkan niet konden uitleveren!'

'Ik ben hier niet om me door u te laten beledigen,' zegt Jasna.

'En ik ben hier niet om me vanwege uw stommiteit te laten doden. Hebt u er eigenlijk wel een idee van wat ik voor u riskeer? Ik heb een vrouw en twee kinderen!'

Ja, denkt Jasna. Twee jongens. Saša is zeven en Janko vijf. Jasna kent Drakulić' dossier, vanzelfsprekend heeft ze al haar gesprekspartners hier zo goed mogelijk doorgelicht. De vrouw van Drakulić werkt al twee jaar weer als lerares – Duits en wiskunde. Ze heeft in Konstanz gestudeerd, in dezelfde tijd als Đinđić. Waarschijnlijk was zij de connectie, vermoedde Peneguy.

'Skula kamt het hele ministerie uit,' zegt Drakulić. 'Wat als hij het lek vindt? Mij vindt?'

'U hebt contact met mij opgenomen en niet andersom,' zegt Jasna. 'Is Begić in Belgrado?'

'Natuurlijk is Begić in Belgrado. De vraag is hoelang nog. Ik neem aan dat hij uiterlijk morgen ook op zoek gaat naar Branko,' zegt Drakulić terwijl hij om zich heen kijkt.

'U hebt me nu lang genoeg laten wachten,' zegt Jasna. 'Hoe komt u aan die foto's?'

'Het spijt me van uw broer.'

'Hoe komt u eraan?' vraagt ze terwijl ze zich vermant.

'Van een vriend van Zoran. Hij heeft ze me gestuurd en gevraagd contact met u op te nemen.'

'Wat voor een vriend?'

'Ik ken hem niet. Maar uw broer vertrouwde hem.'

'Hebt u mijn broer gekend?'

'Ja.'

'Waarvan?'

'Zoran zat bij de Wolven. Hij wilde er al een paar jaar geleden uitstappen en heeft bij mij aangeklopt om hem te helpen.'

Twee marktvrouwen dringen langs Jasna en Drakulić, vuilniszakken in hun hand, scheldend dat ze in de weg staan. Jasna en Drakulić moeten zich aan de kant drukken.

Zoran bij de Wolven? Dat kan niet waar zijn. Ik ken de ledenlijsten, denkt Jasna.

'Bij welke eenheid van de Wolven?' vraagt ze.

'Bij de harde kern. Branko, Oreskovič, Stavros, Zoran, Begić en ongeveer tien anderen,' zegt Drakulić.

'De eenheid die zich in de kazerne bij Novi Sad schuilhield?' vraagt ze.

'Ja.'

'Wie heeft Zoran gedood?'

'Stavros Kosenić,' zegt Drakulić.

Hij trekt Jasna een zijingang in. Een man laadt conservenblikken van een pallet op een marktkraam.

'Luister,' zegt Drakulić zacht. 'Over drie minuten ben ik hier weg. Verdoe uw tijd niet en stel uw vragen.'

'Branko wil tegen Kovać getuigen?'

'Ja.'

'Sinds wanneer?' vraagt Jasna.

'De eerste signalen heeft hij mij twee jaar geleden al gegeven. Maar na de dood van Đinđić is hij weer ondergedoken. Ik ben het contact kwijt – met hem en Zoran. Die twee werden destijds ineens enorm bang voor Stavros en Begić. Waarschijnlijk vreest Branko nu dat hem hetzelfde lot te wachten staat als Oreskovič.'

'Branko bang? Voor Stavros? Branko is de nummer twee na Kovać!'

'Misschien aan de oppervlakte, maar in werkelijkheid is hij dat allang niet meer. Kovać is het vertrouwen in hem kwijt.'

'Waarom?' vraagt Jasna.

'Waarschijnlijk heeft Kovać gemerkt dat Branko van hem vervreemdde en was hij bang dat hem met Branko hetzelfde zou overkomen als met Oreskovič. Al twee jaar geleden, toen Đinđić Kovać aan Den Haag uitleverde, heeft Kovać Branko buitenspel gezet en Stavros feitelijk tot zijn plaatsvervanger gemaakt. Sinds Oreskovič in Den Haag in voorarrest zat, hebben Stavros en Begić Branko als een gevangene behandeld. Kovać had volstrekt geen vertrouwen meer in hem.'

'Wanneer heeft Zoran contact met u opgenomen?'

'Gisteren. Branko had Zoran om hulp gevraagd. Die twee zijn samen voor Stavros gevlucht, maar op de vlucht moesten ze uit elkaar gaan omdat Branko gewond was. Zoran wilde een vriend om hulp gaan vragen, maar ze hebben hem gevangen en Stavros heeft Zoran gemarteld zodat hij zou verraden waar Branko zich verborgen houdt.'

'Hoe weet u dat Zoran Branko niet heeft verraden?'

'Omdat Zoran zijn vriend gevraagd heeft Branko te verstoppen en hem niet te zeggen waar hij is.'

'Wat is dat voor een vriend?

'Ik ken hem niet.'

'Waarom zouden we hem moeten vertrouwen?'

'Omdat Zoran hem vertrouwd heeft. Zoran heeft hem gevraagd contact met u op te nemen, zodat u Branko hier weghaalt.'

'Dat is me te vaag,' zegt Jasna. 'Dat is geen reden om hem te vertrouwen. Het kan een valstrik zijn.'

'Als het een valstrik was, was ik allang dood,' zegt Drakulić.

Jasna kijkt Drakulić aan. Ze krijgt geen hoogte van die man, ze begrijpt niet waarom hij dit risico neemt, weet niet of ze hem vertrouwen moet. Wie ben je, ondersecretaris Drakulić?

'Wat is er?' vraagt hij. 'Wat denkt u?'

'Waar is Branko nu?' vraagt Jasna. 'Bij benadering?'

'Ergens in de buurt van Bajina Bašta aan de Bosnische grens. Zorans vriend houdt hem daar verborgen, maar dat kan niet lang meer goed gaan. Stavros en de Wolven zoeken hem en daarginds bij de grens hebben ze hun fanatiekste aanhangers.'

'Waarom zitten de Wolven daar?' vraagt Jasna.

'Toen ze in de kazerne werden ontdekt, zijn ze naar een boerderij in de buurt van Bajina Bašta bij het nationaal park Tara gevlucht. Zegt u dat wat?'

'Ja,' zegt Jasna, 'mijn vader komt daarvandaan. Hoe kan ik contact met die vriend van Zoran opnemen?'

Drakulić haalt een briefje uit zijn zak en geeft het aan Jasna. 'Hier hebt u zijn schuilnaam en zijn contactadres. Ga erheen, hij vindt u.'

'Geen telefoonnummer?'

'Nee. Haast u, hij wacht op u! Hij neemt een groot risico.'

Jasna pakt het briefje, leest het en steekt het in haar zak.

'Bedankt,' zegt ze tegen Drakulić. 'Waarom doet u dit?'

'Omdat u ons geen keus laat,' zegt hij. 'We waren altijd een deel van Europa. En dat willen we weer worden. Servië heeft het EU-lidmaatschap nodig; het is het beste middel om het nationalisme hier te bestrijden! De EU stelt voor de toetreding als voorwaarde dat oorlogsmisdadigers zoals Kovać of Mladić worden uitgeleverd! Hoe halen ze het toch in hun hoofd politieke kwesties met strafrechtelijke zaken te verbinden!'

Drakulić kijkt om zich heen.

'Đinđić was onze hoop, mijn vrouw heeft hem goed gekend,' zegt hij. 'Haast u en laat het niet nog een keer in het honderd lopen!'

Drakulić draait zich om en wil gaan.

'Wilt u het e-mailadres niet meer gebruiken als u contact met me wilt opnemen,' zegt Jasna.

'Dat zal ik zeer zeker niet meer doen,' zegt Drakulić. 'Daar kunt u van op aan, dit is de laatste keer dat ik u help. Skula wordt achterdochtig, ik doe niets meer. Vind Branko, breng hem naar Den Haag en laat hem tegen Kovać getuigen. Meer kan ik niet voor u doen! Dit is uw laatste kans. Meer krijgt u niet!'

28 Het projectiel uit het lichtpistool trof Zoran in zijn buik en stak de benzine in brand waarmee Stavros hem had gevuld en overgoten. Maar anders dan Stavros zich waarschijnlijk had voorgesteld, laaide Zoran niet als een fakkel. Want meteen nadat het lichaamsvet verbrand was – wat heel snel ging – smeulde Zorans lichaam alleen nog blauwachtig na, en de vlammen likten tevergeefs aan zijn botten. Hier en daar gaf het beenmerg het vuur nieuwe brandstof, maar daarna doofde het.

Evengoed was de aanblik gruwelijk. Stavros had het hoofd van Zoran aan het kruis vastgebonden met een doek die snel verbrandde, zodat Zorans hoofd – nog steeds brandend – plotseling naar voren zakte en even de indruk ontstond dat hij naar Branko knikte. Daarna werden de pezen door de hitte zo sterk samengetrokken dat de handen van de spijkers sprongen, het lichaam kromtrok, op het vlot viel en vandaar in het water zakte. Alleen met een enkel bleef hij nog aan het verkoolde kruis hangen tot ook die pees meegaf en Zoran door het stuwmeer werd verzwolgen.

Alle energie stroomde uit Branko weg. Opeens voelde hij zich een oude man. Moeizaam kwam hij overeind en wankelde terug naar de hut. Hij pakte een waterfles in een rugzak, die hij hier gevonden had en spoot een deel van de morfine in zijn linkeronderarm. Daarna trok hij de jas aan, pakte de kalasjnikov en ging op weg naar het oude houthakkerspad dat hij tot aan de boomgrens wilde volgen.

De weg over de top was vermoeiender maar korter, en voor de honden was het daarboven moeilijker het spoor vast te houden. Branko kende dit pad uit zijn jeugd. Als jongen was hij hier in de jaren na de Tweede Wereldoorlog vaak met zijn ouders geweest. Zijn vader had via een kennis die bij het leger was blijven hangen voor alle benodigde spullen gezorgd, uit de inventaris van een leger dat toen nog het kapitalisme en het imperialisme bestreed: een oude tent, een gasstelletje en drie oude naar zweetvoeten stinkende slaapzakken met een camouflagepatroon. Branko's moeder had haar handen vol aan het verzamelen van de luizen die in het katoen zaten. Branko's haar werd afgeschoren en daarna brachten ze drie, vier gelukkige weken door in de regenloze openlucht hierboven in het nationaal park Tara. Branko's vader had hem geleerd hoe je viste en konijnen ving, vilde en uitbeende.

Zich optrekkend aan die herinneringen klimt Branko in de sneeuw de berg op; hij verdringt de pijn in zijn been en de beelden van Zoran aan het kruis. Ten slotte bereikt hij de oude militaire basis die al jaren niet meer in gebruik is en waarvan niet veel meer over is dan de funderingen waar de wind omheen giert.

Als kind kwam hij hier steeds terug als hij met schoolvrienden in de vakantie uitstapjes maakte. Een goede zes jaar geleden was hij hier voor het laatst, alleen en met een excuus.

In die tijd begon het conflict tussen Kovać en Oreskovič zich al af te tekenen, dat geleidelijk aan steeds meer uit de hand was gelopen. Oreskovič was onvoorzichtig geworden. Hij had genoeg van het leven op de vlucht, het zich constant moeten verstoppen in kazernes en afgelegen boerderijen. Hij vertrouwde erop dat de nieuwe regering in Belgrado hem en de andere Wolven zou beschermen en niet aan Den Haag zou uitleveren. Dus had hij een huis in Belgrado gekocht en een bankrekening geopend.

Kovać besefte dat dat een gevaarlijke weg was en inderdaad werd het huis van Oreskovič algauw door onderzoekers van het tribunaal geobserveerd. Kovać was er altijd op bedacht geweest dat Oreskovič hem zou verraden. Oreskovič daarentegen vond Kovać iemand die in de oorlog was blijven hangen, die daar niet van kon loskomen. Hij had niet begrepen waarom ze vier jaar na het eind van de oorlog nog altijd in soldatenkleren rond moesten lopen. Voor welke oorlog? Tussen Oreskovič en Kovać was een machtsstrijd ontstaan, die was gewonnen door Kovać.

Want Kovać had zich bijtijds ingedekt.

Van alle Wolven bestonden video's uit Višegrad, en op elke video stonden genoeg bewijzen om hen allemaal levenslang achter de tralies te zetten. De wederzijdse verzekering van de roedel. Als er één viel, vielen ze allemaal. Als jij tegen ons wilt getuigen, dan hebben we genoeg bewijsmateriaal om jou ook te laten veroordelen. Vertrouwen is goed, bewijzen zijn beter. De ernst van de daden maakte iemand die wilde getuigen kansloos voor een kroongetuigenregeling. Ook Oreskovič had geen schijn van kans om aan de hele aanklacht te ontkomen. Hij was gewoon moe geworden, te moe om te blijven vluchten. Hij deinsde uiteindelijk minder terug voor een cel in Scheveningen dan voor de dood, helemaal nadat de Wolven zijn in Frankfurt wonende zus hadden vermoord.

Natuurlijk bestond er ook een video van Kovač.

Die ligt al tien jaar in die waterdichte militaire thermobox, ingepakt in stukken vilt die hem tegen het condenserende water moeten beschermen, met een zorgvuldig dichtgeknoopte plastic zak eromheen.

Nadat het tribunaal arrestatiebevelen tegen de Wolven had uitgevaardigd, waren de mannen vanwege de video onrustig geworden. Ze vreesden dat Kovač de wijk zou nemen naar Den Haag en zijn eigen vrijheid met het verraad aan zijn eenheid zou kunnen kopen. Kovač kon hen alleen geruststellen met een kopie die hij voor ieders ogen aan Branko overhandigde.

'Niet alleen ik heb jullie in de tang, jullie hebben mij ook in de tang,' zei hij en zo zorgde hij voor rust.

Het geheel was ongeveer anderhalve meter diep begraven naast een van de voormalige palen van de barak die Branko en zijn vrienden destijds, in de zomervakantie, als martelpaal hadden gebruikt.

Branko is uitgeput, doorweekt door de sneeuw, en verhit en beneveld door de koorts. Met een platte steen schraapt hij de aarde weg, en merkt nauwelijks hoe de kou vat krijgt op zijn door de vorst toch al gebarsten vingers. Als hij de box eindelijk in handen heeft, ziet die eruit alsof hij hem hier vorige week heeft begraven. De plastic zak komt uit een supermarkt die al vijf jaar niet meer bestaat, het vilt is muf. Maar de videoband is helemaal in orde.

Hij steekt de video in zijn jaszak, staat met pijnlijke knieën op en kijkt naar het dal. Ver onder hem slooft de rond deze tijd van het jaar dichtgeslibde Drina zich door het middelgebergte, de grauwe lucht is vergeten dat het hier ooit zomer is geweest. Branko weet dat hij hier nooit zal terugkeren. Hij moet verder. De berg af en voorbij Višegrad. Stroomafwaarts liggen vast nog de roeiboten van de vissers, denkt hij. Daar wil hij de Drina oversteken, naar Bosnië aan de overkant, en hij zal nooit weer terugkeren naar het land waarvoor hij zijn leven heeft opgeofferd. Tot de dichtstbijzijnde NAVO-basis – in Butmir bij Sarajevo – is het misschien zestig, zeventig kilometer. Hij zal een auto moeten stelen. Hij kan niet op een bus stappen, want Stavros zal zeker het openbaar vervoer in de gaten laten houden en onder de buschauffeurs zijn een hoop voormalige soldaten.

Branko zal zich bij de NAVO-basis Butmir aangeven, hij zal de video uit Višegrad overhandigen. Hij zal zich naar Den Haag laten overvliegen. Hij zal getuigen, tegen Kovać. Hij zal in de rechtszaal de moordenaar van zijn zoon recht in de ogen kijken. Het is het enige wat Branko nog wil doen in zijn leven.

Hij gaat op weg.

29 Een bushalte van lijn 134 in een zijstraat van een Belgradose buitenwijk. De bus komt maar elk halfuur, de vorige is net weg. Een paar meisjes willen na school eindelijk naar huis en wachten op de volgende. Gehuppel, gejoel, gekwebbel. Begić zit op een bank naast hen. Hij is gestrest en rookt zijn derde sigaret als er een zwarte limousine stopt.

De meisjes kijken verward naar de limousine. Begić staat op, sluipt langs hen heen en gaat met de brandende sigaret in de wagen zitten. Maar hem merken ze helemaal niet op, ze staren alleen naar de dure wagen. Begić is voor hen zo goed als onzichtbaar, omdat hij er heel normaal uitziet. Dat is een van zijn beste eigenschappen.

Voor Skula is onzichtbaar niet genoeg. Het liefst had hij helemaal afgezien van de ontmoeting met Begić. Net als van het telefoongesprek met Kovać' advocaat. Skula zou het liefst wegkruipen.

Maar tijdens de oorlog heeft hij zich die ene fout veroorloofd. Het was maar een kleine fout, maar beslissend en groot genoeg voor Kovać, die daarmee Skula aan het lijntje hield sinds hij in Den Haag zat.

Kovać heeft het Skula niet kunnen vergeven dat hij Kovać' uitlevering twee jaar geleden niet heeft kunnen voorkomen. Terwijl Skula geen schijn van kans had om Kovać te helpen. Want Đinđić wantrouwde iedereen die vóór de millennium-wisseling politieke verantwoordelijkheid had gedragen. Vandaar dat hij bij de uitlevering van Kovać niet meer dan twee, drie medewerkers in vertrouwen nam, terwijl hij Skula in de waan liet betrokken te zijn bij belangrijke beslissingen. Pas toen Kovać al in voorarrest in Den Haag zat, informeerde Đinđić Skula over de uitlevering en lette daarbij op elke beweging in Skula's gezicht. Skula had geglimlacht en gedaan of zijn neus bloedde.

Een paar uur na het gesprek met Đinđić kwam het telefoontje. Thuis – dat was op zich al een dreigement.

Kovać' advocaat speelde voor Skula de opname af. Het bewijs dat hij de dirigent was die vanuit Belgrado de paramilitaire groeperingen had geleid en hun informatie over militaire verkenningen had verstrekt. Noodzakelijke informatie zodat groepen als de Wolven, de Tijgers en heel wat andere niet werden verslonden door het Kroatische leger, de moedjahedien of de moslimse of Kroatische huurlingen. Kovać had de telefoongesprekken met Skula opgenomen waarin hij militaire informatie had doorgegeven en de Wolven daarheen had gestuurd waar hij ze hebben wilde – duidelijk genoeg om in Den Haag als bewijsmiddel te kunnen dienen.

Vanaf dat moment moest Skula aan Stavros en Begić de informatie verstrekken die ze allebei nodig hadden om getuigen te kunnen opsporen – zelfs Oreskovič hadden ze met zijn hulp al bijna in Tirana te pakken gehad als ze iets sneller waren geweest. Skula kreeg van Kovać' advocaat een nieuw mobieltje en was vanaf dat moment voor hem vierentwintig uur per dag bereikbaar.

Bijvoorbeeld daarnet. Toen het sms'je hem bereikte, moest Skula een bijeenkomst met zijn afdelingshoofden voortijdig verlaten. Hij haalde de map uit zijn kantoor en liet zich haastig naar de bank brengen.

Nu zit hij in een regeringslimousine met getinte ramen die bij een bushalte midden in Belgrado staat en ontmoet een per internationaal arrestatiebevel gezochte aanslagpleger. Het geld dat hij hem dadelijk zal overhandigen heeft hij persoonlijk van een rekening gehaald die mogelijk al op de observatielijst van het tribunaal staat. Mogelijk werd Skula onvoorzichtig. Maar het maakte hem intussen niets meer uit. Hij had Đinđić overleefd, hij zou ook Kovać overleven. Zijn vader zei dat het lijkt of het leven herinnering is. Maar het leven is verwachting, mijn zoon, niets anders.

'Wilt u uw sigaret uitdoen,' vraagt hij Begić.

Begić drukt de sigaret uit op de leuning voor hem – een

klein aandenken aan de onzichtbare heer Begić in een staats-limousine. Skula overhandigt hem de goedkope sporttas die de chauffeur van Skula bij een kraam naast de bank heeft gekocht en waarin nu 50.000 euro zit. Kovać' dank voor het precisiewerkje in Den Haag. Zijn dank voor de dood van de verrader Oreskovič.

Kovać heeft meteen een nieuwe opdracht voor hem. Skula geeft Begić een map. Begić opent hem.

Foto's van Jasna, zo-even gemaakt op de Zeleni Venac. Het kenteken van de blauwe Golf waarin ze onderweg is. Een briefje met het adres waarheen ze op weg is. De opdracht is ondubbelzinnig.

Begić zwijgt. Hij glimlacht.

Glimlacht hij omdat hij mag doden? denkt Skula.

Maar Begić lacht omdat Kovać hem met 50.000 euro heeft bedankt, en vanwege de herinnering aan vijf gezamen-lijk doorgebrachte jaren waarin hij mocht zijn zoals hij is.

'Vertel hem dat ik het zal opknappen,' zegt Begić. 'Beloof me dat u hem dat zegt.'

'Ik beloof het,' zegt Skula en hij steekt hem gewoontege-trouw zijn hand toe alsof hij een handkus wil ontvangen.

Begić grijpt Skula's hand en knijpt hem dicht. Hij heeft de hele tijd al gemerkt dat Skula hem hier niet wil hebben en doet alsof het allemaal beneden zijn waardigheid ligt. Alsof hij niet zou weten wat 'wij' betekent. Die schijtlijster die zich vier jaar lang in Belgrado gedeisd heeft gehouden en die nu weer boven is komen drijven, het vetoogje op de soep.

Skula heeft pech. Begić heeft in plaats van zijn hand alleen zijn vingers geschud en drukt ze samen totdat de tranen in Skula's ogen springen.

'Als je Kovać probeert te naaien, zal ik je krijgen,' zegt Begić.

Als ze voor rood licht stoppen, pakt hij de map en de goedkope sporttas met het geld en springt uit de wagen. Het portier laat hij open. Skula blijft zitten, roerloos, terwijl hij de blik van zijn chauffeur ontwijkt.

Als het licht op groen springt en ze achter hen beginnen te toeteren, stapt de chauffeur uit, sluit het portier, stapt weer in en rijdt verder. Skula zegt tijdens de hele rit geen woord. Hij veegt de tranen uit zijn gezicht. De ring heeft zich bijna tot in het bot van zijn pink en zijn middelvinger gefreesd.

Hij is nooit in Melichovo geweest, zijn moeder was niet zo'n lezer en interesseerde zich niet voor Tsjechov. De datsja heeft ze gehuurd omdat ze de komende zomer alleen met haar zoon wilde doorbrengen – het maakte niet uit waar. Een maand eerder had Skula haar zien huilen, dat was de enige keer. Skula was nooit te weten gekomen of zij geweten heeft dat hij afwist van de minnares van zijn vader. Sinds zijn zesde hoef je Skula niets te vertellen over illusies. Achter iedere glimlach schuilt een traan, achter een datsja vol muggen een verrot huwelijk. Skula kent geen leven dat geen fout gemaakt heeft.

Begić zal Jasna vinden. Haar doden. Branko doden. Kovać zal worden vrijgesproken.

En ik zal mijn leven op dezelfde voet voortzetten. Ik zal dit overleven.

Langzaam wordt de pijn in zijn vingers minder. Skula heeft honger.

1

M'Penza is een rustige man, stressbestendig en beheerst. Zoals nu heeft Peneguy hem nog nooit meegemaakt. M'Penza kookt inwendig. Al bijna vijf minuten staart hij uit het raam van zijn kantoor op de vierde verdieping van het tribunaal naar het Churchillplein en probeert te kalmeren. Rotonde. Beginnend spitsuur. Allemaal nieuwe auto's. Het gaat goed met dit land.

Drie kwartier geleden is Peneguy in Amsterdam geland en hij heeft zich meteen met zwaailicht naar Den Haag laten brengen. Vier minuten had hij nodig van de garage naar het kantoor van M'Penza; hij trok zijn jas uit, die nog steeds naar Skula's aftershave rook, stopte hem in Francesca's handen en zei tegen haar dat hij ongestoord met M'Penza moest spreken, dat ze de telefoon niet moest doorzetten. M'Penza nodigde hem uit plaats te nemen in een van de zwarte chesterfields in de vergaderhoek van zijn kantoor – een vleugje Oxford, M'Penza had een zwak voor Engeland, waar hij had gestudeerd. Toen Peneguy eenmaal zat, merkte M'Penza dat de smalltalk vandaag kon uitblijven. Peneguy had precies zes minuten geleden alles aan M'Penza opgebiecht – hij had hem ingelicht over Jasna's ontmoeting met Drakulić en verteld dat Jasna in Servië was achtergebleven om op zoek te gaan naar Branko. In plaats van te antwoorden staarde M'Penza hem alleen maar aan, eerst verbijsterd, daarna met onverholen woede. Ten slotte stond M'Penza op, liep langs Peneguy naar het raam, zweeg en kneedde zijn vingers.

Op een bepaald moment hield Peneguy het zwijgen niet meer uit. Hij moest iets zeggen.

'Stil,' siste M'Penza hem vanaf het raam toe, een onbeleefdheid die Peneguy nog nooit van hem had meegemaakt. M'Penza zweeg nog twee minuten. Het enige wat in het vertrek te horen was, waren M'Penza's knakkende vingergewrichten.

Pas wanneer hij zijn zelfbeheersing weer heeft teruggevonden draait M'Penza van het raam weg, maar hij denkt er nog niet aan Peneguy absolutie te verlenen.

Peneguy heeft alle volgende argumenten al gehoord, en wel uit zijn eigen mond tegen Jasna. Vanochtend in haar kamer in hotel Intercontinental in Belgrado.

'Luister,' zegt M'Penza. 'Jasna heeft geen onderzoeksmandaat in Servië. We kunnen niet zomaar iemand onder een of ander voorwendsel naar Servisch staatsgebied sturen! Stel je eens voor dat een Servische politieman bij jou thuis in New York opduikt – zonder vergunning, niemand weet van zijn komst – en die begint een gerechtelijk onderzoek tegen jou, alleen omdat dat hem of een Servische openbaar aanklager goed uitkomt! Wat denk je dat Amerikaanse politici ervan zouden zeggen als dat uitkwam?'

Stilte.

'Wie zal er voor Jasna's soloactie moeten opdraaien, denk je?'

Ongeveer dezelfde vragen heeft Peneguy aan Jasna gesteld en van haar kreeg hij te horen dat alle onderzoekers van het tribunaal in Servië blijkbaar geobserveerd worden – hoe was het anders te verklaren dat de Wolven in de kazerne bij Novi Sad gewaarschuwd waren? Jasna heeft pertinent geweigerd de officiële weg te bewandelen. 'Volstrekt kansloos,' zei ze, 'dat kun je vergeten, dan krijgen we Branko hier nooit vandaan. Ik ga alleen en ik wil niet dat iemand ervan afweet.'

'Als Jasna wordt gepakt, zal dat een diplomatieke crisis tussen Servië en de EU tot gevolg hebben,' zegt M'Penza tegen Peneguy. 'En Servië zal in het gelijk worden gesteld! Heb je er ook maar een minuut over nagedacht welke schade dat het Internationaal Gerechtshof zal berokkenen?'

'Ik weet het,' zegt Peneguy en hij wenst dat dit het enige was wat hij aan M'Penza heeft mee te delen. Maar helaas is Peneguy nog niet klaar met zijn verslag.

'Jasna heeft ontslag genomen,' zegt hij tegen M'Penza. 'Ze is als privépersoon in Servië, juist om dat probleem te omzeilen.'

Stilte.

Dan zegt M'Penza: 'Ten eerste heeft Jasna als privépersoon geen verblijfsvergunning in Servië en ten tweede geloof je toch niet serieus dat iemand zo'n goedkope truc overtuigend vindt!

En kun je me alsjeblieft verklappen hoe we haar in Servië moeten beschermen?'

'Ik heb Caflish achter haar aan gestuurd,' zegt Peneguy.

Stilte.

'Ze hebben allebei een satelliettelefoon, we kunnen hun positie op elk moment lokaliseren.'

'Caflish?' zegt M'Penza. Het is niet echt een vraag.

'Ja,' zegt Peneguy. 'Hij heeft ook ontslag genomen.'

Stilte.

'Had ik haar soms moeten vastbinden?' vraagt Peneguy. 'In handboeien terug naar Den Haag moeten slepen? Had ik haar...'

'Alsjeblieft!' valt M'Penza hem in de rede. Hij vecht tegen zichzelf, verliest en draait zich weer om naar het Churchillplein.

Is het echt al spitsuur? Dat kan toch niet. Of toch?

Peneguy staat op en loopt naar M'Penza toe. 'Als Branko wil getuigen en wij hem uit Servië moeten zien te krijgen, is zij daarvoor de beste,' zegt Peneguy. 'Ze heeft gelijk: iedere onderzoeker van ons wordt daar geobserveerd, niemand anders dan zij heeft een kans Branko daar ongezien weg te halen.'

'Waarom denk je dat Jasna en Caflish niet geobserveerd worden?' vraagt M'Penza. 'Bovendien: hoelang zal het duren voordat een Schot in de Servische provincie opvalt? Vind je dat strategisch gezien handig?'

'Ze reizen apart,' zegt Peneguy. 'Jasna zal niet opvallen en Caflish is er alleen in geval van nood als back-up bij.'

'Als back-up?'

M'Penza zwijgt. Peneguy zet zijn troefkaarten op een rijtje.

Troef één: 'Jasna heeft Oreskovič naar Den Haag gehaald,' zegt Peneguy. 'Ze zal ook Branko hierheen brengen.'

Troef twee: 'Branko's getuigenis is onze enige kans om nog tegen Kovač te winnen.'

'Waarom wil Branko getuigen?' vraagt M'Penza.

'Misschien wil hij een kroongetuigenregeling zoals Oreskovič,' zegt Peneguy. 'Een strafvermindering of een lichter regime. We weten het nog niet.'

'Maar dat kunnen we hem niet voorstellen. Niet bij alles wat tegen hem beschikbaar is. Bij Oreskovič was het al een grensgeval – maar Branko... Daar werken de hoofdaanklaagster en de rechters niet aan mee, daar ben ik zeker van.'

'We zullen het zien,' zegt Peneguy. 'Er is een prijs die we zullen moeten betalen. We hebben Branko's getuigenis nodig, dat weet je net zo goed als ik,' zegt Peneguy.

'Wat vind je dat ik nu moet doen?' vraagt M'Penza aan de vensterruit. In een bepaald opzicht aan zichzelf en aan Peneguy, die naast hem staat.

'Bespreek met de hoofdaanklaagster wat we Branko kunnen voorstellen,' zegt Peneguy.

'En verder?' vraagt M'Penza. 'Wat kunnen we doen om Jasna te ondersteunen?'

'Niets,' zegt Peneguy.

'Niets?' vraagt M'Penza aan de rotonde.

'We wachten af, houden contact en kijken of ze Branko vindt,' zegt Peneguy.

Stilte.

'Eerst die aanslag en nu dit,' zegt M'Penza. 'Je had haar niet mogen laten gaan, dat is te veel voor haar.'

'Ik wilde haar niet laten gaan, maar ze heeft me geen keus gelaten.'

M'Penza kijkt Peneguy aan. 'Waarom wil ze dit met alle geweld doen?' vraagt hij.

Zal ik hem over Zoran vertellen? denkt Peneguy. Over de foto's van de kruisiging die Jasna hem vanmorgen nog in hotel Intercontinental heeft laten zien?

'Dat wil je niet weten,' zegt hij tegen M'Penza.

M'Penza kijkt weer naar buiten. Hij denkt na. 'Weet je zeker dat ik dat niet wil weten?' vraagt hij.

'Ja.'

'Laat me dan alsjeblieft alleen,' zegt hij ten slotte.

'Dank je,' zegt Peneguy, die zich omdraait en wegloopt. Zo zacht dat M'Penza niet eens hoort dat hij de deur achter zich sluit.

M'Penza blijft naar buiten kijken. Grauwe lucht, grauwe stad, regen. En toch, wat een rijk land, denkt M'Penza.

Alleen maar nieuwe auto's. Over een halfuur wordt het donker, de mensen zullen thee drinken, gezinnetje zijn of spelen, roddels van het werk vertellen of verzwijgen. In dit land draait alles in een kringetje rond.

Jarenlang doen we onderzoek, en uiteindelijk zijn we ervan afhankelijk of het jou illegaal en in je eentje lukt die man hier te krijgen.

Als je sterft, Jasna, stap ik op. Omdat ik mezelf dat nooit zal vergeven.

2 De straten beginnen te bevriezen, in de bochten begint de auto te slippen en glibbert over het gladde asfalt. Jasna mindert vaart, hoewel er voor en achter haar nauwelijks verkeer is; dat gaat al een goed uur zo.

Servië is een klein land, dat tussen de steden uitgestorven is, een land dat zichzelf ziet als slagveld tussen noord en zuid, oost en west, dezelfde taal heeft twee alfabetten, in cyrillische en in Latijnse letters, waar elders vind je zoiets, een land tussen kruisen en communisme, een land dat helemaal opgaat in zijn verleden, dat zichzelf nog altijd ziet als slachtoffer van de veldslagen uit de veertiende eeuw, dat zichzelf ziet lijden. Zelfs de natuur hier is geschiedenis. In de zomer bloeien de velden omdat ze zijn bemest met de doden van de in de loop der eeuwen gestreden veldslagen; de uitgestrekte koolzaadvelden zijn als een wederopgestaan leger dat naar zijn mythe van verslagen grootheid luistert, die de wind door de tijden heen fluistert voordat de herfst het maait.

De verwarming van de blauwe Golf gloeit en laat zich niet regelen. Een van de onderzoekers van het tribunaal in Belgrado heeft de auto vanmorgen vroeg met een volle tank op de parkeerplaats van het Nikola Tesla-vliegveld buiten Belgrado gezet. Peneguy had daar van Jasna en Caflish afscheid genomen en was naar Den Haag teruggevlogen. Jasna had de Golf aan de rand van de parkeerplaats meteen gevonden, de sleutel lag achter het voorwiel. De onderzoeker van het tribunaal had precies de goede auto voor haar geregeld, onopvallend en licht beschadigd, zoals alles hier, 130 kilometer zuidwestelijk van Belgrado. Jasna wilde zo lang mogelijk onopvallend blijven.

Ze draait het raampje voor de helft naar beneden; de wind woelt in haar haren en sproeit de sneeuwregen in haar gezicht.

Achter haar ligt Užice. Ze is eromheen gereden. Jasna weet niet dat ze dezelfde weg rijdt als haar broer. Eergisteren had ze bij de zijweg waar hij het bos in gevlucht is de bandensporen nog kunnen zien. Maar intussen zijn ze ondergesneeuwd en de sneeuwregen legt nog steeds een winterse melancholieke schoonheid over het somber-grauwe landschap.

De koude wind waait de auto in, maar bij haar voeten gloeit de verwarming. Jasna trekt haar schoenen uit.

Užice. Jasna kende die naam al voordat ze wist wat 'Servië' was of 'Kroatië' of 'Bosnië'. Een naam die de kern vormde van de persoonlijke mythologie van haar vader, een naam die niet werd uitgesproken, maar gehuldigd, op sentimentele toon. 'Užice' stond voor een wereld die met pijn en moeite de twintigste eeuw binnenstrompelde en tegelijk wegkwijnde van verlangen naar de achttiende.

Haar vader Milenko was armoede gewend geweest; het maakte hem niet uit zolang die naar de koeienstront van de naburige boerderij rook. Tot laat in de herfst hadden hij en zijn broers en zussen zich bij de rivier gewassen en daarna voor hun vader waswater in emmers naar de keuken moeten brengen en op het fornuis warm moeten maken, omdat het huis geen waterleidingen had. Branko had de schoenen van zijn oudere broer moeten afdragen. De eerste keer dat hij schoenen kreeg die niet stonken naar de zweetvoeten van twee voorgangers, was vlak voor zijn bruiloft geweest. Die armoede was de armoede van een landelijke idylle waar het nog altijd geurde naar een alleen met meel van beukennootjes, water en een half ei gebakken appeltaart. Jasna's vader had de herinnering aan die armoede nodig om het in Berlijn-Wedding uit te houden. Terwijl Jasna's moeder in gedachten soms naar Belgrado vluchtte, verlangde haar vader steeds naar Užice.

Jasna was vijf of zes, ze had net bij de snackbar aan de Plötzensee drie Capri-Sonnes gehaald – voor Zoran, haar zus en zichzelf – toen haar vader weer over Užice begon. Over zondagse bezoekjes bij familie, gepoetste schoenen, meegebrachte eieren, veren, vlees en orgaanvlees van de daags tevoren geslachte kip. Zoran wilde voetballen, Jasna en Marica wilden zwemmen, en hun vader vertelde over het slachten van een kip, hoe hij op hun leeftijd kippen de nek om moest draaien en wat voor delicatesse gebakken kippenlever was. Toen ze eindelijk in het water en op het voetbalveld waren, zat hij er tussen zijn kippenlever en zijn al van hem vervreemde vrouw voor de barbecue verloren bij. Hij had zorgvuldig de roest van de barbecue geschuurd en daar zat hij in zijn bruin geruite spencer boven de blauwe scherp gevouwen pantalon, warm toegedekt met herinneringen waarin hij verstrikt raakte en verdwaalde, zoals hij als jongen in de bossen van Tara verdwaald was en steeds nieuwe beken had ontdekt en kastanjes had geroosterd en beren had gezien, en vossen en wolven, en op gedroogd gras had geslapen en de dauw had opgelikt en door de zon was gewekt.

Toen het in de avond koeler werd en Zoran genoeg had van het voetballen, de Capri-Sonne warm was geworden en de mieren aanlokte, pakten ze alles in en gingen op weg naar huis. De kinderen veegden de mieren van de Capri-Sonne en zogen gretig het laatste restje uit de pakjes – er was er voor iedereen maar één, meer kon er niet af. Haar vader liep voorop, nog steeds in gedachten verzonken, zijn blik gericht op de schoorstenen aan de overkant van het kanaal – grauw walmend, een herinnering aan de negentiende eeuw. Thuis keek hij in de brievenbus of er post lag, hoewel het zondag was, hij slenterde over de binnenplaats, zijn blik gericht op de zwart-witte, verbrokkelde tegels.

Berlijn was één grote teleurstelling. Waarom was hij gekomen? Wat wilde hij hier precies? Zelfs in de winter nog hing hij in zijn hemd verloren in de vensterbank, rookte zelfgedraaide sigaretten en staarde, om niet naar de blokkende studenten in het raam ertegenover te hoeven kijken, naar de vuilnisbakken en ging steeds meer op in het schaakbordpatroon van de binnenplaats. Zwart. Wit. Zwart. Wit. Zwart. Wit.

Toen haar vader naar Joegoslavië terugkeerde, naar dat uiteenvallende land van zijn jeugd, wilde hij geen toekomst veroveren, want de toekomst was voor hem te vaag, geen continent waar hij naar verlangde. Hij wilde een verleden verdedigen tegen vrouwen die sluiers droegen en hem niet aankeken, mannen met kromdolken die geen varkensvlees aten. Gele koolzaadvelden zegenden zijn kalasjnikov, de wind zong offerliederen uit de veertiende eeuw en het water dat nu uit de leidingen kwam, was warmer dan een zomers meer ooit zou zijn, een geschenk van Tito – bedankt, Josip Broz.

Jasna stopt. Ze heeft een pauze nodig. Ze grijpt haar schoenen en stapt uit. Voor haar ligt het nationaal park Tara. Zwarte bossen, wit bespikkeld met sneeuw, daarboven de sneeuwgrauwe lucht, geen vlekje kleur, een zwart-wit-foto, alleen de kraaien ontbreken nog, dan zou het hier de geboorteplaats van de dood zijn.

Nog maar een paar kilometer, dan zal ze er zijn. In Bajina Bašta.

3 Ook die strik is leeg. Milan heeft vijf vallen uitgezet; hij weet dat er hier ergens een konijnenhol moet zijn. Hij weet ook ongeveer waar de beesten rondzwerven, want Milan kent het uitgestrekte veld op de hoogvlakte sinds twaalf jaar heel goed, net als het bos en deze open plek waar hij de strik controleert. Hier ergens moet het konij-nenhol zijn, hij is er absoluut zeker van. Maar ook de vol-gende strik is leeg.

Milan heeft honger. Hij zet de val opnieuw, bedekt hem met loof en rent verder naar de laatste val, achter het bos aan de rand van het veld. Hij moet het beter doen, beter, beter, beter.

Hij is beverig, nerveus en onrustig. Sinds een paar weken slaapt hij niet meer dan anderhalf uur aan één stuk, dan rukt een of andere flard van een droom hem uit zijn slaap; dan springt hij op, haast zich naakt als hij is uit zijn barak van hout en golfplaat, en rent op blote voeten langs de rand van het reusachtige veld heen en weer, midden in de nacht, om te kijken of er iemand aankomt of er al is en al in het veld wroet, zoekt, graaft en woelt. Als de hemel – zoals de afgelopen weken zo vaak – met wolken bedekt is en er geen maanlicht naar beneden valt, rent hij verder, steeds langs de rand van het veld, naar de braamstruiken aan de andere kant, naar de dennen, sparren, een beuk ertussen, en hij klimt in een boom en kijkt uit over het veld.

Het Kovać-veld.

Pas als hij overtuigd is, helemaal overtuigd dat er niemand is, haast hij zich bezweet en stinkend terug naar zijn hut, maant zichzelf tot kalmte, kauwt op zijn vingernagels tot hij is ingedommeld, verlost voor de volgende een, twee uur.

Ook de laatste val is leeg.

Eigenlijk heerst Milan – een geoefend jager – over het leven hier boven op de hoogvlakte boven Višegrad, aan deze kant van de Drina, in Servië. Hij woont hier als een kluizenaar, wekenlang ziet hij geen mens, al jaren is hij niet meer in een groot dorp geweest. Steden zijn er alleen in zijn verblekende herinnering, ze zijn heet en het stinkt er naar lijken en ontbinding – Milan is ervan overtuigd dat ontbindende moslims bijzonder penentrant stinken – en hij heeft lucht nodig. Zo nu en dan steelt hij een hemd van een waslijn, een keer moest hij de hond van een boer doodslaan omdat die hem betrapte toen hij een kiel uit een schuur stal. Met de hond verging het hem net als met de konijnen en de reeën: steeds als hij een dier moet doden, duiken de beelden op, want Milan krijgt de oorlog niet uit zijn hoofd. Maar hij moet overleven, want hij heeft een opdracht.

Hij is de bewaker van het Kovać-veld.

Sinds een paar weken blijven de vallen steeds vaker leeg, zijn voorraden slinken, terwijl de winter nog maar net is begonnen. Dit gaat zo sinds Milan een paar weken geleden op de radio toevallig een bericht over het proces tegen Kovać hoorde. Jarenlang hadden nieuwsberichten over Kovać, zijn aanvoerder toen hij nog bij de Wolven was, Milan niet bereikt. Milan wist niet dat Kovać gearresteerd was, en al helemaal niet dat hij was uitgeleverd aan het tribunaal in Den Haag. Op het moment dat Milan het bericht op de radio hoorde, stortte plotseling zijn wereld in. Kovać was voor Milan altijd absoluut onaantastbaar geweest, niets was boven het woord van Kovać gegaan, niemand was voor hem belangrijker geweest, Kovać was voor Milan de heerser over leven en dood tijdens de oorlogsjaren, waarin Milans leven langzaam was veranderd van een onbeduidend lammetjesbestaan, als niet al te snuggere leerling-meubelmaker, in een Wolf.

Maar na het bericht begreep Milan er niets meer van en hij kon de radio niet meer uitzetten. Een keer was hij 's nachts naar de Drina gerend en het dichtstbijzijnde, vijf kilometer verderop gelegen dorp binnengeslopen, waar hij de etalage van de enige winkel had ingegooid en had ingebroken, alleen om batterijen voor zijn radio te stelen, meer niet. Sindsdien stond die weer onafgebroken in Milans golfplaten hut te jengelen en werd Milan steeds ongeruster. Want sinds het radiobericht vreest Milan dat ze het veld zullen komen doorzoeken omdat iemand Kovać verraden zou kunnen hebben.

Of hem, Milan, de bewaker van het Kovać-veld, door Kovać zelf met die taak belast.

En nu is hij zelfs te stom om een konijn of een ree te vangen. Omdat hij ongeconcentreerd, manisch, nerveus, zenuw-achtig is geworden en te onhandig om een val te spannen. Voor de derde keer klapt de val dicht als hij hem met trillen-de handen probeert op te zetten. Woedend op zichzelf springt Milan op en ijsbeert van links naar rechts en weer terug. Hij grijpt in zijn ballen, knijpt en drukt ze plat tot hij de pijn niet meer uithoudt en met tranen in zijn ogen op de grond zakt, eindelijk wat rustiger.

Een laatste poging. Nadat het Milan eindelijk gelukt is de val op te zetten, gaat hij terug naar zijn hut aan de andere kant van het veld.

Maar vóór zich aan de rand van het bos ziet hij plotseling iets bewegen. Een man wankelt op het veld, kennelijk wil hij naar Milans hut. Milan kan de man niet herkennen, want zijn ogen zijn niet meer wat ze geweest zijn; hij ziet alleen dat de man op een stok leunt en zich moeizaam voortsleept. Milan pakt zijn mes en rent op hem af. Hij ziet de man in elkaar zakken. Als hij bij hem komt, kan hij eerst zijn gezicht niet zien, want de man ligt op zijn buik. Zijn kleren zijn helemaal vuil, een van zijn broekspijpen is met bloed door-drenkt. Hij beweegt zich niet als Milan hem aanspreekt. Milan draait hem op zijn rug. En deinst terug. Want hij her-kent hem, hoewel hij hem al bijna twaalf jaar niet gezien heeft.

Het is Branko. Zwaargewond. Bewusteloos.

Plotseling is de onrust weer terug. Milan praat op hem in. 'Zeg iets. Heb je nieuwe orders voor me?'

Maar Branko beweegt zich niet.

Milan praat harder.

Geen reactie.

Milan staat op, drentelt hulpeloos heen en weer. Hij mompelt wat voor zich uit, eerst zachtjes, dan begint hij tegen Branko te schreeuwen, die zijn ogen opendoet en iets fluistert, te zacht voor Milan om hem te kunnen verstaan, veel te zacht. Hij buigt naar Branko toe, steeds dichterbij, en uiteindelijk dwingt hij zich zijn oor bijna tegen Branko's lippen te leggen; zo dichtbij is Milan al vele jaren niet meer bij iemand gekomen.

Branko ademt de twee, drie korte zinnen meer dan hij ze fluistert. Maar Milan wordt rustiger als hij die zinnen hoort. Want hij weet nu wat hij moet doen, hij is gelukkig dat hij eindelijk een order krijgt.

Hij grijpt Branko's tas, hangt hem om, trekt Branko overeind, legt zijn arm om Branko's schouders en sleept hem naar zijn hut, blij niet te hoeven denken. En plotseling is hij rustiger dan hij zich in weken heeft gevoeld.

4 Geen straatnaamborden, geen plaatsnaamborden, niets. Wie hier komt, weet de weg – wie de weg niet kent, komt ergens anders vandaan. Hier ergens moet het adres zijn dat Jasna van Drakulić gekregen heeft. Maar waar?

Jasna stopt en stapt uit de oververhitte auto; de kou en de sneeuwregen zijn een klap in haar gezicht. In de verte klinkt woedend en agressief hondengeblaf. De omliggende huizen zijn verlaten, de meeste zijn halve ruïnes. Verderop staan een paar ongepleisterde nieuwbouwhuizen, nog in aanbouw, even ver van het verval verwijderd als van de voltooiing. Op een gegeven moment moet het geld zijn opgeraakt. De daken zijn niet met pannen maar gewoon met dakvilt gedekt. Doorlopende improvisatie.

Jasna gaat op het hondengeblaf af. Hoe dichter ze bij de

halfafgebouwde huizen komt, hoe luider het wordt. Voor een terras ligt onder een dun sneeuwdek een plastic kinder-tractor in fel geel, blauw en rood – achteloos neergegooid en met verroeste assen. Op het aangrenzende stuk braakliggend land dat vermoedelijk ooit een tuin moet worden, hangt een oude vrouw de was op aan een rafelige plastic lijn. Ze stoort zich niet aan het geblaf van de naast haar aangelijnde herdershond.

'Mag ik u iets vragen,' roept Jasna.

De oude vrouw kijkt om. Niet nieuwsgierig, niet afwijzend. Onverschillig, ongeïnteresseerd. Ze antwoordt niet.

Jasna loopt naar haar toe, negeert de herdershond waarbij het kwijl langs zijn bek loopt en die op zijn riem begint te kauwen. Hij wil Jasna naar de keel vliegen, maar daarvoor moet hij zich eerst losbijten. Een lichte bries uit het noorden doet de geur van dood overwaaien, dood en koeienstront. De wind rukt een van de handdoeken van de waslijn. De oude vrouw lijkt het niet gemerkt te hebben, onbeweeglijk staart ze Jasna aan. Die bukt zich naar de handdoek, dankbaar voor de mogelijkheid om contact met de vrouw te maken.

Wanneer ze de handdoek aan de oude vrouw wil teruggeven, merkt ze dat hij niet gewassen is, maar vol vlekken zit en net als de andere was stinkt en op zijn hoogst vochtig is van de lichte sneeuwregen. De oude vrouw reageert niet en Jasna hangt de handdoek overdreven netjes over de lijn en ze negeert de stank.

De hond raakt verstrikt in zijn riem, hij probeert zijn kop uit de halsband te rukken, zijn vacht is bij de nek afgeschuurd, bij de flanken grijs, één poot is na een breuk scheef aangegroeid, het enige wat hij wil is doden. Het enige wat hem daarvan weerhoudt, is de riem, wat zijn woede steeds meer aanwakkert.

Jasna haalt een briefje uit haar jaszak en laat het de oude vrouw zien. Het is het briefje dat ze in Belgrado van Drakulić heeft gekregen. Met het adres waar ze de vriend van Zoran kan ontmoeten.

'Kunt u me vertellen waar dit is?'

De vrouw staart naar het briefje en zwijgt.

'Weet u waar het is?'

Het oogwit van de oude vrouw is geel en ze heeft geen voortanden meer. Over haar nachthemd draagt ze een grote geweven doek. Ze reageert niet.

Het duurt even voordat Jasna doorheeft dat de oude vrouw niet kan lezen.

De wind trekt aan. Opnieuw de geur van koeienstront en dood.

Jasna leest de oude vrouw het adres voor.

De vrouw knikt en wijst met haar door de jicht opgezette kromme hand naar het noorden – waar de stank vandaan komt.

'Is het ver?' vraagt Jasna.

De oude vrouw schudt haar hoofd. Niet ver. Nee.

Jasna bedankt haar. Als ze glimlachend een hand op de schouder van de oude vrouw legt, wurgt de hond zichzelf bijna.

'Een prachtige doek,' zegt Jasna.

Er glijdt een glimlach over de gelige ogen van de oude vrouw, haar mond blijft strak. 'Van mijn moeder,' zegt ze in een van ellende fijngekauwd dialect. 'Huwelijkscadeau.'

'Het is koud hierbuiten,' zegt Jasna. 'Misschien kunt u beter naar binnen gaan en u warmer aankleden.'

Maar de vrouw hoort haar niet. Haar ogen glimlachen, ze is helemaal in haar herinneringen opgegaan.

Jasna loopt terug naar de Golf; het blauw heeft een metaalachtige glans, de modekleur uit de tijd dat Joegoslavië nog bestond. Ze stapt in en rijdt verder in noordelijke richting. Na een paar meter kijkt ze om: de oude vrouw wuift haar na. De handdoek die Jasna naast haar aan de lijn heeft gehangen, zit vol zwarte vlekken, zwart van de modder.

Toch een gelukkige glimlach in die ogen, denkt Jasna.

5 Branko komt langzaam bij. Milan heeft hem naar de hut gebracht en op zijn brits gelegd, de kachel aangezet en in zijn enige pan water gekookt. Branko is de eerste mens die Milan in al die jaren in zijn hut heeft toegelaten. Twee keer waren jongens uit het dorp beneden aan de Drina hier geweest. De eerste keer hadden ze alles in de hut vernield en met zijn kalasjnikov zitten spelen terwijl hij in het bos was. De tweede keer had Milan hen opgewacht en ervoor gezorgd dat ze nooit meer terugkwamen. En wel zo goed dat het nieuws van de gek daar boven in zijn hut zich in de hele omgeving verspreidde en Milan nooit meer bezoek kreeg.

Milan was blij toen Branko uit zijn bewusteloosheid ontwaakte, heel kort, maar genoeg om te kunnen praten, en Branko's stem was tenminste wat luider dan het gefluister op het veld.

'Help me alsjeblieft. Trek mijn jas uit. Help me met mijn broek. Zoek de spuit in mijn jaszak.'

De spuit was gelukkig van plastic, anders had Milan hem vast gebroken. Milans vingers waren veel te grof en trilden toen hij de naald op de spuit zette, en het was voor hem een bijna onmogelijke opgave de fijne naald in de ampul te steken en de vloeistof – 'niet te veel!' had Branko steeds weer gemompeld – op te zuigen. Daarna ramde hij de spuit boven de wond in Branko's dijbeen – onhandig, veel te diep, bijna tot op het bot – en drukte veel te snel. Maar dat maakte niet uit, hoofdzaak was dat de morfine in Branko's lichaam kwam. Branko was meteen, alsof hij bewusteloos raakte, achterover op het bed gevallen – doodmoe, opgelucht.

Als Branko wakker wordt, weet hij niet hoelang hij heeft geslapen, maar het gaat een stuk beter, veel beter, de morfine doet zijn werk. Hij kijkt rond. De hut is piepklein, een paar smerige, tochtige vierkante meters. Een soldatenkast in de hoek met daarnaast Milans legerlaarzen, nauwgezet en netjes gepoetst maar zonder veters, op de enige tafel ligt een gevechtsmes.

Milan staat voor de kleine kachel en roert groente door het kokende water. Hij draagt een blauwe overall; op zijn rug maakt hij met het bijna helemaal verbleekte opschrift reclame voor een garage in Višegrad die al jaren niet meer bestaat. Milans voeten zijn bloot en zitten ondanks het dikke eelt vol kloven.

Milan heeft nog niet gemerkt dat Branko weer wakker is, want de radio staat veel te hard. Branko gaat zitten. Op zijn jas naast de brits liggen de spuit en de ampul. Hij is blij dat Milan de dosering van de morfine voor elkaar gekregen heeft. Hij mag niet te veel gebruiken, hij heeft nog een lange weg voor de boeg. Branko legt de spuit opzij en voelt in de binnenzak van zijn jas naar de videoband. Ja, hij is er nog.

Als Branko weer opkijkt, kijkt Milan hem aan.

Het was een risico hiernaartoe te gaan, want Milan is een

van Kovać' trouwste aanhangers, hij volgde hem altijd bijna blind. Maar Branko weet dat Milan hier al jaren alleen boven zit, de volledig geïsoleerde bewaker van het Kovać-veld, zonder contact met de buitenwereld, steeds verwaarloosder en steeds verwarder. Achtervolgd door de oorlog kon hij niet met de vrede en zijn herinneringen overweg. Niet één keer heeft Branko Stavros of Begić over Milan horen praten, ze hadden geen contact meer, daar was Branko zeker van, dus riskeerde hij het om hierheen te gaan, want hij had hulp nodig en met Milan kon hij altijd goed opschieten.

Branko bedankt Milan en vraagt hem de radio uit te zetten en te gaan zitten. Milan wil van de gelegenheid gebruikmaken om naar Kovać te vragen, maar Branko verstaat hem niet want Milan heeft al jaren niet meer gesproken en het syndroom van Tourette zit hem in de weg. Branko verstaat alleen de naam Kovać en merkt Milans vertwijfeling die steeds groter wordt tot ze hem naar buiten drijft, waar hij de overall van zijn lijf trekt, langs de rand van het veld heen en weer rent en in zijn ballen knijpt tot hij het uitschreeuwt van de pijn.

Branko begrijpt dat hij iets moet doen, dat hij Milan iets moet geven waarop hij al jaren wacht. Hij loopt naar hem toe, houdt hem vast en zegt, ook al weet hij dat het een leugen is: 'Kovać zal je komen halen.'

Milan kijkt hem ongelovig aan.

Branko zegt het nog een keer en doet erg zijn best overtuigend over te komen: 'Ik weet niet wanneer, maar Kovać zal terugkomen om je te halen, omdat hij je nodig heeft. Tot die tijd moet je volhouden. Dat moet je lukken!'

Milan knikt. Langzaam loopt hij naar de hut terug en trekt zijn overall weer aan. Dan eten ze samen de dunne soep van aardappelen en mierikswortel, en Milan helpt Branko met het desinfecteren van de wond aan zijn dijbeen en het aanleggen van een nieuw verband.

Later zal Milan zijn brits aan Branko afstaan en zelf op de grond, onder de halfvergane huid van een ree in elkaar kruipen, en voor het eerst sinds weken zal hij meerdere uren achter elkaar slapen.

6 Het was niet ver, de oude vrouw had gelijk. De modderige weg waar de oude vrouw Jasna naartoe heeft gestuurd, eindigt precies voor dit gebouw – al is het vrij abrupt. Misschien heeft Jasna een zijweg gemist, want ze ziet naast het gebouw een parkeerplaats, die ze van hieruit niet kan bereiken.

Ze stapt uit de Golf en loopt naar het gebouw, dat de grootte van een fabriekshal heeft en het uiterlijk van een bunker die ze vergeten zijn in de grond te laten zakken. Een geschikte lelijke verpakking van een dodingsmachine die zich verbergt onder de buitenlaag van gevlekt, ongepleisterd beton. De geur van koeienstront en dood is penetranter.

Jasna's voetstappen knerpen op het bevroren grindpad. In haar hand houdt ze het briefje dat ze in Belgrado van Drakulić heeft gekregen, een adres en een naam. Op de treeplank naast het chauffeursportier van de veevrachtwagen staat een halfvol bierflesje, van de chauffeur zelf is niets te zien. Jasna loopt verder naar de achterkant van de vrachtwagen. Het laadruim is leeg, de laadklep is ondergescheten. Aan de klep zit een traliepoort vast waardoor de chauffeur – met een stok in de ene en een sigaret in de andere hand – de koeien naar het gebouw drijft en in de gaten houdt dat er niet een te grote afstand tussen de dieren ontstaat. Zodra een van de koeien vooraan in het slachthuis wordt losgelaten, schuift de chauffeur van achteren een traliehek aan zodat de dieren niet terug kunnen. De gang is net breed genoeg voor twee koeien naast elkaar. Hadden ze meer plaats, dan zouden ze, eenmaal in beweging, de poort – of elkaar – kunnen vertrappen. Maar op deze manier heeft hun kracht geen kans zich te ontplooien. De lichamen van de koeien dampen in de kou, een onafgebroken geloei en geschijt. Een van de koeien bespringt het dier voor zich, maar houdt het na een paar stoten voor gezien en zakt terug in haar schemertoestand, berustend in haar lot.

Jasna loopt naar de chauffeur en laat hem het briefje zien.

'Is dit hier het goede adres?'

De man knikt. Hij stinkt naar bier en sigarettenrook, en wie weet hoelang hij gereden heeft zonder een douche te zien. 'Ja. Dit is het goede adres, gewoon naar binnen gaan.' De naam op het briefje kent hij niet.

Jasna bedankt hem – een tikje te veel vriendelijkheid misschien, want ze merkt dat de man naar haar achterste staart als ze doorloopt.

Naast de hoofdingang van het slachthuis ziet Jasna opnieuw de parkeerplaats. Er staan drie, vier goedkope, oude Opels en Škoda's, waarschijnlijk de auto's van de arbeiders. Daarnaast een auto die hier niet zo thuis lijkt te horen. Een splinternieuwe BMW, zwart, met een kenteken uit Belgrado. Jasna wordt onrustig. Ze blijft staan.

Boven de heuvels in de verte hangt de sneeuwmist, er is in de wijde omtrek geen huis te zien. Tussen de velden die braak en onrustig als een door de storm opgestuwde zee van golven achter de parkeerplaats liggen, duikt een kapelletje weg voor de oppermachtige hemel, ver weg en kleurloos, een studie in grijs, een Servische pampa in december.

Jasna's maag wil ineens niet meer en komt in opstand. Ook haar hoofd verzet zich. De BMW laat haar niet met rust. Is ze bang?

Ze maakt de veiligheidsclip los, maar laat haar wapen nog in de holster onder haar jas zitten. Ze loopt door. Ze kijkt om zich heen. De chauffeur staat nog steeds naar haar achterste te gapen, verder is er niemand te zien. Van wie die slee ook is, hij had hem kunnen verstoppen of een andere auto kunnen gebruiken. Toch bevalt het haar niet dat die BMW daar staat, er klopt iets niet.

Jasna grijpt haar wapen en ontgrendelt het. Draag nooit een pistool schietklaar in je holster, een basisregel, maar ze kan hier niet met getrokken wapen rondlopen.

Ze gaat het slachthuis binnen, de stank en het geloei van de dood tegemoet.

De hal is nieuw en veel te hoog. Tl-verlichting aan de muren en het plafond, een grijsblauw licht op het tot een hoogte van twee meter betegelde beton. Het doodsgeloei van de koeien echoot van de tegelmuren, ondraaglijk hard. De drie mannen binnen dragen een koptelefoon, geen van hen schenkt aandacht aan Jasna.

De eerste draagt stevige, dikke handschoenen. Hij legt een elektrode op de borst van de koe voor hem, controleert of de beide andere mannen de koe niet aanraken. De tweede staat al met een van de aan het plafond hangende haken in zijn hand te wachten. De derde heeft het makkelijkste werk; hij staat met een slang klaar om het bloed en de stront weg te spoelen. De eerste man dient de koe met de elektrode een korte stroomstoot toe, de koe zakt in elkaar, klapt tegen de grond en meteen slaat de tweede man de haak in het dode vlees, dat vervolgens door een ketting omhoog wordt getrokken, terwijl de eerste man met een kettingzaag de halsslagader van het dier doorklieft. Het bloed gulpt langs de uitpuilende ogen van de slap boven de vloer bungelende kop dampend in de afvoer.

Jasna vraagt iets aan de man met de slang, die het bloed met de waterstraal voor zich uit spuit. De man kan haar niet verstaan. Hij tilt even de linkerschelp van de koptelefoon op, van waaruit Jon Bon Jovi een van zijn liederen blèrt.

Jasna vraagt hem naar de naam die op het papiertje staat. De man knikt en wijst naar achteren. Jasna volgt de geslachte koe die door een transportketting naar het andere eind van de hal wordt getrokken. Ze kijkt nog een keer voorzichtig om, maar de mannen achter haar letten verder niet op haar – ze worden in stukloon betaald, en als Jasna door een deur de hal verlaat, spettert het bloed van de volgende koe al op de stenen vloer.

7 Het gps-signaal van Jasna's mobieltje beweegt plotseling niet meer. Caflish stopt. Ze moet hier ergens zijn, het schermpje meldt dat ze niet verder dan tweehonderd meter uit de buurt kan zijn. Hij pakt zijn verrekijker uit het dashboardkastje en kijkt om zich heen.

Peneguy heeft hem op het hart gedrukt Jasna niet alleen te laten, hoewel ze Jasna allebei goed kennen en weten dat ze dat nooit zou hebben toegestaan. Dus huurde Caflish op het vliegveld van Belgrado de onopvallendste Škoda en was haar daarmee op gepaste afstand gevolgd. In de omgeving van Bajina Bašta was dat lastiger geworden – de straten waren er smaller en onoverzichtelijker, de omgeving nagenoeg uitgestorven – en Caflish had moeten uitkijken dat Jasna niet opeens tegenover hem stond. Toen ze met de oude vrouw praatte, was dat bijna gebeurd. Het gps-signaal bleef heel plotseling stilstaan en het kostte Caflish moeite op tijd dekking te zoeken.

Dit keer let hij beter op en ziet van een veilige afstand aan het eind van een modderige zandweg haar blauwe Golf staan, die tussen de verroeste en gedeukte ijzeren hekken wegvalt. Een stukje van het slachthuis vandaan waar een veewagen staat, waarvan de chauffeur een lading koeien naar het gebouw drijft. Caflish kan de stank van de koeien ruiken.

Maar Jasna? Waar is ze?

Hij ziet haar op het moment dat ze de reusachtige hal van het slachthuis binnengaat.

Wat te doen? Hij kan haar niet volgen zonder dat ze hem ziet. Caflish kijkt om zich heen. Op een parkeerplaats staan de auto's van de arbeiders. Daarnaast – alsof hij haastig is ingeparkeerd – een zwarte BMW met een kenteken uit Belgrado. Vandaar loopt een paadje naar een van de zijingangen van het slachthuis. De deur staat op een kier. Daarnaast staat, rokend en met een mobieltje aan zijn oor…

Fuck.

Caflish gooit de verrekijker in de Škoda en haast zich zo onopvallend mogelijk naar de parkeerplaats. Hij verstopt zich tussen de auto's van de arbeiders en kijkt weer naar de deur. Hij staat nog steeds open, maar de man is weg.

Caflish trekt zijn wapen. Schietklaar. Hij heeft geen legitimatie bij zich, niets waarmee ze hem zouden kunnen identificeren, zelfs de merkjes heeft hij uit zijn jas en de rest van zijn kleren gehaald. De Škoda heeft hij bij het autoverhuur-bedrijf contant betaald en hij heeft een valse naam opgege-ven. Het pistool heeft geen serienummer meer. De telefoon-lijst op zijn mobieltje waarmee hij Jasna's gps-signaal kon ontvangen heeft hij gewist voordat hij hem uitgezet heeft. Natuurlijk zullen ze hem vroeg of laat identificeren – hij heeft in Skula's kantoor gezeten, ze hadden zijn foto, en vast en zeker ook een dossier over hem –, maar hoe vroeg of hoe laat zou beslissend kunnen zijn, en natuurlijk wilde hij het hun in het geval van ontdekking zo moeilijk mogelijk maken.

Caflish weet dat hij nu zal moeten vechten. De auto's op de parkeerplaats hebben allemaal lokale nummerborden, uit Užice of Bajina Bašta. Maar een van de auto's heeft een ken-teken uit Novi Sad, ruim tweehonderd kilometer noordelijk vanaf hier. Het was de auto die de onderzoekers van het tribunaal zochten – een van de concrete sporen die ze op hun zoektocht naar de Wolven volgden. De bevelhebber van de kazerne waar de Wolven zich verborgen hielden had hun de auto voor hun vlucht ter beschikking gesteld: de onder-zoekers hadden een getuige opgeduikeld die hun het ken-teken gaf. Caflish kent de man die hij voor de deur heeft gezien.

Caflish zal moeten vechten.

Hij werpt een laatste blik op de parkeerplaats en bereidt zijn vluchtroute naar de Škoda voor. Hij prent zich de om-geving in zoals hij op de opleiding heeft geleerd: de om-geving checken op vluchtwegen, op dingen waarachter hij dekking kan zoeken, alles zo in zich opnemen dat hij zich desnoods blind kan oriënteren.

Toch weet hij niet hoe het slachthuis er vanbinnen uitziet.

Alles wat hij heeft is het verrassingseffect – waar hij niet veel aan heeft, omdat hij alleen is. Hij bereidt zich voor op het ergste. Mocht hij sterven, dan zal hij niet als enige sterven. Want de waarde van een strijder wordt afgemeten aan het aantal tegenstanders dat hij doodt voor hij zelf sterft. Bovendien is Caflish niet van plan zich gevangen te laten nemen, want hij kent de martelmethoden van de Wolven. Hij zal niet jammerend om zijn leven smeken, hij zal zijn huid zo duur mogelijk verkopen. Caflish zal doden of gedood worden. Hij zal Jasna hieruit halen. Dat is zijn opdracht en zijn doel. Zijn enige doel.

Caflish wacht even in de gang achter de deur om zijn ogen aan het donker te laten wennen. Hij bestrijdt zijn angst met routine, maar tevergeefs. Want hij weet dat de strijder die hij gezien heeft hem veruit de baas is. Caflish kent zijn dossier. De man heet Stavros. Stavros Kosenić.

De ogen van Caflish zijn nu aan het donker gewend. Hij gaat erop af.

8 Een geluid alsof iemand langzaam een stuk papier verscheurt. Een man in een witte overall, met rubberlaarzen en een plastic muts op zijn hoofd, snijdt met zijn linkerhand in de huid van de dode koe, trekt er met zijn rechter aan en haalt hem er helemaal af. In het tl-licht komt de gele vetlaag tussen de huid en het vlees glibberend tevoorschijn, en een andere arbeider, net zo gekleed en nog bijna een kind, schraapt het vel er met een groot mes af en gooit de resten in een kuip.

De ruimte is groot. Aan beide kanten hangen gevilde koeien, schaamteloos ontbloot, onthoofd, zonder poten.

Als de oudere man met het dier klaar is en het naakte koeienlichaam heeft doorgeschoven naar de andere dode lichamen, vraagt Jasna hem naar de man wiens naam op haar papiertje staat.

De man stuurt Jasna naar de aangrenzende ruimte, die via een metalen deur met de grote hal is verbonden. Binnen is het ijskoud. De koeienkadavers die er hangen – zo'n dertig stuks – zijn inmiddels gehalveerd. Als ze zijn afgekoeld worden ze in plasticfolie verpakt en in koelwagens afgevoerd. Er is geen arbeider te zien, de ruimte heeft geen ramen en is kaal, aan het plafond flikkert een tl-buis, onregelmatig, blauwachtig, koud en vreemd.

Jasna roept. Ze hoort de angst in haar eigen stem. Maar alsof ze in een donzen dekbed schreeuwt, verdwijnt haar geroep leeg en zonder galm tussen de kadavers, die elk geluid absorberen.

Jasna trekt haar pistool uit de holster en kijkt of er een deur is. Het kan niet waar zijn dat hij haar hier wil ontmoeten. Achter in de ruimte is een dubbele deur, die op slot zit.

Plotseling hoort Jasna voetstappen. Ze draait zich om. Er beweegt iets tussen de kadavers. In het flikkerende tl-licht staat Drakulić tegenover haar.

'Niet schrikken,' zegt hij.

'Wat doet u hier?' vraagt Jasna. 'Waar is Zorans vriend?'

'Pas op met uw wapen!' zegt Drakulić. 'Ík breng u naar Branko. Zorans vriend heb ik maar verzonnen.'

Jasna deinst achteruit.

'Waarom?'

Ze deinst nog een stap achteruit, tussen de koeienhelften.

'In Belgrado zijn te veel oren,' zegt Drakulić. 'Ik wilde er zeker van zijn dat niemand u volgt.'

'Ik wil uw handen zien,' zegt ze.

Drakulić glimlacht. Hij haalt zijn handen uit zijn jaszak en steekt ze demonstratief opzij. 'Wees gerust,' zegt hij, 'er is geen reden om wantrouwend te zijn.'

'Blijf staan,' zegt Jasna.

'Zullen we naar buiten gaan?' vraagt Drakulić. 'Laten we in mijn auto verder praten.'

'Waarom ontmoeten we elkaar hier? Wat is dit voor poppenkast?' vraagt Jasna.

'De eigenaar is een oude kennis van Branko. Hij vertrouwt hem.' Drakulić glimlacht. 'Kom! Laten we naar buiten gaan, het is ijskoud hierbinnen. Mag ik?'

Hij wijst naar een deur achter hem.

'Wacht,' zegt Jasna.

'Wees niet zo wantrouwend,' zegt Drakulić. 'U hebt geen enkele reden! Ik heb u een e-mail gestuurd, ik heb u ontmoet en nu ben ik hier.'

Drakulić maakt een ontspannen indruk.

'Wat is er?' vraagt hij en hij wijst nog eens naar de deur. 'Zullen we naar buiten gaan?'

'Doe de deur open,' zegt Jasna, 'maar langzaam.'

Drakulić duwt de zware metalen deur open. Het daglicht stroomt naar binnen en absorbeert het onnatuurlijke, flikkerende blauw van de tl-buis bijna volledig. Achter de deur ligt een stuk braakliggend land, hier en daar een hoop stenen, opgeworpen zand, de wind friemelt aan een halfverscheurde plastic zak. Niemand te zien.

Iemand buiten fluistert iets tegen Drakulić, want plotseling kijkt hij opzij en verbergt zijn hoofd in de binnenkant van zijn rechterelleboog. Achter hem beweegt iets, heel even maar en veel te snel om het te herkennen.

'Weg hier!'

Jasna rent terug naar de deur waardoor ze naar binnen gekomen is, weg van de achteruitgang. Geen moment te vroeg,
want achter haar spuit een fel licht door de ruimte, het wit
van een bliksemflits die ineens de duisternis verscheurt, een
laser die wit licht in de hulpeloze pupillen blijft schieten en
alles in deze ruimte – de kadavers, de koelaggregaten, de
kettingen, Drakulić – met zijn verblindende, witte licht ver-
morzelt tot er geen verschillen meer te onderscheiden zijn.
Wie door die granaat verblind werd, bleef een dag lang blind
en had twee weken met de gevolgen te kampen.

Jasna vlucht naar de naastgelegen ruimte, nog net op tijd,
maar iets van de lichtflits heeft ze meegekregen. Ze smijt de
deur achter zich dicht, doet hem op slot en kijkt om zich
heen: de huiden in de kuipen. Op een tafel ligt de vetschraper.
Het mes. Aan de ketting die uit het plafond komt, bungelt
een dode koe, uit de halsslagader gutst het bloed langs de
dode ogen op de grond. Uit de slang aan de zijmuur druppelt
water.

Ineens voelt Jasna dat iemand van achteren een pistool
tegen haar hoofd zet. Er zit voor haar niets anders op dan
haar wapen te laten vallen en haar handen ver achter haar
rug te steken. Nadat haar handen zijn geboeid wordt ze ge-
dwongen zich om te draaien.

Voor haar staat Stavros met een pistool in zijn hand. Hij
beveelt haar te knielen, want hij wil geen schop riskeren. Als
ze op de grond knielt, buigt hij naar haar toe om haar angst
goed te kunnen proeven.

Jasna moet opletten dat ze haar blik onder controle houdt;
niet knipperen, niet ontwijken, concentreer je! Want achter
Stavros komt nu Caflish dichterbij. Zijn wapen is op Stavros

gericht. Stavros heeft hem niet opgemerkt, want het is hier veel te lawaaiig, het geloei van de koeien wordt door de muren weerkaatst, een lelijke klaaglijke galm.

Jasna ziet Caflish vanuit haar ooghoek en kan niet anders en kijkt langs Stavros naar Caflish want achter hem staat nu Begić, met twee elektroden in zijn hand. Hij moet buiten om de hal heen zijn gelopen en bij de zijingang weer naar binnen, waar hij Caflish heeft gezien en de elektroden heeft gepakt.

Caflish ziet Jasna's blik, hoort haar schreeuwen en draait zich om terwijl hij zijn wapen meetrekt. Maar Caflish is te langzaam; hij heeft geen kans tegen Begić, die de elektrode tegen zijn rug ramt en hem een stroomstoot geeft. Een stroomstoot die sterk genoeg zou zijn om drie man te doden vliegt door Caflish' lichaam en smijt hem met een enorme kracht naar voren. Stavros stapt opzij, en Caflish klapt voor Jasna in het koeienbloed, dat in zijn opengesperde ogen spat – ze knipperen niet meer, het koeienbloed loopt over zijn open oog.

Stavros schopt het wapen van Caflish weg. Begić heeft de elektrode losgelaten, het mes gegrepen dat de arbeiders bij het villen gebruiken en knielt nu achter Caflish, trekt zijn hoofd omhoog zodat Jasna recht in Caflish' gezicht moet kijken. Zijn linkeroog is weer vrij, het licht geronnen koeienbloed hangt aan zijn wimpers. Begić kijkt Jasna strak aan; hij wil er zeker van zijn dat ze toekijkt, maar het gebeurt toch al voordat Jasna zich had kunnen wegdraaien. Begić zet het mes tegen Caflish' hals en snijdt zijn keel door. Daarna laat hij Caflish' hoofd op de vloer knallen zodat de snijtanden uit zijn mond breken, en steekt het vilmes tussen de vierde en vijfde rib tot aan het heft in Caflish' dode lichaam. Dat allemaal zonder zijn blik van Jasna af te wenden, want hij wil dat ze zijn macht voelt – ik kan deze man drie keer doden als ik wil. Bovendien wil hij haar totale overgave meemaken, hij wil zien dat ze weet dat ze geen kant op kan, diep vernederd en machteloos. De blik van Begić is helder, rustig en beslist. Jasna kijkt hem aan, zijn ogen zijn ergens tussen groen en bruin, hij komt niet over als een man die een speciaal plezier beleeft aan het doden, hij is een man die zijn vak verstaat.

Jasna kan het niet helpen, ze begint te huilen. Ze kan het niet tegenhouden als ze nu naar Caflish kijkt.

Als de laatste ploeg vanavond het slachthuis heeft verlaten en de arbeiders met hun Opels en Škoda's naar hun ongepleisterde huizen met hun gebrekkig gedekte daken zijn teruggereden, zal Caflish bij bijna vijfhonderd graden verbrand zijn, samen met de delen van de koeien waar ze ondanks de vrijwel volledige verwerking hier in het slachthuis niets meer mee kunnen doen.

Het enige wat van hem zal overblijven, zal zijn pistool zonder serienummer zijn, dat pas over een kleine twintig jaar tot schroot verwerkt zal worden omdat er tegen die tijd betere modellen zullen zijn die sneller doden, en effectiever en lichter zijn.

Caflish is zesendertig jaar oud geworden. Het was zijn plan nog vier jaar bij het tribunaal te blijven, op z'n veertigste te stoppen en naar een ander leven uit te kijken, waarvan hij tot nog toe geen enkele voorstelling had behalve kitscherige beelden.

Begić trekt het mes uit Caflish' rug.

'Sta op,' zegt hij tegen Jasna.

Ze gehoorzaamt meteen, zonder enige tegenstand.

9 De cipier neemt de mobiele telefoon en portemonnee van Peneguy in en legt ze allebei in een plastic bak. Peneguy moet zijn sleutel afgeven, zijn riem en zijn stopdas afdoen en zelfs de veters uit zijn schoenen halen. De standaardprocedure die iedereen moet doorlopen die een gevangenis in wil.

Als hij klaar is, gaat de cipier Peneguy voor naar de extra beveiligde afdeling, die Peneguy niet kent. Want normaal gesproken nodigt hij de verdachte uit voor een bespreking of een verhoor op zijn kantoor of in een bespreekruimte van het tribunaal. Maar een enkele keer, als de kosten te hoog worden om verdachten die zeer groot gevaar lopen te vervoeren, spreekt hij met hen af in een van de verhoorruimtes met videobewaking van de gevangenis, waarbij steeds één of twee politiemensen aanwezig zijn. Alle gesprekken die Peneguy met Kovač heeft gevoerd hebben steeds daar plaatsgevonden, maar nog nooit hier binnen de extra beveiligde vleugel.

De cipier neemt Peneguy mee naar een andere veiligheidsdeur, die naar het binnenste gedeelte voert waar alleen de gevangenisarts en de cipiers toegang hebben. Normaal gesproken.

Maar vandaag is niets normaal. Want Peneguy heeft anderhalf uur geleden op zijn nieuwe gsm een sms'je gekregen.

Your girl is in trouble.

Peneguy heeft meteen via hun satelliettelefoons geprobeerd om contact op te nemen met Jasna en Caflish, steeds weer opnieuw – tevergeefs. Daarna is hij naar de experts uit het onderzoekersteam van het tribunaal gegaan. Zij hebben zich beziggehouden met de afzender van het sms'je – ook tevergeefs. Want het sms'je was vanaf een prepaid verzonden, het nummer was niet te achterhalen en was niet eerder in een onderzoek van het tribunaal opgedoken.

Your girl is in trouble.

De bewakers hebben ervoor gezorgd dat in dit binnenste gedeelte van de gevangenis alle gevangenen in hun cellen zitten, terwijl Peneguy langs de recreatieruimte naar de cellen verder achterin wordt gebracht. De gangen zijn leeg, de deuren van de cellen zijn allemaal dicht. Hierbinnen is het rustig, verderop is ergens zachte muziek te horen. Iemand zingt in het Servo-Kroatisch, de nieuwe cd van Ceca, ramsj-techno.

Een kwartier na het sms'je heeft Peneguy een e-mail van Kovać' advocaat gekregen. Kovać wenste Peneguy onder vier ogen te spreken, het was dringend. Peneguy is akkoord gegaan en heeft in een van de verhoorruimtes in de gevangenis met Kovać afgesproken. Vervolgens gingen er tussen Peneguy en Kovać' advocaat een paar e-mails heen en weer, qua toon diplomatiek maar qua inhoud een bokswedstrijd. Kovać weigerde naar een verhoorruimte te komen. Wat hij te zeggen had was vertrouwelijk en urgent, en leende zich er niet toe in het bijzijn van bewakers en videocamera's besproken te worden. Kovać kon Peneguy ontmoeten in een cel of helemaal niet. Een staaltje machtsvertoon. De koning resideert.

Your girl is in trouble.

Peneguy had er uiteindelijk mee ingestemd en zich met zwaailicht naar de gevangenis laten escorteren nadat zijn experts hem hadden verteld dat ze het contact met Jasna en Caflish blijkbaar definitief waren kwijtgeraakt. De satelliettelefoons van Jasna en Caflish waren uitgezet en daardoor niet te lokaliseren. De definitieve knock-out voor Peneguy.

Want Jasna en Caflish zouden hun mobiele telefoons nooit vrijwillig uitzetten.

Een tweede bewaker wacht voor de cel van Kovać. Als zijn collega en Peneguy bij hem zijn, opent hij de deur. Kovać zit aan een klein bureau achter een boek. De bewaker laat hem opstaan en tegen de muur voor het raam staan. Hij werpt nog een laatste controlerende blik door de cel, dan mag Peneguy binnenkomen.

'Wilt u ons alleen laten,' zegt Peneguy tegen de beide bewakers.

Ze aarzelen allebei.

'Ik roep u als ik u nodig heb,' zegt Peneguy. 'Wacht u alstublieft buiten.'

Als ze de deur achter zich sluiten, wijst Kovać naar de bureaustoel waar hij net nog op zat. 'Gaat u zitten,' zegt hij.

Peneguy gaat zitten en schuift de twee boeken opzij die op het bureau liggen. De koran die Kovać in de rechtszaal bij zich had. En *De brug over de Drina* van Ivo Andrić.

'Schoollectuur van iedereen die in de buurt van Višegrad is opgegroeid,' zegt Kovać. 'Mijn lievelingsboek. Leest u maar eens wat de moslims ons hebben aangedaan. Vergeleken met hen zijn wij mak als lammetjes. En toch krijgen wij het altijd op ons dak.'

'Waarom wilde u me spreken?' vraagt Peneguy.

Kovać gaat op het bed zitten, provocerend dicht bij Peneguy.

'Houdt u zich niet van de domme,' zegt Kovać. 'Dat weet u toch!'

Hij wacht even. Hij koestert zijn overwicht.

'Ik sta in zeer nauw contact met mijn vaderland en ik heb

gehoord dat u daar iets bent kwijtgeraakt? Wat u veel waard is?'

Hij glimlacht en verliest Peneguy geen moment uit het oog.

'Oké, laten we niet "iets" zeggen, maar "iemand".'

'Waar zijn ze?' vraagt Peneguy.

'Helaas heb ik slecht nieuws voor u,' zegt Kovač. 'U moet me beloven in mij alleen de boodschapper en niet de initiatiefnemer te zien.'

'Waar?' onderbreekt Peneguy hem. 'Waar zijn ze?'

'Natuurlijk wordt de boodschapper het liefst een kopje kleiner gemaakt,' zegt Kovač. 'Kan ik goed begrijpen! Maar mijn enige belang ligt erin mijn kennis met u te delen, omdat mij iets ter ore is gekomen wat voor u belangrijk kan zijn. Ik hoop niet dat u dat tegen me uitspeelt maar het naar waarde weet te schatten.'

Peneguy zwijgt.

'Wij tweeën zijn niet echt vrienden,' zegt Kovač terwijl hij zijn best doet zo joviaal mogelijk te klinken. 'Het ziet er ook niet naar uit dat we dat nog gaan worden. Maar misschien kunnen we elkaar desondanks helpen?'

'Zeg me wat u te zeggen hebt of ik ben meteen weer weg.'

'Uw lijfwacht – Caflish heet hij, toch?'

Kovač wacht tot Peneguy knikt.

'Hij is dood,' zegt Kovač, waarna hij wacht en Peneguy nuchter en geïnteresseerd observeert, zoals een kat een stervende muis.

'Ik weet wat het betekent als je je mensen verliest. Gecondoleerd!' zegt hij. Hij zou het liefst niet met zijn ogen willen knipperen om geen seconde van dit moment te missen. Het is het lijden dat deze man opwindt, de diepe wond die niet meer ongedaan te maken is.

Peneguy wil zich niet door Kovać' blik laten ontleden. Hij wendt zijn hoofd af. Maar Kovać' blik volgt hem alsof hij een spoor ruikt.

'Waar is ze?' vraagt Peneguy.

'Mevrouw Brandič?' vraagt Kovać met een blik alsof hij zijn lippen aflikt.

Weer wacht hij tot Peneguy knikt. Een eenvoudige maar effectieve manier om dwang uit te oefenen.

'Daarover wil ik met u spreken,' zegt Kovać. 'Misschien kan ik u helpen haar te vinden.'

'Leeft ze nog?' vraagt Peneguy, terwijl hij zich op hetzelfde moment ergert aan zijn vraag. Natuurlijk leeft ze, anders zou Kovać hem hier niet naartoe hebben laten komen om met hem te onderhandelen. Want waar houdt Kovać meer van dan van het afkondigen van beslissingen over leven en dood?

'Naar ik hoor, ja,' zegt Kovać.

'Over de straf die ik voor u zal eisen valt niet te onderhandelen. Om het even wat u me aanbiedt.'

'Zoals gezegd,' zegt Kovać, 'ben ik alleen de boodschapper, ik voer geen onderhandelingen. Alles wat ik kan doen is mijn oren openhouden en misschien een of ander advies uitspreken.'

Peneguy staat op. Hij schuift de stoel terug onder het bureau en loopt naar de deur, en klopt.

'De tegenprestatie die ik van u voor mijn steun verlang, is niet voor mij bedoeld,' zegt Kovać.

De cipiers openen de deur.

'Hoe voelt het om een doodvonnis uit te spreken?' vraagt

Kovać. En hij glimlacht als Peneguy zich naar hem omdraait.

'Wilt u de deur alstublieft sluiten,' zegt Kovać tegen de cipier.

De cipier kijkt Peneguy aan.

'Een ogenblik nog,' zegt Peneguy. 'We zijn bijna klaar.'

Hij kijkt Kovać aan terwijl de deur weer dichtgaat.

'Ik laat me niet bedreigen en ik ga niet op willekeurige spelletjes in.'

'Om het even wat de inzet is?' vraagt Kovać.

'Ja,' zegt Peneguy. 'Dit hier is geen persoonlijk spel tussen u en mij, maar u staat voor de rechter en ik ben uw aanklager. Hoe ik privé zou reageren staat hier volledig buiten.'

'Wilt u mijn aanbod niet eens horen?' zegt Kovać. 'Alleen maar aanhoren.'

Een moment stilte.

Dan zegt Kovać: 'Mijn advocaat heeft mij meegedeeld dat uw arrestatiebevelen tegen Begić en Stavros Kosenić vooralsnog voor een halfjaar zijn uitgevaardigd, daarna moet u een verzoek om verlenging indienen. Maar stel dat beiden het komende halfjaar niet in Servië en niet in Bosnië worden gevonden – hoe zou u erover denken als het tribunaal het onderzoek na, laten we zeggen, één of anderhalf jaar beëindigt en de arrestatiebevelen intrekt? Als u dat kunt beloven, zal ik mijn best doen iets over de verblijfplaats van mevrouw Brandič te achterhalen.'

Als Peneguy niet meteen antwoordt, vraagt Kovać: 'Bent u echt zo compromisloos? Ik dacht dat u zich meer bekommerde om het leven van mevrouw Brandič.'

Peneguy draait zich om.

Hij klopt op de deur.

De cipiers doen voor hem open.

Peneguy loopt naar buiten zonder om te kijken.

'Jammer,' roept Kovać hem na.

10 Haar hoofd glijdt van de houten balk en slaat op de stenen vloer. Versuft wil Jasna naar haar hoofd grijpen, maar dat gaat niet, want ze kan haar handen niet bewegen – net zomin als haar benen, die aanvoelen alsof ze zijn afgestorven. Jasna legt haar hoofd weer op de houten balk. Ze heeft nog steeds geen idee waar ze is en waarom ze niet kan bewegen. Haar hoofd barst van de pijn, en alles om haar heen danst en slingert door een schemerlicht. Ergens knort een varken dat de modder omwoelt. Het is ijskoud.

Ze is nog niet helemaal bij kennis en kijkt opzij naar haar handen, en langzaam dringt het tot haar door waarom ze niet kan bewegen. Met leren riemen is ze aan een houten kruis vastgebonden dat op de vloer ligt, naakt, weerloos overgeleverd aan de kou, en onder haar knieën voelt ze haar benen niet omdat de leren riemen waarmee haar enkels aan het kruis zijn gebonden te strak aangetrokken zijn, veel te strak. Jasna kijkt verder om zich heen. Ze ligt in een stal. Dan valt haar oog op het varken buiten voor de deur, en eindelijk begrijpt ze wat er is gebeurd en herinnert ze zich haar gevangenneming – en de laatste blik van Caflish.

Stavros komt de stal binnen. Hij is alleen. Van Begić is niets te zien. Van Drakulić ook niet. Stavros heeft een hamer in zijn hand en een doosje met spijkers. Hij sluit de staldeur omzichtig, alsof hij iemand die slaapt niet wil wekken. Hij loopt naar Jasna toe, knielt naast haar, legt hamer en spijkers op de grond en glimlacht naar haar. Hij is bezweet, stinkt naar alcohol en koude sigarettenrook.

Jasna kent de verklaringen van de getuigen uit Višegrad en Omarska, uit Prijedor en Priština. Beulen als hij waren er bij de Tijgers, de Bliksems en bij de Wolven. Mannen wie door de oorlog nieuw leven wordt ingeblazen, voor wie dat een soort thuiskomen is. Voor de oorlog waren het pathologische misdadigers, tijdens de oorlog helden, en al die handelaren, leraren, vissers, slagers, elektriciens, bakkers en boekhandelaren wijzen ze de weg die ze nooit alleen hadden durven gaan. Maar zodra iemand de weg voor hen vrijmaakt en op de weg naar de duisternis met een lamp vooroploopt, zijn er altijd genoeg handelaren, leraren, vissers, slagers, elektriciens, bakkers en boekhandelaren die bereidwillig volgen.

Stavros buigt zich over Jasna heen en kijkt haar aan. Zijn lippen zijn smal, zijn wangen zijn altijd aangespannen en trekken zijn mondhoeken omhoog tot die eeuwige glimlach. Twee diepe en scherpe vouwen lopen horizontaal van zijn voorhoofd naar zijn neus, alsof hij voortdurend heel geconcentreerd over iets nadenkt. Zijn ogen zijn constant een beetje dichtgeknepen en zijn blik is die van een toeschouwer, onverschillig en analytisch, een harteloze notulist van het lijden dat hij zelf veroorzaakt.

'Je weet niet wie hij is?' vraagt Stavros aan Jasna in het Duits.

'Wie?'

'Branko,' zegt Stavros.

Zijn Duits klinkt vreemd. Na al die jaren op de vlucht, eerst door half Zuid-Europa en daarna door heel Servië, heeft hij die eigenzinnige Oostenrijkse toetjestoonval behouden, dat

Habsburgse gemompel over het verlies van het *Kaiser-schmarren*-imperium.

'Nee,' zegt Jasna.

'Echt niet?' vraagt hij glimlachend. Een imitatie van Kovać' manier van spreken, een zweem van sarcasme, die hem – in tegenstelling tot Kovać – altijd ontglipt. Stavros Kosenić is geen man van de fijne nuances; hij houdt van varkenspoot en neigt in het algemeen meer naar het grove.

Jasna kent zijn dossier goed want Stavros Kosenić staat niet alleen op de lijst van oorlogsmisdadigers – de man werd al voor de oorlog met een Europees arrestatiebevel gezocht.

Stavros is als zoon van een Servisch gastarbeidersgezin op-gegroeid in Gmunden in Opper-Oostenrijk. Zijn bakkers-opleiding kreeg hij in een lunchroom waar handtekeningen van Schnitzler, Mahler en Hofmannsthal aan de muur hin-gen – zonder dat Stavros zich er ooit voor interesseerde wie Schnitzler, Mahler of Hofmannsthal waren. 's Avonds ver-diende hij op de toeristenboten op het Traunmeer een paar schilling bij als kaartjesscheurder. Het gedol van zijn kame-raden, opgefokt door de korte rokken en de nog kortere topjes van de toeristes, verwarde hem. Hij was in meisjes even weinig geïnteresseerd als in jongens. Stavros was van kindsbeen af totaal anders.

De forensisch psychologen van het tribunaal ervaren het als een buitenkans dat er in Gmunden al psychologische rap-porten vol details uit zijn basisschooltijd bestaan. Stavros Kosenić was als kind al handig geweest in het vangen van muizen, die hij vol interesse in kleine glazen potjes met ge-perforeerde deksels bewaarde; verbaasd over de enorme vol-harding waarmee de muisjes zich ondanks naaldenprikken in hun pootjes, daarna in hun staartje, in hun zij en in hun rug, in leven hielden, zelfs als hun ribbetjes al te zien waren. Hun hijgend in- en uitademen was als de stroeve ademhaling van het leven zelf, dat op een bepaald moment overging in de dood. Stavros moest vooral glimlachen als de muizen, die met uitgestoken ogen in een grotere kooi waren gezet, in de rondte wankelden – heel verbazingwekkend ook dat ze ondanks hun blindheid de aanwezigheid van de kat meteen opmerkten. Het beste was het als de kat volgegeten was, want Stavros was niet geïnteresseerd in doden uit noodzaak.

Soms was zijn moeder, die als kamermeisje in een van de hotels aan het meer werkte, in haar pauzes naar hem toe gekomen om voor zijn tentamen de recepten van de bakkerij met hem door te nemen. Dat was nieuw voor hem, weliswaar onnodig, omdat hij de stof beheerste, maar ook fijn. Lastig werd het toen zijn moeder de muizen en de katten ontdekte. De toen toch verontruste moeder, die zijn vroegere dierenmishandeling als een normale dwaling van een prepuberale jongere had afgedaan – 'Hebben niet alle jongens een keer de vleugels van een vlieg uitgerukt?' – wilde hem daarna, uit moederlijke bezorgdheid, bijna dagelijks opzoeken. 'Je moet lol maken, jongen, en vrienden zoeken. En, jongen, wil je alsjeblieft tegen niemand iets zeggen van die muizen en katten, ja?'

In het jaar erop – toen de sneeuw van de Traunstein op Gmunden was gevallen, kou had meegebracht en de toeristen definitief had weggejaagd – is het uiteindelijk gebeurd. Een laatste rugzaktoeriste zat met het boek *Jedermann* in de lunchroom onder de handtekeningen van Schnitzler, Mahler en Hofmannsthal; op haar zeventiende nog steeds een meisje, zo mager als op een tekening van Schiele en met een gezicht dat al jaren geen glimlach meer had gezien. Stavros ging bij haar zitten, kwam met haar in gesprek en omdat het begon te schemeren en te sneeuwen bood hij aan het meisje naar de jeugdherberg te brengen. Zonder enig wantrouwen ging ze op zijn aanbod in.

In plaats van naar de jeugdherberg bracht Stavros haar naar zijn aquarium. Daarin bevonden zich beslist geen vissen, er zat niet eens water in of zand of planten. Een glazen bodem, vier glaswanden en een glazen afdekplaat met een tl-lamp die nooit werd uitgezet omdat Stavros de kat altijd wilde kunnen zien. Stavros had het op- en neergaan van de blote ribben willen zien en daarom de haren van de kat afgeschoren. Hij had de nagels en ten slotte de tanden van de kat uitgetrokken. Toen hij haar uit het aquarium haalde, leek het of haar fluwelen poten hem streelden hoewel haar ogen vochten. Stavros Kosenić had een geheel eigen interesse: welk gevoel ligt het dichtst bij de dood? Hoop? Verbittering? Haat? Voor welk gevoel heeft een schepsel aan het eind nog kracht?

Toen Stavros het meisje het aquarium met de afgebeelde kat in de buurkelder van de bakkerij liet zien, was ze kennelijk helemaal ontdaan en probeerde te vluchten. Stavros reageerde meteen. Drie dagen hield hij haar daarbeneden vast en kon hij zijn opwinding nauwelijks in bedwang houden. De derde dag was het het meisje gelukt zichzelf op te hangen omdat Stavros – toen nog een dilettant – haar onhandig had vastgebonden.

Twee dagen later, toen het arrestatiebevel tegen hem was uitgeschreven, zat Stavros al in Slovenië – de kick-off van zijn odyssee door het zuiden. Hij woonde een tijdlang in Triëst, in Spanje, hij leidde een zwervend bestaan door landen waar de grond te warm onder zijn voeten werd, ging naar Griekenland, waar de ouders van zijn moeder vandaan kwamen, tot hij uiteindelijk op Kovać stuitte – een jaar voor de oorlog. Dat was in een stadje in de buurt van Oslo, waar Kovać vanwege een overval in de gevangenis was beland. Na drie weken wist Stavros hem te bevrijden, en samen zwierven ze door een uiteenvallend Oostblok, tot de oorlog hen riep, terug naar het vaderland van Stavros' moeder, die hij nooit zou terugzien. Hier begon de mooiste tijd voor Stavros. Zoveel vechtende ogen, zoveel fluwelen pootjes.

'Echt niet,' zegt Jasna. 'We weten niet wie Branko is. We weten zijn echte naam niet, we weten niet waar hij vandaan komt en kennen geen enkel detail van zijn biografie. Hij is handiger dan jullie allemaal.'

Stavros knikt en keurt haar naakte lichaam.

Ze is slank, en zoals ze voor hem ligt, ziet hij duidelijk de ribben onder haar huid, dat is goed. Maar hij stoort zich aan het haar, hij houdt niet van schaamhaar. Hij haalt een scheerapparaat uit zijn jaszak en legt het op de grond.

Jasna ziet het scheerapparaat waaraan de stoppels van Stavros hangen, en ze weet wat nu komt, want ze kent de getuigenverklaringen. Plus de psychologische rapporten. Zelfs de andere Wolven zijn bang voor hem. Voor zover Jasna weet is Begić de enige van de Wolven – afgezien van Kovać natuurlijk – die niet bang is voor Stavros.

Stavros trekt zijn jas uit zonder zijn blik van Jasna af te wenden. Dit dier is heel mager.

Jasna krijgt het warm. Ze voelt het leer om haar gewrichten. Kijk hem aan, denkt ze. Je mag je angst niet aan hem laten zien. Je weet wat er komt, blijf rustig.

Stavros trekt met zijn linkerhand de huid over haar schaambeen glad en begint haar te scheren. Jasna schaamt zich, ze kan het trillen van haar lichaam niet onder controle houden. Stavros kijkt haar recht aan. Ze ontwijkt zijn blik en kijkt eerst alleen naar de twee groeven die vanaf zijn voorhoofd steeds dieper in zijn gezicht graven. Je moet hem aankijken, denkt ze, en ze dwingt zichzelf hem recht in de ogen te kijken.

'Rustig maar,' zegt hij, en hij is blij met haar blik terwijl hij doorgaat met scheren, voorzichtig, bijna behoedzaam.

'Wist je niet dat Zoran bij ons was?'

'Nee.'

'Heb je je nooit afgevraagd waar hij was?'

'Natuurlijk wel,' zegt ze.

'En? Het antwoord?'

'Ik dacht dat hij dood was.'

'Dood?' Hij buigt zich een stukje verder voorover. 'En je vader?'

'Hij is ook dood.'

'Zeker weten?' zegt hij glimlachend.

'Ja.'

'Hoe weet je dat?'

'Zoran heeft me jaren geleden opgebeld en het me verteld.'

'Dat hebben veel mensen gedaan die hier in de oorlog teruggekomen zijn; ze hebben zich gewoon voor hun familie doodverklaard. Om zichzelf te beschermen tegen vervolging. Of zodat hun familie niet naar hen zoekt. Of om de weg terug af te snijden. Nooit van gehoord?' vraagt Stavros.

'Jawel, maar Zoran heeft niet tegen me gelogen.'

'Nee?'

Stavros is klaar. Hij gooit het scheerapparaat in een vuilniszak, veegt zijn handen aan zijn broek af. Ze vecht, denkt hij. Dat is goed. Normaal breken ze al bij het scheren. Hij moet glimlachen. Dat is goed.

Jasna merkt zijn glimlach op, die anders is dan anders, tevredener, oprechter. Als de glimlach van een arts die na een lange zoektocht eindelijk de juiste proefpersoon heeft gevonden.

Toen Stavros zes of zeven jaar oud was, werden op de kleuterschool van Gmunden psychologische tests met hem gedaan omdat hij sociaal opvallend gedrag begon te vertonen. In de wetenschap dat zo'n test op die leeftijd nog niet echt veelzeggend is, liet de kinderpsychologe Stavros toch een intelligentietest maken en ze was verrast door het resultaat. Op het document dat de collega's haar gestuurd hadden, stond '140'. Stavros mag dus buitengewoon onnozel overkomen, wat met het algehele gebrek aan sociale intelligentie te maken kan hebben, maar hij is allesbehalve stom.

Stavros buigt zich dichter naar haar toe. 'Het is je inmiddels wel duidelijk wie Branko is, toch?' vraagt hij.

'Mijn vader is dood,' zegt ze.

'Nog niet,' zegt Stavros.

Hij staat op, gaat achter haar staan en duwt het houten kruis waaraan ze hangt met alle macht omhoog. Zodra het overeind staat, glijdt het in een houder in de grond, ongeveer driekwart meter diep.

Stavros gaat voor haar staan en keurt het kruis. Daarna knielt hij neer en zet hij het met twee, drie houten blokken vast. Als het zo goed als recht staat, frunnikt hij een mobieltje uit zijn broekzak.

'We zullen eens kijken of hij je nog herkent,' zegt hij. 'Wat denk je?'

Maar zonder een antwoord af te wachten legt hij het mobieltje tegen haar oor en rolt plakband om haar hoofd, één keer, twee keer, zodat het mobieltje niet kan wegglijden.

Dan pakt hij een spijker en de hamer.

Hij trekt het mobieltje een stukje van haar wang om bij de toetsen te kunnen komen. Hij kiest een nummer.

Terwijl Jasna de beltoon van het mobieltje hoort, duwt Stavros een spijker in de binnenkant van haar linkerhand, haast nog voorzichtig, niet te stevig; hij pakt de hamer, glimlacht, kijkt haar aan en...

11 Branko wordt wakker van zijn zoemende mobieltje. Om hem heen is alles nog donker. Onder zijn reeënhuid ligt Milan in elkaar gevouwen naast het fornuis op de grond te slapen op een mat.

De koorts is gezakt, wat eerder een bijwerking van de pijnstiller is en niet ligt aan een betere toestand van de wond. Branko is versuft, zijn denkvermogen is vanmorgen ergens anders ondergebracht, een andere bijwerking van de pijnstiller.

Het mobieltje blijft opdringerig en zoemt – nadat de laatste oproep in de mailbox is beland – voor de tweede keer.

Branko komt overeind en kijkt naar het oplichtende display, het nummer van de beller staat in het geheugen. Het is Stavros. In één klap vergeet Branko zijn wond, de pijn, alles. Hij staat op, pakt zijn jas en gaat naar buiten. Milan hoeft dit telefoontje niet per se mee te luisteren.

Buiten ligt de ijskoude nacht nog over het landschap, witte mist beweegt onrustig tussen de bomen langs het veld. Branko loopt een paar passen. Weer zoemt het mobieltje, hinderlijk en hardnekkig.

De accu van Branko's mobieltje was vlak voor zijn vlucht van de boerderij al bijna leeg en Branko heeft de ringtone uitgezet om stroom te sparen. Boven in de bosarbeidershut van het nationaal park Tara had hij geen ontvangst, want het mobiele netwerk op het Servische platteland is berucht, in een nationaal park helemaal. Branko kon de mailbox pas afluisteren toen hij in de buurt van Milans hut kwam, waar hij weer ontvangst had. Zoran had hem vanuit de gestolen auto gebeld en panisch geprobeerd hem te waarschuwen. Branko heeft Zorans bericht een paar keer afgeluisterd, de laatste boodschap van zijn zoon. Het enige bericht in zijn mailbox. Weliswaar heeft Stavros herhaaldelijk geprobeerd om Branko te bereiken, maar geen bericht achtergelaten. Branko neemt het telefoontje in ontvangst, erop voorbereid dat Stavros aan de andere kant van de lijn wacht. In plaats daarvan hoort hij gegil, schel en gekweld. En verder nog een geluid dat Branko niet meteen kan thuisbrengen. Tot hij eindelijk doorheeft dat het gehamer is.

Onmiddellijk dringen de beelden zich weer aan hem op: Zoran gekruisigd op het vlot. Zorans brandende lichaam. Zoran die wegzakt in het meer.

'Herken je haar weer?' vraagt Stavros.

Het gegil is nu zachter.

Nee. Hoe moet Branko deze stem herkennen die al het menselijke heeft verloren.

'Zeg hem je naam,' fluistert Stavros. 'Zeg hem wie je bent. Zeg hem hoe je moeder heette. Je broer. Je zus. Je vader.'

'Katarina, Zoran, Marica, Milenko,' schreeuwt Jasna in het mobieltje.

Weer hoort Branko het gehamer, haar gegil.

Hij kan niet meer staan en zakt op de grond. Branko heeft

Jasna niet op internet opgezocht om geen sporen achter te laten; alles wat een verbinding tussen hem en zijn familie tot stand had kunnen brengen, had hij gewist. Branko was altijd vaag gebleven over zijn herkomst en of hij kinderen had. Juist die fout, die ene beslissende fout had hij niet willen maken. Het was Zoran die Jasna een paar jaar geleden op internet had gegoogeld en erachter was gekomen dat zijn zus uit Berlijn was vertrokken en intussen onderzoeker bij het tribunaal in Den Haag was. Toen Zoran hem dat vertelde, had Branko hem meteen opgedragen alle sporen te wissen. Blijkbaar te laat. Branko had geen idee dat Kovać op de hoogte was.

'Wil je je tweede kind verliezen?' vraagt Stavros.

'Wat wil je?' vraagt Branko.

Stavros wil de video uit Višegrad – de Wolven bij hun strooptocht op de brug over de Drina.

Het tegenbod van Stavros?

'Jij beslist hoe ze sterft,' zegt Stavros. 'Geen ruil. Niet haar leven tegen de video. Een zachte dood of een zware dood, dat is de keus. Jij beslist. Haar handen waren het eerst aan de beurt, over twee uur zijn het haar voeten. Breng ons de video en ze sterft snel.'

'Laat haar gaan,' zegt Branko. 'Breng haar naar de grens en ik kom terug en neem de video mee.'

'Nee,' zegt Stavros. 'Kovać wil dat ze sterft. Je weet wat er met ons gebeurt als we haar laten leven.'

'Wat kan ik erbij winnen?' vraagt Branko.

'Niets. Je hebt al verloren, dat weet je. Schenk haar een zachte dood, dat is alles wat je voor haar kunt doen.'

Stavros wacht een ogenblik. Branko moet Jasna's gejammer door de telefoon horen, haar pijn.

'Breng je wapen mee,' zegt Stavros. 'Als je ons de video hebt gegeven, heb je nog één schot voor jezelf over, meer niet. In jouw situatie is dat veel, dat weet je.'

'Nee,' zegt Branko. 'Dat is te weinig. Laat haar vrij, ik kom terug en jullie krijgen de video.'

Stilte.

Heel even maar. Dan ademt iemand in de mobiele telefoon.

'Ben jij het, Jasna?'

'Doe het niet,' fluistert ze. 'Breng de video naar Den Haag.'

Daarna hoort Branko weer haar gegil. Hij staart naar het veld en de mist. Zwart, grauw, dood. De laatste dag van ons leven, Jasna.

'Heb je een besluit genomen?' zegt Stavros.

'Ja.'

'En?'

'Kom naar het Kovać-veld,' zegt Branko. 'Je krijgt de video.'

'Kom jij maar naar ons toe,' zegt Stavros.

'Nee,' zegt Branko. 'Dat kan ik niet, de schotwond is gaan ontsteken, ik kan me nauwelijks nog bewegen.'

'Goed,' zegt Stavros. 'Over een uur.'

'Twee,' zegt Branko. 'Ik ben langzaam.'

'Laten we dan ergens anders afspreken.'

'De video is op het Kovać-veld.'

Stilte.

'Oké,' zegt Stavros. 'Twee uur.'

'Laat me nog een keer met haar spreken,' zegt Branko.

Maar Stavros heeft al opgehangen.

12 Het geluid is zwak, maar Milan herkent het meteen. Hij gooit de reeënhuid opzij, springt op, schiet zijn broek en de al versleten trui aan, pakt zijn laarzen en haast zich naar buiten, onrustig, want hij kent dit geluid maar al te goed.

De K-700 was in de jaren zeventig de trots van de boeren die hierboven hun genationaliseerde boerderijen hadden. Tito zelf heeft de bestelling van vijftig Russische tractors geregeld en heeft Kirovets, de producent in het Russische Jaroslavl, door zijn bureau steeds weer op stipte levering laten aandringen. In de zomer van 1972 was Tito uiteindelijk zelf naar Višegrad gekomen om met grote trots en grote vreugde de twee K-700's te overhandigen, 300 pk sterke monsters, uitstekend geschikt voor uitgestrekte velden – zoals later bleek helaas minder geschikt voor de kleinschalige kavelbedrijven op de minder toegankelijke velden in het middengebergte die Višegrad bedienden. Dus was de K-700 in de zomer van 1992, toen Milan hem half verroest in een schuur vond, allang buiten gebruik. Milan smeerde de koppeling en liet de motor weer lopen, het beste idee dat hij in zijn hele leven had gehad.

Een aanhanger was niet meer te krijgen, alleen een ploeg, en dus bond Milan de lijken in eerste instantie gewoon bij hun benen vast om ze uit de Drina hier naar boven te trekken en in de vers getrokken, diepe voren te begraven. Maar de lijken, die gedeeltelijk al weken in de Drina hadden gelegen en de rivier hadden verstopt, waren kwetsbaarder dan Milan had gedacht en deels doorstonden ze het vervoer van de rivier naar het veld niet. Toen Milan de drie kilometer naar de Drina terugreed, zag hij de afgebroken hoofden en de door de vissen aangevreten bovenbenen en armen die hij met de reusachtige banden van zijn 300 pk sterke monster in de bosbodem had gedrukt. Uit vrees voor Kovać trok hij haastig alle lichaamsdelen uit de modder en bracht ze te voet naar het door de wegterende lijken stinkende veld, voordat iemand beneden in het dal iets zou merken.

Daarna kwam hij op het idee om boomstammen met duimdikke draadkabel samen te binden tot een grote baar en daarop de lijken te vervoeren. Hij legde niet meer dan vier, vijf of – al naargelang het om de lijken van kinderen of van volwassen mannen ging – soms ook zes dode lichamen in één keer op de baar. Hij had bijna twee weken nodig om alle lijken die in de tussentijd niet door de stroming waren weggevoerd uit de rivier te trekken en naar het veld te brengen. De sporen van de K-700 waren nog weken later te zien, maar in de tijd dat de Wolven Višegrad waren binnengedrongen verliet niemand de stad; de bewoners – ook de Serviërs waren vaak gechoqueerd over het escalerende geweld en waren bang voor de Wolven – verscholen zich in hun huizen en de bewoners van de omliggende dorpen meden de stad. Zo was het Kovać-veld onontdekt gebleven; alleen de Wolven wisten waar het was.

3953 vermisten werden aan het tribunaal in Den Haag gerapporteerd. 'Vermisten' was het officiële eufemisme voor doden. Een deel van die vermisten – die Milan niet in de rivier had gevonden – was in de loop der maanden verder de Drina af gedreven, ongeveer tachtig kilometer verder naar het Perućacmeer, dat de omgeving van drinkwater voorzag. Daar vonden de lijken hun voorlopige graf.

Op een bepaald moment viel het Kovać op dat Milan niet naar Višegrad was teruggekeerd, en hij vertrok samen met Branko en Stavros via een bospad naar boven om hem te zoeken. De drie vonden Milan op het veld, te midden van meer dan drieduizend uiteengereten lichamen waaraan de vogels zaten te pikken. Milan was vermagerd, want hij had al dagen niets gegeten, hij snuffelde voortdurend aan zijn handen en droeg alleen een smerige onderbroek. Zijn ogen waren diep weggezakt in hun kassen, praten kon of wilde hij niet, het was toch altijd al moeilijk oogcontact met hem te leggen. Milan was als soldaat niet meer te gebruiken, dus droeg Kovać hem op hierboven te blijven om op het veld te passen, nieuwsgierigen weg te jagen en hem te bellen wanneer iemand de lijken zou ontdekken. Milan had eerst geaarzeld om de opdracht aan te nemen. Daarna had hij geknikt en zich de tien jaar daarna in een hut aan de rand van het veld genesteld; de K-700 had hij in het bos verstopt en laten overwoekeren. Op weg terug naar Višegrad had Stavros het met Kovać aan de stok gekregen. Stavros had Milan, de krankzinnige Milan, willen doodschieten, uit vrees dat hij de locatie van het veld zou verraden. Maar Kovać hield zijn been stijf, zijn eigen mensen zou hij niet doodschieten.

Wekenlang zat Milan naast de uitgestrekte akker, zag hoe de natuur zich de dode lichamen toe-eigende, er gras en wilde tarwe overheen liet groeien. In minder dan een jaar ontstond hier een bloeiend landschap zoals Tito het gewenst had. Het vruchtbaarste veld in de verre omtrek. Milan hield woord: vanaf een zelfgebouwde kansel hield hij de uitgestrekte open plek met een oude militaire veldkijker in de gaten. Jarenlang. Iedereen die contact met hem zocht, joeg hij weg, zwaaiend met een kalasjnikov – tot ze die gek daarboven die ze voor een van de vele psychische wrakken hielden die de oorlog had uitgespuugd, met rust lieten. Milan oogstte het graan en bakte brood van het beendermeel van de doden dat hij met water uit de Drina aanroerde.

De K-700 is een van de lawaaierigste tractors uit de productie van Kirovets. De eerste tractorrijders liepen door het constante lawaai gehoorschade op, zodat er al in de jaren zeventig mee werd begonnen de rijders – die zich daar in het begin tegen verzetten, omdat ze het onmannelijk vonden staan – met gehoorbeschermers uit te rusten.

Dus is het voor Milan niet moeilijk de K-700 te lokaliseren, hoewel de dag nog niet van de nacht gewonnen heeft en er nog steeds een zwartblauwe duisternis over het witbesneeuwde, nevelige veld ligt. Als hij de tractor op zich af ziet komen knijpt Milan zijn ogen dicht en ontdekt Branko achter het stuur. Hij loopt een paar passen op hem af, blijft staan en staart naar een geplunderd graf. Botten steken uit de aarde, plastic schoenen om vermorzelde enkels, gelooide leren riemen met dichte metalen gespen om heupen van kalk.

Milan rent heen en weer, verliest zijn laarzen, schreeuwt door de ochtendnevel tegen de tractor, schreeuwt Branko's naam. Maar die kan of wil hem niet horen en trekt met de ploeg steeds nieuwe voren, en sleurt de doden naar het grauwe licht van de aanbrekende dag.

13 Jasna ligt op een vuile matras met een deken over zich heen. Ze krijgt haar ogen niet echt open, om haar heen duizelt alles alsof ze te veel heeft gedronken. Het houten kruis ligt iets verderop, verbandmateriaal ligt op de zitting van een stoel, daarnaast medicijnen, een flesje jodium en een ampul met morfine. Het verband om haar handen is met bloed doordrenkt en toch voelt ze door de veel te hoog gedoseerde pijnstiller die Stavros haar heeft ingespoten, helemaal geen pijn in haar handen, maar alleen het door de medicijnen getemperde kloppen van haar hart.

Geschreeuw van buiten.

Nu pas merkt Jasna dat Goran, een van de Wolven, op een stoel achter haar verveeld in een stuk hout zit te snijden. Stavros heeft hem daar neergezet ter bewaking van Jasna – maar er valt niet veel te bewaken. Want Jasna is, zelfs als ze niet aan haar voeten was vastgebonden, in de verste verte niet in staat te vluchten. Door de medicijnen is ze zo versuft dat ze moeite heeft haar hoofd te bewegen. Op dit moment zou ze niet eens kunnen gaan zitten, zelfs al zou ze het willen.

Jasna hoort wel dat Goran iets tegen haar zegt, ze ziet dat hij opstaat en naar de staldeur loopt, maar ze begrijpt helemaal niet wat hij van haar wil, alles gaat haar toch al veel te snel.

Om haar in het oog te houden laat Goran de staldeur open als hij naar buiten de nog donkere binnenplaats op stapt. Jasna laat haar hoofd weer op de matras vallen en kijkt Goran na. Buiten is iedereen opgewonden; ze ziet Stavros, Begić en de andere Wolven, er wordt heen en weer gelopen, de mannen dragen hun kalasjnikovs en persen zich in de jeep, Begić gaat voorin zitten.

Voordat Stavros achter het stuur van de jeep gaat zitten, spreekt hij met Goran en wijst hij door de open schuurdeur naar Jasna, die niets kan verstaan, want de mannen praten ook in een tempo dat voor Jasna minstens tien keer te snel gaat.

Als Stavros in de jeep stapt en de wagen van het erf scheurt, sluit Jasna haar ogen, want ze kan die snelheid niet meer verdragen. Pas als ze hoort dat de staldeur dichtgaat, durft ze weer te kijken. Dat ze een paar minuten heeft geslapen, heeft ze niet eens gemerkt. Ze ziet dat Goran de deur naar de stal sluit.

Goran en nog twee Wolven zijn op de boerderij achtergebleven. Omdat ze het erover eens waren dat Jasna in haar toestand niet kan vluchten en omdat het verschrikkelijk koud is, besloten ze zich terug te trekken in het warme woonhuis waar de Wolven ingetrokken waren nadat ze de boer en zijn vrouw na Zorans dood bij familie hadden ondergebracht. Nu Stavros weg is en hen niet meer kan commanderen met zijn overdreven voorzichtigheid, is er voor de drie mannen geen enkele reden om in de koude stal te gaan zitten wachten om een door medicijnen verdoofde gijzelaarster te bewaken. Goran heeft Jasna's boeien gecontroleerd en volgt de twee andere Wolven naar de keuken van het woonhuis.

Jasna is blij dat het in de stal weer rustig is. Meteen nadat de staldeur is dichtgevallen, sluit ze haar ogen. Niets meer zien, niets meer horen. Denken gaat niet. Helemaal niets gaat meer, behalve dat ze het in haar handpalmen voelt kloppen. Maar geleidelijk wordt de werking van de medicijnen minder en met steeds kortere tussenpozen houdt de stekende pijn van de twee wonden in haar handpalmen Jasna uit haar slaap.

14 De landingsbaan van het vliegveld in Butmir is extreem kort. Want Butmir is het militaire vliegveld van een NAVO-basis aan de stadsrand van Sarajevo en niet het

vliegveld van Amsterdam waarvandaan het militaire vliegtuig ruim twee uur geleden is opgestegen.

Peneguy heeft de hele nacht vrijwel geen oog dichtgedaan, heeft naar zijn mobiele telefoon gestaard die naast hem op het nachtkastje lag en zich suf gepiekerd.

De laatste gsm-signalen van Caflish en Jasna waren gistermiddag laat ontvangen in de buurt van Bajina Bašta, in het zuiden van Servië. Peneguy had wanhopig door zijn kantoor lopen ijsberen en had uiteindelijk 's avonds verslag uitgebracht aan M'Penza, waarbij hij blij was geweest dat M'Penza, die vanwege de aanslag op Oreskovič een crisisberaad had met afgevaardigden van het Europees Parlement, alleen tijd voor een korte briefing had gehad.

Thuis had Peneguy in zijn wanhoop na het tweede glas whisky eindelijk het lumineuze idee gehad McFayden om hulp te vragen. McFayden, een Britse generaal, was het hoofd van verschillende NAVO-missies in Bosnië-Herzegovina. Peneguy kent hem omdat McFayden het tribunaal steeds weer bij de opsporing van oorlogsmisdadigers heeft ondersteund. Pas onlangs is McFayden benoemd tot hoofd van de missie 'Althea' – een EU-missie die volgde op de NAVO-missies. 'Althea' wordt gecoördineerd vanuit de NAVO-basis Butmir, die buiten Sarajevo ligt en eigenlijk werd opgezet om Sarajevo in geval van nieuwe militaire aanvallen direct en militair effectief te kunnen ondersteunen.

Peneguy kent de basis. Bovendien is Butmir precies de plek waar Peneguy wil zijn. Want als hij Jasna ergens vandaan te hulp kan komen, dan is het van daaruit. Het is van Butmir in Bosnië-Herzegovina maar ongeveer tachtig kilometer naar Bajina Bašta, waar de gsm's van Jasna en Caflish het laatst zijn gelokaliseerd. De basis in Butmir is technisch beter uitgerust dan het tribunaal, en Bosnië-Herzegovina is een VN-protectoraat – zo nodig zou Peneguy met McFayden vlak bij de Servische grens kunnen komen en nog dichter bij Jasna zijn.

Midden in de nacht belde Peneguy McFayden uit bed. De adjudant van McFayden wilde hem eerst niet doorverbinden, maar vermoedelijk had Peneguy aan de telefoon zo beslist geklonken dat de adjudant hem niet langer durfde tegenspreken. Tien minuten later beloofde McFayden Peneguy te doen wat hij kon; hij liet meteen de gegevens van de mobieltjes van Jasna en Caflish naar hem mailen en wilde aan de hand van satellietopnamen van het dunbevolkte gebied rondom Bajina Bašta een indruk krijgen waar de twee naartoe gebracht konden zijn.

McFayden heeft Peneguy een plaats in het militaire vliegtuig bezorgd dat in de zeer vroege ochtend vanuit Amsterdam rechtstreeks naar de NAVO-basis Butmir is gevlogen en zojuist vol in de remmen gaat. Peneguy wordt nu met volle kracht op zijn zitplaats gedrukt.

Voordat hij een paar minuten later mag uitstappen moet hij een kogelwerend vest aandoen, want na de aanslag op Oreskovič hebben de Britten ook in de commandocentrale van de missie 'Althea' het risiconiveau opgeschaald.

Met een compleet bezweet overhemd onder zijn vest stapt Peneguy uit het vliegtuig – nog wankel op zijn benen en meer dan opgelucht dat hij weer vaste grond onder zijn voeten heeft. Het is nog donker. Twee lantaarns knipperen in de nog bijna donkere ochtend, meer niet, want ze willen geen doelwit vormen. Het is beduidend kouder dan in Den Haag of in Belgrado, maar de ijzige kou doet Peneguy en zijn maag goed.

Een Britse militair salueert. Dat is onnodig, want Peneguy is een burger en wekt ook geen andere indruk, maar voor de militair is de status van Peneguy blijkbaar niet duidelijk, want normaal gesproken reizen burgers niet met een militair vliegtuig naar Butmir. Dwars door een golf van kerosinelucht die nog achter de landing aan deint, haast de soldaat zich met Peneguy naar een jeep die aan de rand van de landingsbaan op hen wacht en reikt Peneguy een veiligheidshelm aan. Sarajevo werd tussen 1992 en 1996 1425 dagen zwaar belegerd en voortdurend bestookt door snipers die in de omliggende bergen waren geposteerd; elfduizend doden en zesenvijftigduizend gewonden was de balans. Nu – na de dood van Oreskovič – vreest het Britse commando nog een officiële groet van de Wolven of andere sympathisanten aan Kovać. Want bijzondere procesdagen in Den Haag worden hier graag door een of andere vorm van machtsvertoon ondersteund. Wat zou er symbolischer zijn dan een sniper die met een zuiver schot op een Britse militair of een Amerikaanse aanklager van het tribunaal Kovać zijn respect bewijst?

De chauffeur van de jeep begroet Peneguy met: 'Welkom in Sarajevo, sir. Ik hoop dat u een goede vlucht hebt gehad. Generaal McFayden wacht al op u.'

Hij rijdt met hem langs de landingsbaan in het hart van het kamp. Toen de basis werd opgericht bestond zij alleen uit die landingsbaan en een tentenkamp met een capaciteit voor enkele duizenden militairen. Op een of andere manier hebben de barakken waar de jeep nu naartoe rijdt het geïmproviseerde en spartaanse van een tentenkamp behouden.

De chauffeur praat in een mobilofoon. Even later stopt hij voor het centrale gebouw. Als Peneguy uit de jeep stapt, komt McFayden hem tegemoet. Zijn kapsel prikt als je ernaar kijkt. Zijn handdruk heeft wel iets van *friendly fire*. Zijn aftershave ruikt naar water. Alles aan die man ziet eruit alsof hij alleen maar zonen kan voortbrengen.

Wie anders dan jij kan ons helpen, denkt Peneguy met nog steeds een flauw gevoel in zijn maag.

'Welkom in Butmir,' zegt McFayden. 'Hoe was uw vlucht?'

15 Branko observeert de boerderij vanaf de iets hoger gelegen bosrand door een verrekijker. De auto van de boer is nergens te zien; Stavros zal de boer en zijn vrouw hebben weggestuurd. Ook de overkapping waaronder de jeep stond, die Bora, de jongen van het boerenechtpaar, moest bewaken, is nu leeg. Op het hele erf is niemand te zien.

Branko kijkt naar het woonhuis. De schoorsteen rookt. Blijkbaar zijn Stavros, Begić en de anderen van de stal verhuisd naar het huis van de boeren. De temperatuur is opnieuw gedaald, de stal zal voor hen te koud zijn geworden.

Het zicht door de zijramen naar binnen is slecht, Branko kan niemand zien. Wie heeft Stavros meegenomen? Wie heeft hij hier op de boerderij voor de bewaking van Jasna achtergelaten? Afgezien van Branko en Zoran waren de Wolven met z'n achten – of negenen toen Begić in z'n eentje uit Den Haag was teruggekeerd, want de andere aanslagplegers hadden niet naar Stavros terug gewild en waren ergens anders ondergedoken. Stavros zal in ieder geval Begić hebben meegenomen. Wie nog meer? Meer dan twee of drie mannen zal hij hier niet hebben achtergelaten, denkt Branko.

En Jasna? Waar is zij?

Naar het woonhuis zullen ze haar niet hebben gebracht. Branko kijkt naar de stal. Daar zal Jasna zijn, vermoedt hij; waarschijnlijk is Goran bij haar, want Goran neemt het commando over als Stavros en Begić er niet zijn. Is Goran nu bij haar? Alleen? Of is er nog iemand? Branko stopt de verrekijker weg. Hij moet dichterbij zien te komen, van hieraf zal hij niets wijzer worden.

Branko trekt zijn pistool.

Hij sluipt naar de boerderij toe.

16 Peneguy is rusteloos. Hij heeft feiten nodig.

'De satelliettelefoons van mevrouw Brandič en Caflish zijn voor het laatst in de buurt van Bajina Bašta gelokaliseerd,' zegt generaal McFayden. 'Daarna zijn ze uitgezet, lokaliseren is niet meer mogelijk.'

Zijn adjudant is bij hem en nog drie militairen van het crisisteam; behalve McFayden kent Peneguy niemand. McFayden leidt 'Althea' sinds de start bijna precies een jaar geleden. Destijds was de NAVO-operatie in een EU-missie omgevormd. Het doel was en is ook bijna tien jaar na de oorlog nog altijd: stabilisatie van de regio, waar het onder de vreedzame oppervlakte nog altijd broeit. Want uit een min of meer willekeurig frontverloop werd in het Daytonverdrag een staat opgebouwd, Bosnië-Herzegovina, waar de etnische spanningen van heel Joegoslavië zich feitelijk alleen maar herhaalden. 'Waar precies in Bajina Bašta de mobiele telefoons van mevrouw Brandič en Caflish werden afgepakt, valt niet te zeggen. De lokalisering heeft een trefzekerheid van ongeveer vijfentwintig vierkante kilometer. Ergens hier zijn ze allebei verdwenen,' zegt McFayden en hij wijst op een kaart. 'De omgeving is dunbevolkt, landelijk en uiterst Servisch-nationalistisch gezind. Kovać geniet daar grote steun. Ons grootste probleem is dat Bajina Bašta op Servisch grondgebied ligt; we kunnen er niet zomaar naartoe rijden en de omgeving afzoeken.'

'Wat kunnen we doen?' vraagt Peneguy.

'We hebben een crisisteam gevormd,' zegt McFayden, 'maar wat we kunnen doen, blijft beperkt. We zijn een militaire instelling en geen geheime dienst.'

McFayden doet Peneguy een beetje aan Caflish denken – hetzelfde Schotse accent, onverzettelijk en voor een militair het hart op de goede plaats, namelijk midden links. Het gerucht gaat dat McFayden zich niet geliefd heeft gemaakt toen hij de naam van de operatie die hij zou leiden tegenover de Britse premier bekritiseerde: in Althea zag hij niet zozeer de helende koningsdochter maar eerder de Griekse mama die haar tegenstribbelende zoon doodt – misschien niet een echt geschikte naam voor wat we van plan zijn.

Momenteel laat McFayden satellietbeelden analyseren; misschien vinden zijn mensen een aanwijzing waar de Wolven zijn. De onderzoekers van het tribunaal hebben de beschikking over getuigenverklaringen volgens welke de Wolven met een militaire jeep uit de kazerne in Novi Sad zijn gevlucht waar ze zich voor de onderzoekers van het tribunaal hadden verborgen. 'Mogelijk kunnen we er met behulp van de satellietfoto's achter komen of er in de omgeving rond Bajina Bašta een militaire jeep met de kenmerken van de eenheid opduikt die daar twee weken geleden nog niet was. Misschien hebben we een kans haar te vinden,' zegt McFayden.

En dan? denkt Peneguy. Dan kunnen we nog steeds Servië niet binnenvallen om haar daar weg te halen.

Mevrouw Brandič en Caflish, denkt McFayden, wisten waar ze aan begonnen. Hij zwijgt.

Ze is alleen, denkt Peneguy. Helemaal op zichzelf aangewezen. Ik had haar deze actie nooit mogen toestaan. Of het haar op een of andere manier uit het hoofd moeten praten. Waar ben je, Jasna?

17 Branko nadert de boerderij van de zijkant. Dit is een goede plek, want het bos grijpt al jaren steeds verder naar het erf en probeert het in te lijven. De boer heeft allang de kracht niet meer om het woekerende kreupelhout tegen te houden. Goed voor Branko, want het biedt beschutting. Als hij tussen de licht bevroren distels is aangekomen, misschien vijftig meter van de stal vandaan, is er plotseling beweging op het erf.

Want drie van de Wolven, gewapend met kalasjnikovs, komen uit het woonhuis en lopen naar de stal. Meteen zoekt Branko dekking, en heel even kan hij de Wolven vanuit zijn positie niet zien, maar dan herkent hij Goran, die nu met de andere twee in de stal verdwijnt.

De overige Wolven zal Stavros hebben meegenomen, denkt Branko; het zijn deze drie met wie ik te maken heb.

Hij rent vanuit het kreupelhout over het erf naar de overkapping waar de jeep stond. Een ogenblik is hij voor iedereen zichtbaar die uit het woonhuis of de stal naar buiten zou kijken. Maar hij moet het risico nemen zolang de drie in de stal zijn.

De gereedschapskist van de boer onder de overkapping is op slot. Branko grijpt een verroeste ijzeren stang die op de grond ligt en rent – snel, zachtjes – langs de rand van de binnenplaats naar de stal, bijna zonder dekking en met zijn pistool op de ingang van de stal gericht. Maar gelukkig, geen van de drie komt uit de stal weer het erf op. Branko kijkt steeds weer naar het woonhuis, onzeker of Stavros eventueel nog iemand van zijn mensen heeft achtergelaten. Maar niemand volgt de drie mannen naar de stal, het erf blijft leeg. De hondenkennel is verlaten, er is geen hond te zien of te horen. Stavros zal de honden waarmee hij hem en Zoran heeft achtervolgd teruggebracht hebben, denkt Branko, anders zou hij allang geblaf gehoord hebben.

De voordeur van de stal staat op een kier, maar Branko hoort Goran en de twee anderen niet. Hij kan ze onmogelijk in z'n eentje naar binnen volgen. Eén van de Wolven, hoogstens twee zou hij kunnen doodschieten, maar de derde zou tijd genoeg hebben om hem met zijn kalasjnikov te doden.

Daarom loopt Branko met zijn pistool in zijn ene en de verroeste ijzeren stang in zijn andere hand om de stal heen. Aan de achterkant heeft hij weer dekking in het met distels overwoekerde kreupelhout. Alle ramen van de stal zijn dicht.

Hoe verder hij zich door de distels een weg naar de achteruitgang baant, zo geluidloos mogelijk, hoe harder Branko vanuit de stal het geknor van het varken hoort, waarvoor het hierbuiten kennelijk te koud geworden is. Van Goran en de twee anderen is nog steeds niets te horen.

Van de achterdeur van de stal loopt een smal, overwoekerd pad het bos in.

De achterdeur zelf zit op slot.

Het hout geeft meteen mee als Branko het slot loswrikt met de verroeste ijzeren stang die hij bij de overkapping heeft meegenomen. Het gekraak van het hout klinkt veel te hard. Plotseling hoort Branko vanuit de stal de stem van Goran.

Branko trekt zich een stuk in het kreupelhout terug en richt zijn pistool op de achteruitgang. Hebben ze hem gehoord?

18 Sinds Branko het veld heeft omgeploegd heeft Milan geen rust meer. Hij kan niet staan, hij kan niet liggen, hij kan niet zitten, hij kan niet meer nadenken, hij blijft voortdurend in beweging, hij moet rennen, van de hut het veld op en weer terug naar de hut. Hij heeft het warm, hij zweet en rukt de overall van zijn lijf, hij wil de overall op-vouwen – de militaire dril zit diep –, hij vouwt de rechter-mouw, de linker… dat wordt niets. Nog een poging, de lin-kermouw eerst – maar dat wordt ook niets, en Milan gooit de overall in zijn kast, smijt de deur dicht en rent weer naar buiten, naar het doorploegde veld.

Botresten – vaal en wit, door de tijd aangevreten, schedels, gebroken heupbeenderen. De flarden van zinnen die Milan in zichzelf mompelt, brabbelt, soms schreeuwt, soms krijst, worden tot dierengeluiden die niets anders uitdrukken dan pijn.

Hij rent de schuur in, zoekt, gooit alles omver, trekt ten slotte een oude legerspade uit een hoek, stuift terug naar het veld, staart naar de tractor, het glorierijke Sovjet-Russische erfgoed, de K-700, die Branko midden op het veld heeft ach-tergelaten, en begint met de spade in de bevroren grond te hakken. Zijn blote voeten zitten vol kloven, zijn handen zijn rood besmeurd. Milan gooit de ene volle schep na de andere op de blootgelegde, gebroken skeletdelen, daarna hakt hij weer in de grond en schept verder.

Ineens stopt hij even en kijkt op, want van de andere kant van het veld komen zes mannen op de tractor af. Steeds verdwijnen ze weer tot aan hun heupen in de diepe voren die de K-700 heeft getrokken. Milan herkent de mannen niet. Hij zwaait met zijn armen en schreeuwt dat ze moeten verdwijnen of hij zal Kovać roepen. Tevergeefs, want uit zijn mond komt alleen een schor gekef en gekras, klanken zonder betekenis.

De zes mannen letten niet op hem maar blijven in de richting van de K-700 lopen, Tito's trots, en Milan spurt terug naar de hut, voelt de pijn van zijn door het ijs opengescheurde voetzolen niet meer, haalt de kalasjnikov van onder zijn bed tevoorschijn, een geweer dat al jaren geen munitie meer heeft gezien omdat Milan allang geen munitie meer heeft, en Milan holt weer naar buiten, terug in de kou, waarvan hij ondanks zijn naaktheid niets merkt, met het lege, nutteloze wapen in zijn hand en schreeuwt naar de zes mannen die hij nog steeds niet herkent en die hem negeren, niet horen of niet willen horen. Milan houdt de kalasjnikov boven zijn hoofd alsof hij een snelstromende rivier moet oversteken en moet voorkomen dat het wapen nat wordt; hij ziet de ontvleesde handen die uit de aarde naar hem grijpen, hem willen pakken, zijn geweer willen grijpen en hij moet snel zijn want zodra hij ergens blijft staan, zullen ze hem beetpakken en naar beneden trekken. Milan trapt op een ceintuurgesp die aan zijn voet blijft haken en hij schreeuwt het uit van pijn en angst.

De mannen schreeuwen nu terug dat hij moet blijven staan!

Milan hoort hen en blijft staan terwijl de bodem onder hem wegzakt en de doden aan hem trekken.

'Milan!' roept Stavros. Hard, bars, alsof hij op die be-
velende toon Milans ontketende manie kan beteugelen.

Langzaam begint Milan hem te herkennen: Stavros, het
lachebekje, die destijds met Branko en Kovać naar hem toe
gekomen is.

'Waar is Branko?' vraagt Stavros.

Milan weet niet dat Stavros hem indertijd had willen doodschieten en dat hij zijn leven alleen te danken heeft aan het
ingrijpen van Kovać. Maar hij voelt dat er niets goeds van
Stavros uitgaat, net als toen. Hij wil dat Stavros en Begić en
de andere vier mannen weggaan, nu meteen. Milan kan niet
meer lang rustig blijven staan, zijn bovenlichaam beweegt
op en neer, steeds sneller.

Waar Branko is, wil Stavros opnieuw weten. Of hij bij
Milan was. Of Branko een videoband bij zich had.

Milan weet niet wat Stavros bedoelt. 'We moeten hier
weg,' stottert hij in een taal die hij bijna vergeten was, maar
Stavros wil hem niet begrijpen. Stavros spreekt kort en zacht
met Begić en de andere mannen, daarna draaien ze Milan de
rug toe en lopen verder naar de K-700.

Milan tilt zijn kalasjnikov omhoog, houdt hem met beide
handen vast en richt om de beurt op Stavros en Begić en
schreeuwt dat ze hier weg moeten, onmiddellijk!

Stavros draait zich nog een keer om en kijkt hem aan: een
trillend hoopje schraal vlees, vervuild, met bebloede handen,
vol blauwe plekken op zijn ballen en zijn lid, een op en neer
bewegend bovenlichaam en onrustige, heen en weer schieten-
de ogen. Natuurlijk heeft zowel Stavros als Begić gezien dat
er geen magazijn in de kalasjnikov zit; bovendien heeft Milan
het wapen niet ontgrendeld, een dubbel dilettantisme dat ze
allebei niet van een voormalige soldaat hadden verwacht.

'Rot op,' zegt Stavros. Hij draait zich weer om, roept om Branko, schiet twee, drie keer in de lucht en schreeuwt opnieuw: 'Waar ben je, Branko?'

Als Milan Branko's naam en de schoten hoort, loopt hij naar Stavros toe. Hij wil hem wegtrekken, weg hier, weg van dit veld, snel.

Stavros heeft er genoeg van. Hij trekt zijn mes.

Hij pakt Milans hoofd, trekt het achterover en snijdt Milans keel door. Hij houdt hem van zich af om niet met zijn bloed besmeurd te raken en laat hem dan los.

Milan valt in een van de voren, zijn ademhaling is een zacht, droog gerochel, daarna een nat gegorgel, en Milan staart naar de door de tijd zorgvuldig weggeknaagde botten om hem heen en zakt en zakt, de lijken pakken hem en sleuren hem op de grond, en het laatste wat hij hoort is het woedende geroep van Stavros om Branko.

19 Branko bleef met het pistool op de achteruitgang van de stal gericht wachten. Hij was er vrijwel zeker van dat Goran en de twee andere Wolven hem hadden gehoord toen hij het deurslot openbrak, en was erop voorbereid dat hij elk moment zou moeten schieten. Door de dunne planken van de uitbouw aan de eigenlijke stal, waar het varken was ondergebracht, werden de stemmen van de drie maar zo weinig gedempt dat het voor hem klonk alsof Goran en die andere twee vlak naast hem stonden. Maar de deur bleef dicht en de drie waren uit de uitbouw weer naar de stal verdwenen toen ze zagen dat het varken onrustig en hongerig aan de houten wand zat te kauwen en ze het lawaai hoorden dat het maakte als het zich steeds weer tegen de wand gooide.

Nadat Branko één, twee minuten niets meer van de mannen heeft gehoord, trekt hij de staldeur open en loopt naar binnen.

Uit de duisternis van de stal komt hem de stank tegemoet en het knorrende varken, dat meteen wil uitbreken. Waarschijnlijk heeft het al dagen geen eten meer gehad. Branko geeft het varken een schop om het in de stal te houden. Maar tevergeefs. De deur gaat door het opengebroken slot niet meer dicht en Branko vindt geen touw om het varken mee vast te binden. Het beest wurmt langs hem heen naar buiten. Branko aarzelt even. Wat als Goran of de anderen het varken zien?

Veel te riskant. Branko volgt het varken naar buiten, snel.

Plotseling hoort hij op het erf onduidelijke stemmen. Goran praat met de andere twee Wolven. De drie mannen kunnen Branko en het varken niet zien, want het erf ligt aan de andere kant van de stal, maar ze zijn zo dichtbij dat Branko de rook van hun sigaretten kan ruiken.

Het varken heeft eerst onder de distels vlak naast de achteruitgang rondgesnuffeld en niets eetbaars gevonden, en loopt nu om de stal heen in de richting van de stemmen. Als hij het dier laat lopen, denkt Branko, zullen ze hem ontdekken; als hij schiet, zullen ze hem ook ontdekken.

Branko pakt de roestige ijzeren stang, die nog naast de staldeur ligt. Hij weet dat hij snel moet zijn, want varkens kent hij sinds zijn jeugd en hij weet hoe rap die beesten kunnen zijn. Branko slaat toe, een klap onder het linkeroog. Het varken valt meteen op de grond, verdoofd maar niet dood en slaakt een korte kreet. Branko weet dat hij iets moet doen, anders zal het varken het hele erf bij elkaar krijsen. Hij schuift de roestige ijzeren stang onder de keel van het varken, duwt zijn knie tegen de achterkant van zijn kop en trekt zo krachtig als hij kan. Het varken is taai en vecht uit alle macht voor zijn leven, maar meer dan wat gerochel is er niet te horen omdat Branko het beest de adem afknijpt.

Branko zweet. Nog steeds waaien de sigarettenrook en de onduidelijke stemmen om de hoek van de stal zijn kant op. Branko weet niet of de drie mannen de kreet van het dier hebben gehoord. Hij kijkt naar het pistool dat naast hem op de grond ligt, maar hij kan het varken nog niet loslaten, nog niet, er zit nog leven in het dier en met zijn zware lijf ligt het met zijn laatste krachten onder Branko's knie te spartelen. Branko trekt harder, tot zijn spieren beginnen te trillen. Ik wil mijn dochter bevrijden en het loopt al mis bij een varken, denkt hij. Maar ten slotte wint hij de strijd; het varken zakt in elkaar, stuiptrekt en blijft roerloos onder hem liggen, een stinkende, vette vleesmassa. Te zwaar voor hem om opzij te trekken. Branko hoort de drie Wolven lachen. Snel schuift hij wat bladeren over het kadaver, trekt daarbij zijn handen aan de distels open maar dat kan hem nu niets schelen.

Branko grijpt zijn pistool, veegt het schoon, controleert snel of het nog werkt en sluipt de stal in. Het duurt even voor zijn ogen aan het donker gewend zijn. De uitbouw waar het varken was, is smerig, het stro is ondergescheten en stinkt.

Langzaam opent hij de deur naar de volgende ruimte, de eigenlijke stal.

Daar is het lichter dan in de uitbouw, Branko ziet een houten kruis op de grond liggen, daarnaast een hamer, een doosje spijkers en leren riemen. Goran en de andere twee Wolven staan buiten voor de deur, hier kan Branko hun stemmen beter horen.

Branko loopt naar het houten kruis.

Ineens trekt Branko het pistool opzij; hij is zo geschrokken dat hij bijna had gevuurd, per ongeluk. Drie, vier meter voor hem ligt Jasna op een matras op de grond met een deken over haar heen.

Jasna staart hem aan, apathisch en gedrogeerd met medicijnen. Haar handen zijn verbonden, hij kan haar angst bijna zien.

Branko legt een wijsvinger tegen zijn mond. Want hoe dichter hij bij haar komt, hoe duidelijker hij de drie stemmen buiten hoort. De deur aan de voorkant staat op een kier en door een vuil raam ziet Branko Goran, die – met een sigaret in zijn hand en de kalasjnikov om zijn schouder – met de twee andere Wolven praat.

Als Branko bij Jasna is, ziet hij dat ze over haar hele lichaam trilt, haar ademhaling gaat te snel, ze hyperventileert. Ze lijkt hem niet te herkennen, ze zal dadelijk gaan schreeuwen. Branko drukt meteen haar mond dicht met zijn hand, die naar roest en het dode varken ruikt. Zijn pistool houdt hij op de deur gericht. Nog even en de drie mannen hebben hun sigaretten opgerookt, ze kunnen elk moment binnenkomen.

Hij buigt naar Jasna, die niet genoeg kracht heeft om zich uit zijn greep los te wringen, tot zijn gezicht vlak boven haar hangt.

'Herken je me niet?' Hij fluistert haar naam en een koosnaampje dat hij haar heeft gegeven toen ze nog een kind was. Hij probeert te glimlachen maar hij kent zijn spiegelbeeld. Voor haar ben ik een oude man, te vroeg versleten. Maar is er echt niets waaraan ze me kan herkennen? Branko herhaalt haar koosnaampje.

'Ik haal mijn hand nu weg,' zegt hij, 'ik neem je mee. Je mag niet schreeuwen, begrijp je me?'

Jasna knikt. Ze ziet er niet goed uit, de verbanden zijn doorbloed, haar ogen liggen diep in hun kassen.

Als Branko de deken opzij trekt, ziet hij dat ze naakt is. Hij maakt haar voetboeien los en geeft haar kleren aan die naast de stoel liggen. Jasna gaat zitten en begint zich aan te kleden, moeizaam, want de wonden in haar handen doen pijn.

Branko ziet meteen dat hij haar in deze toestand niet kan meenemen, ze is veel te slap. En hij is zelf te zwak om haar te dragen.

Buiten lacht Goran, alweer. De matras is door de deur en het raam niet te zien, maar de drie hoeven maar een paar stappen te doen en ze zijn binnen.

Op de stoel naast de matras liggen de pijnstillers, het jodiumflesje en een ampul met morfine. Branko stopt de medicijnen, het jodium en het verbandmateriaal in zijn jaszak en terwijl Jasna zich verder aankleedt, zet hij nog een halve injectie morfine. Dat zal haar op de been helpen.

'Schiet op!' fluistert hij.

Op het erf hoort hij een mobieltje gaan.

Branko kan niet wachten tot de morfine werkt.

Buiten neemt Goran het telefoontje aan.

Branko trekt Jasna overeind, weg hier, weg, weg, weg...

20 'Wacht,' zegt Goran in het mobieltje tegen Stavros en hij rent terug naar de stal met de beide andere Wolven achter hem aan.

De matras is leeg. Op de grond ernaast liggen de boeien. De medicijnen die op de stoel lagen, zijn weg. Haar kleren ook.

Goran moet Stavros opbiechten dat Jasna is ontvlucht. Dat kan ze niet alleen voor elkaar hebben gekregen, niet in haar toestand. Branko heeft ons belazerd, hij was hier. Maar ver kan hij niet zijn.

Goran hangt op en ontgrendelt zijn kalasjnikov.

'Jullie zoeken buiten,' beveelt hij de twee anderen. Hij blijft alleen achter. Hij kijkt rond, luistert. Het klinkt anders, het eeuwige geknor en gesmak zijn weg. Goran loopt naar de deur die naar achteren leidt, naar de uitbouw waar het varken is ondergebracht.

De deur staat op een kier.

Goran loopt de varkensstal in.

Duisternis, stank, stilte. Het varken is weg.

Hij loopt verder. Ook de deur van de achteruitgang is niet meer afgesloten. Goran ziet nu dat het slot is opengebroken.

Buiten vindt hij sporen tussen de bevroren bladeren. Naast de stal ligt – provisorisch met een paar bladeren bedekt – het dode varken. Hij haalt zijn mobieltje uit zijn zak en roept de twee andere Wolven, zachtjes, want het laatste wat hij wil is Branko erop attenderen waar hij is. Terwijl Goran het nummer van Stavros belt, volgt hij de sporen omhoog op de berg achter de boerderij; heel even is hij door de telefoon afgeleid. Als hij opkijkt beseft hij meteen dat hij een dodelijke fout heeft begaan. Want plotseling staat Branko voor hem, met Jasna naast zich, en Branko heeft zijn wapen op Goran gericht. Goran trekt zijn kalasjnikov omhoog. Maar voor hij kan schieten vuurt Branko.

Goran is meteen dood. Branko is een uitstekend schutter, zeker vanaf die afstand. Goran valt tussen de distels en staart Branko en Jasna na alsof hij de beide andere Wolven, die nu door de stal naar Goran hollen, een laatste

aanwijzing wilde geven dat Branko en Jasna de berg op-
rennen.

Snel naar boven rennen, want de morfine werkt nu en
Jasna hoeft zich niet meer te laten meetrekken, ze voelt
geen pijn meer, geen zwaarte, met elke seconde wordt ze
lichter en ze krijgt het warm.

Als de twee andere Wolven Goran tussen de distels zien
liggen, zoeken ze dekking en kijken ze naar de onoverzich-
telijke berg. Bos, kreupelhout, struikgewas, Branko en Jasna
zijn niet te zien.

Een van beiden belt Stavros. Branko is hier ergens, hij heeft
Goran doodgeschoten en Jasna bevrijd. Stavros en Begić moeten direct terugkomen.

Stavros beveelt hun Branko achterna te gaan. Dus lopen
ze hijgend de heuvel op, zo snel ze kunnen, wat niet overdreven snel is want ze hebben Goran gezien, het bloed op
zijn voorhoofd, en ze weten hoe goed Branko kan schieten,
en voordat Stavros, Begić en de anderen hier zijn, willen ze
geen enkel risico lopen.

Bovendien maakt het niet uit hoe langzaam we zijn. Wij
zijn sneller dan hij. Samen met de anderen krijgen we je,
Branko.

21 De militaire jeep scheurt terug naar de boerderij, de
ochtendnevel is intussen verdwenen, de lucht is na
wekenlang wachten niet zuinig meer met het blauw; de felle,
witte sneeuw steekt de achter het stuur zittende Stavros in
zijn ogen.

De stemming is beroerd, want een korte berekening levert
het volgende op:

Branko heeft de video.

Branko heeft Jasna.

Branko is niet al te ver weg van de Bosnische grens.

Branko kent de omgeving hier beter dan wij allemaal.

Vier keer voordeel voor Branko. Bovendien:

De ontvangst van de mobiele telefoon in het nationaal park Tara is belabberd; we kunnen de twee die hem achterna-zitten niet bereiken.

Vijf keer voordeel voor Branko. Toch moeten we hem zien te pakken.

Stavros scheurt het erf op en stopt voor de stal. De Wolven springen uit de jeep en rennen door de stal naar achteren, langs de dode Goran die hen niet interesseert – behalve als waarschuwing.

Het tweede deel van de berekening volgt.

Stavros heeft nu ontvangst. Hij praat met het tweetal voor hen en krijgt de coördinaten – niet meer dan een paar kilo-meter bergopwaarts.

Wij zijn sneller dan jij, oude man.

Wij zijn na Gorans dood nog steeds met zijn achten, oude man.

Wij hebben meer uithoudingsvermogen dan jij, oude man.

De werking van de morfine in de aders van je dochter zal min-der worden en elke stap zal zwaarder worden en pijn doen.

Je bent dood, oude man. Uiterlijk vanavond hebben we je.

Begić en Stavros zijn bijna boven op de heuvel aangeko-men, de anderen volgen hen.

Het is uitstekend jachtweer, ver zicht, een lichte, heldere hemel.

De stemming is alweer beter. Heel veel beter. Het is allemaal een kwestie van algebra.

Begić glimlacht. Zijn Dragunov zit in de koffer, twintigduizend euro, Russische makelij. Hij schakelt nu de op batterijen werkende verwarming in die de koffer op een constante temperatuur van vijftien graden Celsius houdt, zodat het wapen het lekker warm heeft en niet bevriest. In feite een overbodige veiligheidsmaatregel, want de Dragunov is tot tien graden onder nul stabiel, maar Begić houdt niet van verrassingen. Als hij het wapen straks uit de koffer haalt moet het klaar zijn, goed uitgeslapen om één, twee precisieschoten te lossen, moeiteloos en onder optimale omstandigheden; daarna zal het misschien een beetje rillen van de kou, maar het mag als het goed werk aflevert zich ook snel weer behaaglijk in de slaapzak vlijen.

22 De dosis morfine die Branko haar ingespoten heeft was iets te hoog, en met de pijn heeft ook de realiteit afscheid genomen, van haar lichaam en van haar hoofd. Dus glimlacht ze naar het besneeuwde bos – 'Hallo dennenboom! Hallo berg!' – en grinnikt in zichzelf. Branko loopt hijgend naast haar terwijl hij haar met zich meetrekt – uitgesloten dat ze eindelijk haar mond houdt, het is volstrekt zinloos haar uit te leggen wat hier gebeurt. Een vader op een uitje met zijn dolgedraaide vierjarige dochter.

Branko pakt haar pols – de wonden in haar handen zijn weer opengegaan en bloeden – en trekt haar omhoog uit de sneeuw, waarin haar handen sporen achterlaten, naar de rotsen toe. Hij glijdt, glibbert, snuift en kan niet meer en leunt tegen een boom. Deze hele onderneming gaat zijn krachten te boven. Het is maar een paar kilometer naar Bosnië, maar ze moeten de berg over en boven op de hoogvlakte zal Begić bij dit weer vrij zicht hebben. Als ze in dit tempo doorgaan, bereiken ze de hoogvlakte precies op het moment dat Begić hen heeft ingehaald.

Weer op adem komen, even uitblazen. Hij kijkt Jasna aan. Ze glimlacht naar hem zoals ze naar de rotsen en de bomen om haar heen glimlacht. Toch is Branko blij met die glimlach die niet voor hem bedoeld is.

Toen hij uit Berlijn vertrok, was ze zeventien. Nu – veertien jaar later – ziet hij in haar nog steeds de zeventienjarige. In tegenstelling tot haar herkende hij haar meteen.

Mijn dochter. Ik heb Zoran verloren, ik zal jou niet ook nog verliezen. Voor jou zal ik doden, voor jou zal ik sterven. Maar wat zal ik tegen je zeggen als de morfinefase voorbij is – en dat zal niet lang meer duren – en je me vraagt wie ik geworden ben en waarom. Wat zal ik tegen je zeggen?

Branko staat weer op. Hij weet nu hoe ze het gaan doen. 'Kom,' zegt hij, 'vlug!'

23 Begić heeft zijn Dragunov SVDS in slaap gewiegd terwijl hij met Stavros en de anderen puffend de berg op is gelopen, zwijgend – kop dicht en klimmen, we zullen onze adem nog nodig hebben. Na ongeveer een halfuur hebben ze de twee andere Wolven bereikt, die voorzichtiger waren geweest en langzamer, omdat ze niet dezelfde fout wilden maken als Goran, die Branko had onderschat. Een halve kilometer onder de hoogvlakte vieren ze de hereniging. En wel met een prettige boodschap: ze hebben het spoor van Branko en Jasna teruggevonden. De twee zijn een stuk over rotsen geklommen, maar moesten toch steeds weer door sneeuw lopen en hebben sporen achtergelaten.

De minder prettige boodschap: Branko en Jasna zijn nergens te zien. Maar ze kunnen de hoogvlakte nog niet overgestoken zijn, want daarboven – op de uitgestrekte, met sneeuw bedekte vlakte – zijn geen sporen te zien. Wat nu?

Stavros toont leiderschap en stuurt zijn mensen in twee groepen verder. Het ene team moet de oostelijke rand van de hoogvlakte afzoeken, ook al gelooft Stavros er niet in dat Branko en Jasna via die route kunnen vluchten, want het bos mondt uit in een steil aflopende helling. Maar wie weet, misschien kent Branko een weg die wij niet kennen?

Het tweede team zoekt de westelijke kant af, voor het geval dat Branko daar om de hoogvlakte heen wil lopen. Omdat de ontvangst van de mobiele telefoon hierboven beroerd is, moeten ze overgaan op de portofoon.

Terwijl Stavros nog praat, neemt Begić, wiens teamgeest in zulke situaties zijn grenzen kent, zelf initiatief en stapt verder, de laatste vijfhonderd meter omhoog. Hij zoekt een zo hoog mogelijke positie en wekt zijn Dragunov uit het dutje, haalt het geweer uit de koffer en laadt door.

Dan pas monteert hij het telescoopvizier. Een warmtebeeldvizier van het merk Frontsniper. De aanpassing aan zijn Dragunov SVDS heeft hem in een gespecialiseerde werkplaats in Belgrado tweeduizend euro gekost, want helaas was hij over de warmtebeeldvizieren die standaard bij de Dragunov werden aangeboden nooit echt tevreden geweest. Daarmee had Begić geregeld misgeschoten. Maar de Frontsniper is een instrument dat het aanbevelen meer dan waard is. Voor een prijs van tegen de twaalfduizend euro. Het meest fantastische ervan: tot een afstand van ongeveer een kilometer zijn met behulp van het warmtebeeld en ook bij volledige duisternis afzonderlijke lichaamsdelen, ja zelfs organen te onderscheiden. Onder de omstandigheden waaronder Begić vandaag werkt, kan de Frontsniper zijn immense voordelen ten volle benutten: het is precies min zes komma acht graden Celsius. Het thermobeeld van een mens, zelfs als hij optimaal tegen de kou is gekleed, is door de Frontsniper tot op een kilometer helder en duidelijk waar te nemen. Over die afstand is de trefzekerheid weliswaar niet voor de volle honderd procent gegarandeerd, maar tot ongeveer zevenhonderd meter heeft Begić het voor het kiezen of hij het hart wil raken of liever het hoofd; voor een geoefende schutter is allebei goed te doen. Vooral omdat de hoogvlakte een doorsnee van maar ongeveer vijfhonderd meter heeft.

24 Branko is al meer dan vijftig jaar niet meer hierboven geweest, aan de rand van de gekapte hoogvlakte waarvandaan zowel Bosnië als Servië te zien is, een grensplaats, een tussenoord.

Hierboven zijn Branko en zijn vader op een van de laatste gezamenlijke vakanties met zijn ouders door het zomeronweer verrast. Het was een wisselvallige dag geweest die zich op elke manier had kunnen ontwikkelen, maar ze waren toch op pad gegaan. Toen ze boven kwamen, vader en zoon, pakten de onweerswolken zich razendsnel samen, vlak boven hun hoofd. Teruggaan was te ver geweest, bovendien wilde Branko's vader uit vrees voor bliks=eminslag niet met Branko door het bos lopen. Terecht, want toen ze zich de volgende ochtend op de terugweg begaven, zagen ze dat de bliksem op verschillende plekken was ingeslagen en het bos ondanks de langdurige regenval in brand had gezet. Weliswaar viel het mee, maar het was verontrustend genoeg.

Dus had zijn vader Branko in de grot tussen de rotsen getrokken, vuur gemaakt en hem tegen zich aan getrokken. Zo klinkt de oorlog, had hij gezegd, toen het onweer boven hen tekeer begon te gaan, alsof het op hun vernietiging uit was. Uit angst begon Branko te huilen, en zijn vader, die anders elk lichamelijk contact meed, trok hem tegen zich aan. Hij was nat van het zweet en glimlachte.

Nu trekt Branko Jasna met zich mee, bij de rotsen aan de rand van de hoogvlakte naar beneden, naar de van buitenaf onzichtbare ingang van de grot. Hij zet Jasna naast zich op de grond, slaat de deken om haar heen.

Hij is uitgeput, zij is uitgeput. De morfine raakt geleidelijk uitgewerkt, ze is rustiger geworden en serieuzer.

Ze moeten stil zijn en mogen geen vuur maken, zodat ze niet ontdekt worden. Zo zitten ze daar.

Wat een ironie, denkt Branko. Mijn dochter en ik, op dezelfde plek waar ik met mijn vader beschutting heb gezocht. Toen voor een donderende oorlog die alleen maar een kort onweer was, vandaag voor een stille oorlog waar maar geen einde aan wil komen.

Het is ijskoud; ze zouden tegen elkaar aan moeten leunen, maar ieder blijft op zijn plek. Ze kunnen elkaar in het donker niet eens zien, en ze zwijgen. Ingeklemd tussen de ijskoude stenen en met herinneringen aan zeventien samen doorgebrachte jaren, in een ander leven toen ze iemand anders waren.

Ik ken haar niet, ze is geen zeventien meer. Wie ze in wezen is, wie ze werkelijk is, is ze pas geworden nadat ik ben weggegaan. Ik ken haar niet, allang niet meer.

'Heb je een mobieltje?' vraagt ze.

Hij geeft haar zijn mobieltje. De accu is bijna leeg en de ontvangst is waardeloos.

Maar het is een mobieltje.

25 Peneguy krijgt een sms'je. Hij kent het nummer niet, het staat niet in het geheugen. Het kengetal is van een Servische provider. Peneguy opent het sms'je en leest.

De zon komt op.

Peneguy haast zich naar McFayden en laat hem het sms'je zien. Er komt beweging in het crisisteam.

'Probeer de gsm te lokaliseren,' zegt McFayden tegen een van zijn medewerkers.

Ze doen een controle in de computer waarmee ze in het tribunaal zijn ingelogd. Het mobiele nummer is in nog geen enkel onderzoek gesignaleerd.

'Kunt u de afzender bevestigen, meneer Peneguy? Weet u zeker dat het sms'je door mevrouw Brandič is geschreven?'

'Ja, absoluut zeker.'

'Waarom?'

Omdat alleen Jasna hem ooit 'MP' heeft genoemd. Maar dat was in een situatie waarover hij het hier liever niet wil hebben.

Nu hebben ze het; het gsm-signaal komt uit de grensregio, van de Servische kant.

'Hier, kijk,' zegt de adjudant van McFayden en hij wijst

naar een kaart op zijn monitor. Het signaal komt uit het nationaal park Tara.

'Hoe ver is ze van de grens vandaan?'

'Twee kilometer, misschien drie.'

'Stuur haar een antwoord,' zegt McFayden. 'Dat ze naar de grens moet komen, zo snel ze kan.'

'Het gsm-signaal lijkt niet te bewegen,' zegt McFaydens adjudant. Een exacte positiebepaling is moeilijk en een triangulatie is onmogelijk, omdat McFaydens technici geen toegang hebben tot de zendmasten op Servisch grondgebied, en ze kunnen de gsm alleen vanuit twee zendmasten in Bosnië-Herzegovina lokaliseren.

Peneguy krijgt een tweede sms'je. Branko is bij haar, ze zullen zich tot het donker aanbreekt voor de scherpschutters van de Wolven verborgen houden. Ze zal niet nog een keer sms'en, om de accu van het mobieltje te sparen.

We vinden je, Jasna, schrijft Peneguy. *Laat het mobieltje aanstaan. Hou vol!*

26 Buiten sluipt Stavros tussen de rotsen door. Hij glijdt weg en glibbert een stuk van de helling af. Hij is stom bezig omdat hij zijn pistool in zijn ene hand heeft en met zijn andere de portofoon om zijn nek moet pakken om zijn positie door te geven.

Begić heeft zich voor de komende uren geïnstalleerd op zijn uitkijkpost aan de rand van de hoogvlakte en informeert naar de posities van de anderen. Door zijn warmtebeeldvizier is namelijk geen onderscheid te zien tussen Stavros, die een stuk van de helling af tussen de rotsen hangt, en de teams die zonder succes de randen van de hoogvlakte afzoeken. Voordat Branko en Jasna nu ergens opduiken, moet Begić weten wie wie is.

Stavros heeft dus zijn positie doorgegeven en klimt weer naar boven omdat hij geen aanwijzing voor een schuilplaats heeft gevonden en niet gelooft dat hier iemand is.

Hij is zich er niet van bewust dat hij maar een paar centimeter verder had hoeven glijden om op de ingang van de grot te stuiten waar Branko en Jasna zich verstoppen.

27 Het heeft alles bij elkaar langer geduurd dan McFayden lief was, maar de technicus moest eerst in het hoofdkwartier de installatie voor het lokaliseren van de gsm demonteren en die vervolgens met twee stroomaggregaten in een terreinwagen plaatsen. Op dit moment rijdt het kleine konvooi van de NAVO-basis Butmir door het Servische deel van Bosnië-Herzegovina naar de Servische grens. Het is ongeveer tachtig kilometer, het grootste deel van de weg hebben ze al achter zich.

Peneguy zit naast McFayden. Nerveus en rusteloos houdt hij zijn mobieltje vast. Buiten daalt de avond over het landschap, dat glinstert van de sneeuw; het is onbewolkt en ijskoud. In de wagen achter hen zitten vijf scherpschutters en nog tien EUFOR-militairen. Daarachter volgt een derde wagen met stroomaggregaten en zoeklichten. Want McFayden wil Jasna – als ze de grens weet te halen – een sein kunnen geven.

Achter McFayden en Peneguy zit de technicus, die op zijn notebook de landkaart bestudeert. Het signaal van Jasna's gsm is niet meer in beweging gekomen, ze lijkt nog steeds geduldig in haar schuilplaats te wachten.

'Hoe ver is het nog tot de grens?' vraagt Peneguy.

'Een kleine tien kilometer,' antwoordt de chauffeur, 'dan zijn we er.'

McFaydens team heeft ongeveer kunnen berekenen waar Jasna de Servische grens naar Bosnië-Herzegovina zou kunnen oversteken, want de weg van haar huidige positie naar de grens biedt niet al te veel mogelijkheden – maar om een route te kiezen zou ze weer moeten bewegen. McFayden wilde zo dicht mogelijk naar de Servische grens rijden en afwachten tot Jasna nog een bericht stuurt of in beweging komt, om haar dan preciezer te kunnen lokaliseren.

28 De wanden van de grot zijn nat, van boven druipt water dat op de grond in plassen bijeenkomt. Hoewel het hier binnen veel warmer is dan buiten, is de vochtigheid in de grot moeilijker te verdragen dan de droge kou van de hoogvlakte. Bovendien is het donker. Licht kunnen ze niet maken, laat staan vuur. De paar kledingstukken die Jasna aanheeft, zijn klam.

Branko informeert naar haar handen, zacht, fluisterend, want hij weet niet hoe dicht Stavros en de Wolven bij de grot zijn.

Maar Jasna antwoordt niet, haar handen zijn op dit moment het minste probleem. Hoewel beide wonden door al het rennen weer zijn opengebarsten. Hoewel het verband doorweekt is en naar bloed ruikt. Hoewel de pijn met elke hartslag steeds verder door Jasna's lichaam wordt gespoeld nu de morfine vrijwel volledig is afgebroken.

'Zeg me hoe het met je gaat!' fluistert Branko. 'Praat tegen me.'

Jasna's probleem is die fluistertoon. Het heeft iets bekends en vertrouwds, een cesuur in de tijd, alsof haar oren hun eigen geheugen hebben. Ineens schieten er schaduwen van lang vergeten momenten door haar hoofd. Kinderboeken, steeds zachter voorgelezen, ten slotte fluisterend, tot hij dacht dat ze ingeslapen was. Haar hand die hem vasthoudt – 'ga niet weg!' Excuusbriefjes schrijven voor school, zijn glimlach – 'alles komt goed,' zei hij dan, hij zou met de lerares praten als ze dat wilde. Vage, donkere schaduwen van flarden herinneringen uit bijna vergeten dagen. Diep verborgen in die fluistertoon ligt een vertrouwdheid van zeventien gezamenlijke jaren.

Zeventien jaar, vergiftigd door de volgende veertien. Hoe zal ik je noemen? Branko? Milenko? Vader? Wie ben je?

Jasna voelt zich niet goed worden. Bewusteloos zakt ze in elkaar en voelt niet meer dat hij haar opvangt en nog net kan verhinderen dat ze met haar hoofd tegen de rotswand slaat.

Als ze weer bijkomt, ligt ze op de grond; onder haar is het zacht, om haar heen heerst nog steeds complete duisternis. Eventjes weet ze niet waar ze is, waar ze op ligt, waarom haar benen omhoog zijn gelegd. Ze vraagt het, veel te hard, en Branko legt een hand op haar mond. Op dat moment schiet alles haar weer te binnen. Ze wil overeind komen maar Branko duwt haar weer op de grond – ze moet blijven liggen, twee, drie minuten nog, en zich niet bewegen.

'Gaat het beter?' vraagt hij. Fluistert hij.

'Ja, het gaat beter.'

De bonzende pijn in haar handen is een zacht kloppen geworden, geen bevrijding maar een verlichting. De misselijkheid is weg maar ze voelt zich nog slap. Hij heeft gelijk: Jasna moet nog blijven liggen. Met haar linkerhand tast ze om zich heen en krijgt de mouw van een jas te pakken. Branko heeft haar op zijn jas gelegd en haar een lage dosis morfine ingespoten.

Jasna wil overeind komen maar zakt meteen terug.

'Hoelang ben ik bewusteloos geweest?' vraagt ze.

'Tien minuten, langer niet.'

'Hoe weten ze dat ik je dochter ben?' vraagt Jasna.

'Ik weet het niet. Ik heb mijn naam veranderd. Zoran en ik hebben nooit iets over jou of Marica of je moeder verteld om jullie te beschermen. Ik heb geen idee hoe ze het weten. Misschien van Oreskovič, hij kent me het langst.'

'Van Oreskovič beslist niet,' zegt Jasna. 'Hij heeft tegen iedereen een verklaring afgelegd, tegen Kovać, tegen Stavros, tegen Begić, tegen iedereen van de Wolven – alleen tegen jou en Zoran niet. Hij was vermoedelijk je enige vriend.'

Stilte.

'Ook als je tegen Kovać een verklaring aflegt, zul je veroordeeld worden,' zegt Jasna. 'Ik geloof niet dat je een kroongetuigenregeling kunt krijgen. Tegen jou zijn getuigenverklaringen uit Višegrad beschikbaar die we tegen Oreskovič niet hadden.'

'Ik weet het.'

'Waarom wil je dan een verklaring tegen Kovać afleggen?'

'Ik wilde Zoran hier weghalen en teruggaan naar Berlijn. De Wolven boden hem geen perspectief. Ik ben een oude man, maar hij was nog jong. Drie jaar oorlog, acht jaar op de vlucht – dat was geen leven voor hem. Een kroongetuigenregeling voor hem, een vonnis tegen mij, dat was het plan. Een toekomst voor hem.'

'Jij hebt hem hierheen gebracht,' zegt Jasna. 'Hij was een-entwintig en je hebt hem de oorlog in gestuurd, het is jouw verantwoordelijkheid!'

'Ja,' zegt Branko.

Stilte.

Jasna gaat rechtop zitten. Ze voelt zich nog steeds een beetje duizelig.

'Waarom heb je het gedaan?' vraagt ze hem. 'Je had een leven in Berlijn. Een vrouw en drie kinderen, en je verdwijnt in die oorlog! Naar een land waar je al een eeuwigheid niet meer woonde. Waarom?'

'Herinner je je Kostajnica nog?' vraagt Branko.

'Ja, natuurlijk,' zegt Jasna.

Kostajnica is meer dan een plaats voor haar. Kostajnica is de diepste breuk in haar leven, in het leven van haar moeder, in Zorans leven, in Branko's leven, in het leven van hen allemaal. Zeventien jaar lang was hij Milenko Brandič, haar vader, veertien jaar lang Branko, een oorlogsmisdadiger. In het midden lag een diepe en bloedige scheidslijn: hun reis naar Kostajnica. In 1991, Zoran vergezelde hem, een reis naar een beginnende oorlog.

Kostajnica was een Servische enclave in Kroatië, wat al in de tijd van Tito een probleem vormde. Lang nadat Branko naar Berlijn was geëmigreerd, werd zijn vader, een officier in het Joegoslavische leger, van Užice, waar Branko was opgegroeid, overgeplaatst naar Kostajnica. Branko's ouders woonden daar samen met hun dochter, Branko's tien jaar jongere zus, midden in een Kroatische wijk aan de rand van de stad, en voor hen was het belangrijk om het grote, maar eerder abstracte idee van de Socialistische Internationale en de boven de volkeren uitstijgende vriendschap tussen arbeiders van alle landen tegen het Kroatische nationalistische geneuzel daad-krachtig te ondersteunen.

Lang voor 1991 nam Branko ook Jasna twee keer van Berlijn mee naar Kostajnica; ter gelegenheid van de vijfen-vijftigste en de zestigste verjaardag van haar oma, ze was toen zeven en elf. Een eindeloze reis, Jasna was tweeduizend kilometer lang alleen maar misselijk geweest, maar het gaf niet, want voor Jasna was haar oma ondanks haar eeuwig zwarte weduwekleding een stralende figuur, die pas na de dood van haar man echt was opgebloeid; een dikke vrouw die niemand meer iets hoefde te bewijzen en met een bijna schaamteloze lach. Haar opa heeft Jasna niet meer leren kennen. Branko's vader had toch al meer in zijn legerkorps geleefd dan in zijn gezin. Zelfs de begrafenis was meer een militaire dan een familiaire aangelegenheid geweest. Branko, die het leger verfoeide, was er niet naartoe gereisd omdat hij niet de verwijten wilde aanhoren dat hij zijn land had ver-laten.

Voor Jasna's oma was er geen graf. Waarschijnlijk is ze ergens onder de grond gestopt, misschien samen met haar dochter, misschien met haar kleinkinderen of misschien met haar schoonzoon, de arts en socialist die uit Belgrado naar Kostajnica was gekomen en die ze 'de zendeling van Tito' noemden.

Na het uitbreken van de oorlog had Branko vanuit Berlijn regelmatig met zijn moeder gebeld, interesse getoond, haar de groeten overgebracht van haar Berlijnse kleinkinderen en haar schoondochter, die ze niet mocht. In het begin belde Branko wekelijks op, daarna dagelijks, de telefoontjes duur-den steeds langer. Hoe groter haar onrust werd, hoe meer Branko's schuldgevoelens aangewakkerd werden omdat hij niet in Kostajnica was om haar te beschermen. Dat hij haar niet – wat dan weliswaar tegen haar wil had moeten gebeuren – naar Berlijn had gehaald. Dat hij Tito's zendeling niet de tekenen des tijds had uitgelegd die de zendeling niet kon of wilde zien.

Ten slotte had Branko er in een gesprek op aangedrongen dat ze bij zijn zus zou intrekken; dat was het laatste wat hij van haar had gehoord. Nadat hij had opgelegd staarde hij naar de binnenplaats, in zijn hemd, want hartje zomer was het snikheet in Berlijn. Een week later waren de verbindingen naar Kostajnica voorgoed verbroken. Branko kreeg in het verre Berlijn niemand meer aan de telefoon.

'Etnische zuivering' was voor zover Branko wist een Servisch begrip, dat algauw in alle wereldtalen overgenomen werd. Maar de zaak zelf was ook in Kroatië bekend. Omdat niemand precies mocht weten wat er in Kostajnica en omgeving gebeurde, zorgde een van de betrokken Kroaten die bij de telefoonmaatschappij werkte ervoor dat de communicatie tussen de stad en de wereld werd lamgelegd.

Branko wachtte een week, staarde zwetend naar de binnenplaats, probeerde nog steeds tevergeefs contact op te nemen met zijn moeder – haar buren kon hij al net zomin bereiken als haar verre familieleden. Daarop tankte hij zijn auto vol en ging op weg. Als hij toen had vermoed dat hij nooit meer naar Berlijn zou terugkomen, had hij de auto bij zijn vrouw gelaten en in ieder geval afscheid genomen in plaats van alleen een afscheidsbrief achter te laten. Zoran – toen eenentwintig – had hem vergezeld. Ze reden 's avonds illegaal over de Sloveense grens en een paar honderd kilometer verder naar Joegoslavië. 's Morgens kwamen ze bij het huis van Branko's moeder aan.

288

Acht jaar lang was Branko er niet geweest. Het huis aan de rand van Kostajnica was afgebrand, zat onder het roet, alleen het konijnenhok stond er nog. Het huis stonk naar verbrand plastic en rubber. Ook het huis van zijn zus een kilometer verderop was leeg. Alles was hier leeg. Het was de zomer van 1991. Er deden geruchten de ronde over kampen waarin Serviërs door Kroaten bijeengedreven waren.

Wekenlang zochten ze samen in de omgeving van Kostajnica naar Branko's moeder, zijn zus en haar gezin. Zoran, die voor de eerste keer sinds zijn jeugd hier was, herkende niets terug. De zomer was nog heter dan op de Berlijnse binnenplaats. Na drie weken waren zijn goedkope zomerschoenen, die hij bij Karstadt aan de Müller Strasse had gekocht, stukgelopen en hij kocht van een soldaat een paar soldatenlaarzen waar de lijkengeur niet echt vanaf viel te poetsen.

Na een zoektocht van weken stuitten Branko en Zoran in het noorden van Bosnië eindelijk op een aanwijzing. Een Kroatische probeerde sieraden te verkopen op de markt van een kleine stad, waar ze met andere Kroatische vluchtelingen na een tegenoffensief van het destijds nog Joegoslavische volksleger uit Kostajnica naartoe was gevlucht. Het was puur toeval – misschien ook geen toeval, maar een teken van God, in wie Branko indertijd nog geloofde – dat Branko tussen de sieraden die op een vuile deken op de grond lagen, een ketting herkende die zijn moeder voor hun vijfde huwelijksdag van zijn vader had gekregen.

Branko kon er niet achter komen hoe de vluchtelinge aan de sieraden van zijn moeder was gekomen. Van een kennis, zei de vrouw eerst. Daarna: van een soldaat. Ze had geld nodig en de soldaat had al weken geen vrouw gehad, en ze speelden trouwdag zonder bruiloft, drie keer die nacht, daarna was hij verder getrokken. Hij had echter geen geld gehad, alleen die ketting, zodat ze nu schraal tussen haar benen was maar nog steeds honger had. Nee, de man was geen echte soldaat. Een lid van een paramilitaire eenheid met fantasieuniformen en fantasieblazoenen en verder ook met veel fantasie hoe ze de Serviërs het best uit het noorden van Bosnië konden verdrijven.

Op die markt had Branko ook Oresković leren kennen. Je zou ook kunnen zeggen dat Branko en zijn zoon waren gerekruteerd door Oresković. Voor de Wolven, die toen net een jaar bestonden. Al snel kwamen ze erachter dat ze gezamenlijke kennissen in Kostajnica hadden – die allemaal vermist werden.

Oresković stelde Branko aan Kovać voor. Er werden twee uniformen voor Branko en Zoran gevonden, en twee kalasjnikovs. Algauw had Kovać een bijzonder geschenk voor Branko in petto.

De Wolven hadden in de omgeving van Prijedor Kroatische paramilitairen aangehouden en in een boerderij opgesloten. Het was de eenheid die de voorstad van Kostajnica had verwoest. De soldaat die de ketting van Branko's moeder had gestolen moest dus een van hen zijn – ook al beweerde niemand zich een amulet te herinneren. Of het huis aan de rand van Kostajnica. Of een oude vrouw, haar dochter, de zendeling van Tito en hun kinderen.

Kovać had de ramen van de boerderij en de toegang naar de kelder laten afsluiten en de ladder naar het dak laten weghalen. Vervolgens liet hij het huis door de Wolven omsingelen – vanaf een behoorlijke afstand, want hij had zo zijn ervaringen opgedaan met drukgolven van handgranaten, waarvoor dertien jaar later in Den Haag meer dan genoeg getuigen zouden zijn. Hij vroeg Branko bij hem te komen en zei: 'Ga je gang', terwijl hij hem een granaat in zijn hand stopte en de pin eruit trok.

Dat was 10 december 1992. De dag waarop Branko voorgoed zijn onschuld verloor. Uit pijn over het verlies. Uit woede en verontwaardiging over de brutale koppen van die mensen die hun triomf mee het graf in wilden nemen, hun triomf dat ze zijn familie hadden gedood.

'Mij kun je doden,' had de Kroatische commandant tegen Branko gezegd. 'Je pijn zal blijven.'

In de akte V 1865/A/1992/VI/B van het tribunaal, een centraal document in de aanklacht tegen de afwezige en voortvluchtige 'Branko', is de getuigenverklaring van de enige overlevende van de vergeldingsactie vastgelegd: Terwijl Branko nog voor het huis aarzelde, trok de commandant van de in het huis vastgehouden Kroatische paramilitairen, van wie alle wapens door de Wolven waren afgenomen, een spijker uit een van de vloerplanken en sneed daarmee, in de wetenschap wat hun te wachten stond, de jongste twee soldaten met een snelle haal de keel door omdat hij hun een snelle dood wilde bezorgen. Daarna vloog de handgranaat door het enige opengelaten raam in het vertrek. De explosie reet de lichamen van tien van de zestien soldaten onmiddellijk uiteen. Vier soldaten overleefden het in eerste instantie, paradoxaal genoeg omdat ze – in de hoop op een zachte dood – te dicht bij het raam waren gaan staan. Maar Branko had de granaat zo hard het vertrek in gegooid dat hij tegen de achtermuur van het vertrek was gevlogen en daar was ontploft. Het geschreeuw van die vier had de latere getuige niet kunnen horen, maar alleen kunnen zien, want door de druk van de granaat waren zijn trommelvliezen gescheurd. Branko zelf was met een kalasjnikov in de deuropening verschenen en had de overlevenden doodgeschoten; vervolgens hadden de Wolven het huis in brand gestoken. De latere getuige van het tribunaal had het alleen overleefd omdat hij bewusteloos onder de lijken van zijn kameraden lag en de brand na het vertrek van de Wolven door buren geblust kon worden voordat het huis helemaal was afgebrand.

29 Peneguy is het wachten in de jeep zat. Hij moet er even uit. Het is al heel lang donker. Jasna heeft geen van de tien sms'jes beantwoord die hij haar gestuurd heeft en ten slotte was ook nog het signaal van haar mobieltje plotseling weggevallen.

Buiten slaat de ijzige kou Peneguy in het gezicht. Overdag in de zon was de temperatuur nog acceptabel, maar sinds zonsondergang bijt de kou zich in dit land vast alsof hij het nooit meer wil loslaten.

Achter hem slaat iemand het portier van de jeep dicht. Peneguy draait zich om. McFayden loopt naar hem toe en geeft hem een kop koffie.

Allebei staan ze precies op de Servische grens, verder mogen ze niet; aan de overkant begint het Servisch grondgebied, elke stap verder zou een schending van de soevereiniteit zijn. Hier ergens zouden Jasna en Branko de grens moeten oversteken, misschien vijf kilometer verder zuidelijk, misschien vijf kilometer verder noordelijk, nauwkeuriger kon McFaydens team de plek niet bepalen. Achter hen wachten de drie voertuigen, de zoeklichten zijn al gemonteerd. Een paar keer hebben ze de vlakte voor hen al afgezocht. Tevergeefs natuurlijk.

McFayden en Peneguy mogen blij zijn dat tot nog toe niemand hen heeft ontdekt. Want dit deel van Bosnië-Herzegovina wordt bewoond door Serviërs die het gevoel hebben in de verkeerde staat te wonen en die het liefst gisteren nog door Servië waren geannexeerd. Kovać en de Wolven hebben ook hier een goede reputatie. Eén verkeerde observeerder met het juiste mobiele nummer en Jasna's achtervolgers zouden gewaarschuwd zijn.

Waarom komt ze niet, denkt Peneguy. Waar wacht ze op?

'Wat doen we nu?' vraagt Peneguy.

'Wachten,' zegt McFayden. 'Geef de moed niet op.'

30 Begić zit in zijn uitkijkpost en zoekt met zijn Frontsniper de hoogvlakte af. Van het westelijk front geen nieuws. In het oostelijk front alles bij het oude. In het noordelijk front eveneens, al uren. In het zuidelijk front, achter hem, ligt de boerderij, daar zullen ze niet naar terugkeren.

Op een bepaald moment zullen ze vannacht de hoogvlakte oversteken. Hier zal vannacht ons lot worden beslist, denkt Begić, het lot van de Wolven.

De adrenaline pompt bij Begić nog steeds de illusie van warmte door de aderen, maar ondanks zijn training kan hij niet eeuwig wakker en geconcentreerd hier zitten. Begić zet de bewegingsmelder van de Frontsniper aan – als er aan het front iets gebeurt, zal het rode led-lichtje hem waarschuwen.

Hij haalt een ampul cafeïne uit zijn jaszak en slaat hem achterover. Het spul is het enige wat echt tegen de vermoeidheid helpt. Begić heeft lang geaarzeld of hij de derde ampul ook zou openmaken, want de mix van adrenaline en cafeïne is voor een scherpschutter gevaarlijk: vanaf een bepaald punt ontstaat de dosering waarbij de handen beginnen te trillen en het hoofd per se actie wil. Er komt een moment dat je met je Dragunov alleen nog maar op een willekeurig hart wilt schieten tot je rustig bent. En dat punt is bijna bereikt.

Begić trekt de veel te dunne handschoenen uit en probeert zijn halfbevroren vingertopjes nieuw leven in te blazen. De thermometer in de koffer van de Dragunov SVDS geeft bijna zestien graden onder nul aan. De lucht heeft in deze nacht geen weet van wolken en ongehinderd valt een kosmische kou op de aarde neer.

Toen een paar uur geleden duidelijk was dat Jasna en Branko zich hier ergens verborgen moesten houden en de nacht afwachtten voor ze verder vluchtten, had Stavros twee van zijn mensen naar de boerderij teruggestuurd om de donzen slaapzakken te halen en de twee warmtebeeldkijkers. Na een uur waren ze allebei weer terug met warme koffie en de slaapzakken. Nu zitten de Wolven rond de hoogvlakte, zonder vuur, volgepompt met cafeïne en met de slaapzakken om hun schouders geslagen.

Het rode led-lichtje knippert.

Adrenalinekick. Actie.

Begić haalt diep adem. Hartslag temperen, handschoenen aantrekken zodat de vingers niet aan de trekker vastvriezen, vingers om de trekker leggen, met de andere hand de veiligheidspal omzetten en het doel in het vizier nemen.

Een klein hart, ter grootte van een walnoot, klopt donkerrood tegen een in het zwart wegvallende achtergrond van oranje en geel. De trekker van de Dragunov en Begić' wijsvinger beginnen al te flirten. Twee millimeter en... Fuck!

Alsof hij Begić bewust wilde provoceren, huppelt de haas met het walnootgrote hart over de in het maanlicht neon-

blauw bloeiende laag sneeuw naar een bevroren struikgewas.

Dat was de actie.

Begić beheerst zich. Hij zet met zijn linkerhand de veiligheidspal terug, haalt zijn rechterwijsvinger van de trekker en
wrijft in zijn ogen.

Helder blijven, denkt hij. Je hoofd uitschakelen en alert
blijven. Zoals je dat geleerd hebt. Op een bepaald moment
komen ze! En als ze komen, pak je ze.

31 Jasna haalt het mobieltje uit haar zak. De accu is
bijna leeg en hier heeft ze geen bereik. De pijn is weer
terug en verscheurt haar handen. Ze besluit geen morfine te
nemen, want ze moet helder kunnen denken.

'Laten we gaan,' zegt ze en ze staat op.

Maar Branko houdt haar tegen. Hij haalt een cassette uit
zijn jaszak en geeft hem aan haar. 'Dit is de videoband uit
Višegrad,' zegt hij. 'Breng hem naar Den Haag.'

'Nee,' zegt ze. 'Hou hem, dat doen we samen. We gaan nu
naar buiten, we zullen snel zijn, we gaan niet over de hoogvlakte, want daar wachten ze op ons. We blijven aan de rand
van het bos en zoeken tussen de bomen beschutting. We over-
winnen die vijfhonderd meter en daarna wordt het makkelijker. Kom. Nu.'

32 Tussen de bomen beweegt iets. Daar was ik net, denkt
Stavros, waarom heb ik ze niet gezien? Twee rode
harten, vuistgroot, kloppen op het warmtebeeld. Ze zijn te
ver weg om hem te kunnen horen.

Stavros geeft de positie door en wacht.

'Zie je ze?' vraagt hij Begić via de portofoon.

Begić antwoordt heel kort, want het schot wordt moeilijk voor hem, heel moeilijk. Het zicht is slecht, de schootslijn is niet vrij en bovendien moet hij zijn ademhaling beheersen, dus is het beter niet te praten en zich te concentreren.

Stavros geeft de andere Wolven het bevel zich niet te bewegen, want Begić heeft een vrij schootsveld nodig. Dus moeten ze wachten, de eigen positie niet verraden en de twee niet laten schrikken.

Maar wie van de twee is Jasna? Wie is Branko? Op het warmtebeeld is het lastig te zien. Begić zou ze allebei in het vizier kunnen nemen, maar Branko heeft prioriteit. Daarom heeft Begić hulp nodig. Hij mag de twee niet uit het oog verliezen en kan de Frontsniper nu niet omwisselen. Maar Stavros heeft zijn warmtebeeldkijker voor een nachtkijker omgeruild.

'Branko is de achterste,' fluistert Stavros in de portofoon. 'Twee schoten,' zegt hij tegen alle Wolven. 'Begić krijgt twee schoten, dan moeten de anderen eropaf. Want dan is de slotfase van de jacht geopend.'

Maar ineens zijn ze allebei weg.

Stavros legt de nachtkijker opzij en kijkt weer door zijn warmtebeeldkijker. Ver kunnen ze niet zijn. Toch ziet Stavros alleen grijs en zwart. Begić heeft hetzelfde probleem.

'Ik ben ze kwijt,' zegt hij in de portofoon.

'Wachten,' zegt Stavros. 'Wie ziet ze?'

Stilte.

'Wie heeft ze?' vraagt Stavros, rustig, zonder zenuwen, want hij is er zeker van dat de twee hem moeten passeren; tenslotte gaat achter hen de helling naar beneden.

Een van de Wolven heeft ze ontdekt. Stavros en Begić krijgen de coördinaten door. Een ogenblik nog en dan heeft ook Stavros ze weer in het vizier. Ze waren alleen maar achter een rots verdwenen en zijn nu weer opgedoken tussen de bomen aan de rand van het bos.

Twee rood kloppende, vuistgrote harten, en – nog beter omdat ze niet door een jas worden gedempt – twee warme hoofden die door de ijskoude grijszwarte nacht donkerrood gloeien.

'Heb je ze, Begić?' vraagt Stavros door zijn headset.

33 In eerste instantie merkt Jasna het schot niet op, want een schot uit een precisiegeweer is sneller dan zijn eigen geluid. Alles wat ze hoort is een kort gefluit en gekraak in de boom achter haar, een brekende tak waarnaar ze net omkijkt als de knal haar bereikt. Ze krimpt ineen, duikt intuïtief weg en kijkt achterom naar Branko, die nog geen twee meter achter haar loopt. Het schot was voor hem bedoeld, want het heeft de boom naast hem op ooghoogte geraakt. Ook Branko is intuïtief weggedoken toen hij het schot hoorde. Net als Jasna wil zeggen dat hij moet opschieten, hoort ze nog een gefluit, kort en zacht, en ze ziet Branko naar zijn arm grijpen en hoort dat Branko zijn pijn en zijn verrassing uitschreeuwt, maar zich meteen weer beheerst en alles in de explosie van het tweede schot stopt.

Branko zakt in elkaar. In het donker is hij zelfs voor Jasna, die bijna naast hem staat, nauwelijks te zien. Ze pakt hem, zoekt dekking maar ze moeten blijven bewegen; ze mogen in geen geval toegeven aan hun impuls te gaan zitten.

'Door, door, door,' zegt ze omdat ze denkt dat Branko's

hoofd te versuft is door de pijn en dat zij nu de leiding moet overnemen.

Het is niet de eerste keer in haar leven dat Jasna wordt beschoten, maar toch breekt in haar een fundamentele, nauwelijks te beheersen paniek uit, die haar, als ze niet oppast, kan verleiden fouten te maken. Ze moet zichzelf dwingen helder te denken en zich niet door angst laten leiden. Elk moment verwacht ze nog een schot. Ze weet dat ze die zware, veel te langzame man verder moet slepen; de misschien nog tweehonderd meter naar de andere kant van de open plek lijken haar eindeloos.

Branko legt zijn hand op haar bovenarm. Ze moet diep ademhalen, zegt hij, anders gaat ze hyperventileren, en hij trekt haar met zich mee. Want volledig tegen haar verwachting in is Branko rustig en helder. Hij is iemand met veel meer gevechtservaring dan Jasna en hij weet dat hij een kans heeft. Want als hij niet nog een inslag hoort, weet hij dat Begić alleen niet schiet omdat het zicht voor hem te slecht is en hij zijn eigen mensen zou kunnen raken, die hen nu ongetwijfeld over het veld achternazitten. Bovendien heeft Begić geen geluiddemper gebruikt, wat alleen kan betekenen dat hij te ver van hen vandaan is. Scherpschutters gebruiken geluiddempers alleen wanneer hun doel zo dichtbij is dat ze de fijne afwijkingen die een geluiddemper voor de kogelbaan betekent, kunnen negeren.

Dus trekt Branko, de veteraan, Jasna met zich mee; hij zoekt beschutting waar die zich aanbiedt, wisselt het tempo af, bukt zich, rekt zich dan weer uit. Want Begić zal, zodra hij weer een vrij schootsveld heeft, op hun hoofden schieten, die hij door zijn warmtebeeldvizier – dat hij in het donker zeker zal gebruiken – het best kan zien.

Na een paar meter is Jasna weer rustiger. Als Branko ver achter hen het gestamp van zeven hen achtervolgende mannen hoort, weet hij dat hij het nu riskeren moet. Nu is het schootsveld van Begić door zijn eigen mensen definitief geblokkeerd en als ze rennen, kan hij hen moeilijker raken. Dit is het moment waarop Branko en Jasna de open plek moeten oversteken.

Branko bukt, stopt sneeuw onder hun mutsen en trekt ze tot hun nek naar beneden. Op die manier zal hij een warmtebeeldvizier niet lang om de tuin kunnen leiden, maar voor de volgende beslissende twee minuten zal hij het Begić op zijn minst moeilijker maken om hen in het vizier te krijgen.

Ze zetten het op een lopen.

34 De technicus roept McFayden en Peneguy bij zich. Hij ontvangt plotseling weer een gsm-signaal, ze kunnen dus niet al te ver weg zijn, een paar kilometer noordelijker. Langzaam beweegt het signaal over de vergroting van de landkaart op het beeldscherm van de laptop.

'Ze vluchten,' zegt de technicus.

Onmiddellijk zet McFayden het kleine konvooi in beweging, naar het signaal toe. Ze zien af van zwaailicht, en alleen de voorste van de drie wagens heeft zijn koplampen aan. McFayden wil niet opvallen.

Hij en Peneguy zitten naast de technicus, die ongeveer kan berekenen in welke richting Jasna beweegt. Jasna vlucht over een hoogvlakte van het nationaal park Tara door dicht bos naar de Drina. De mogelijkheden om daar te komen zijn beperkt, want de heuvels gaan aan de noordelijke kant steil naar beneden, te steil om daarlangs te gaan. Als Jasna deze richting blijft aanhouden, zal ze hen maar een paar kilometer hiervandaan tegenkomen.

'Tien minuten. Dan zijn we er,' zegt McFayden tegen Peneguy.

Hopelijk blijven ze het signaal ontvangen. Hopelijk houdt de accu het.

'Hebben we ze nog?' vraagt McFayden.

'Ja,' zegt de technicus.

Alsof het alleen maar een kwestie van een accu of een stabiel signaal is, denkt de technicus.

35 Branko en Jasna zijn over de open plek ontkomen en in het dichte kreupelhout van het bos verdwenen – dit is een nationaal park en niet het netjes gesnoeide stadspark van Belgrado. De Wolven zitten hen op de hoogvlakte achterna, het is misschien nog maar vijftig meter naar de rand van het bos. Terrein winnen, jagen en doden – zoals in hun gouden jaren voor Omarska, Sarajevo of Višegrad, maar dit keer rennen ze voor hun eigen hachje.

Ver kun je niet zijn, oude man, we zitten je op de hielen, je adem piept zo hard dat we je over een paar meter kunnen horen.

Stavros verdeelt zijn mensen. Een paar naar links, een paar in de richting van de helling. De mannen hangen hun kalasjnikovs op hun rug, want dit hier gaat meer een klus voor handvuurwapens worden – met een close-up van Branko's stervende ogen, veel beter dan de verre, geluidloze buiteling na een afstandsschot.

Begić demonteert zijn Dragunov – twee, drie handgrepen; hij hoeft er niet eens bij te kijken, want hij staart naar het bos, woedend dat Branko hem heeft misleid. Dan stopt hij zijn schatje in de koffer, hangt hem om en begint te rennen.

In het bos is het veel donkerder dan buiten op de hoogvlakte; de sneeuw op de takken boven hen houdt het maanlicht tegen. Maar geen zaklampen, ze willen geen makkelijk doelwit vormen. Bovendien hebben ze geen licht nodig. Stavros heeft hun sporen in de sneeuw allang gevonden. Dadelijk zijn ze hen zo dicht genaderd dat ze hun adem zullen horen.

Het lemmet van Stavros' mes is zwart gemaakt en absorbeert de paar stralen van de maan die langs de met sneeuw beladen takken glippen. Stavros, het lachebekje, glimlacht in zichzelf.

Laten we dansen, oude man! Vlak bij elkaar. Ik wil je stervende ogen zien.

36 Zijn linkerarm bungelt naast zijn lijf. Branko kan hem niet meer bewegen, vanaf zijn vingers tot aan zijn bovenarm heeft hij geen gevoel meer. Op de open plek heeft Branko tijdens het rennen de linkermouw van zijn jas, die al nat van het bloed was, over zijn hand getrokken en het uiteinde tussen zijn riem en broek gestopt. Het was de enige manier om zijn arm te fixeren, die hem bij het lopen anders alleen maar gehinderd had.

Hij heeft geen tijd om de bloeding te stoppen, dat weet Branko. Nu ze levend over de open plek zijn gekomen, mogen ze hun voorsprong niet kwijtraken en het is moeilijk genoeg om door het dichte kreupelhout te komen.

Branko blijft haken aan een braamtak, struikelt en valt. Jasna bukt zich naar hem om hem overeind te helpen. Moeizaam komt hij omhoog en stopt de mouw weer achter de broeksband.

'Doorgaan,' zegt hij. 'Kun jij vooroplopen?'

Hij wil niet dat ze zijn zwakte ziet. Hij weet dat hij het niet lang meer zal volhouden. Steeds weer voelt hij zich misselijk worden en hij vecht tegen de bewusteloosheid: het bloedverlies is te groot. De pijn verspreidt zich over zijn hele bovenlichaam. Hij zal in dit bos sterven, dat weet hij, maar hij weigert eraan te denken. Want het is zijn opdracht zijn dochter hier weg te krijgen. Daarom is hij blij dat ze in het donker niet kan zien hoe het met hem gaat.

Na een paar meter hebben ze de braamstruiken achter zich gelaten. Nog een stuk verder wordt het bos dunner en komen ze sneller vooruit.

Jasna hoort Branko hijgen. Hier pas, waar het iets lichter is, ziet ze dat Branko wankelt en niet meer rechtop kan lopen. Hier pas ziet ze de met bloed doordrenkte mouw – maar de werkelijke ernst van zijn verwonding heeft ze nog niet begrepen.

Branko grijpt in zijn binnenzak, haalt de videoband eruit en geeft hem aan haar. Ze moet hem naar Den Haag brengen, daarmee zal ze Kovać ook zonder zijn getuigenverklaring te pakken kunnen krijgen. Hij wil haar nog zoveel zeggen, maar Branko wil nu niet praten, ze moeten doorlopen. Hij zal haar nog een stuk op weg helpen, dan zal hij haar de weg uit het bos wijzen, uit het nationaal park Tara; nog even en ze zal de Bosnische grens bereiken. Hij zal hier achterblijven. Dat hij zijn dochter vlak voor zijn dood mocht terugzien, is het grootste geschenk dat hij ooit heeft gekregen.

Ik verdien het niet, denkt hij. Niet meer praten, ik moet

mijn krachten sparen, ik moet haar nog een eindje op weg helpen, anders zal ze de weg niet vinden.

Jasna stopt de videoband in haar zak, verontrust dat hij hem nu aan haar geeft, zo kort voor het einddoel. Ze grijpt hem om hem te ondersteunen, want Branko wankelt alleen nog maar.

'Je moet volhouden,' zegt ze. 'We zijn er zo en dan...'

'Je moet die band naar Den Haag brengen,' zegt hij. 'Beloof het me!'

'Het is niet ver meer,' zegt ze, 'dan zal een arts voor je verwondingen zorgen. Ik haal je hier weg.'

Ze rennen verder, Jasna moet haar vader bijna dragen. Maar ze komen vooruit.

Het is een geschenk, denkt Branko steeds opnieuw. Ik verdien het niet.

37 Boven Begić en Stavros hangt dicht, met sneeuw bedekt naaldbos, zo dicht dat de sneeuw de bevroren bodem nauwelijks bereikt. Misschien honderd meter bergopwaarts kunnen ze de voetafdrukken volgen, maar verder naar boven loopt het spoor van Jasna en Branko definitief dood tussen de rotsen en de losse stenen. Er is niets te horen; waarschijnlijk zijn Jasna en Branko toch verder dan Stavros en Begić dachten.

Ook de headset heeft geen goed nieuws. Niemand van de Wolven heeft Branko gezien, geen spoor, niets.

Dit levert niets op, en Stavros en Begić besluiten te splitsen. Begić zal over de rotsen naar beneden klimmen. Branko kent deze omgeving op zijn duimpje, misschien kent hij een of ander pad langs de helling naar de rivier waar wij geen weet van hebben.

Stavros wil verder naar boven. Weliswaar wordt het bos daar nog dichter, maar misschien willen ze zich door het struikgewas slaan.

38 Het konvooi stopt vlak voor de Drina. Dit hier is de grens, aan de overkant van de rivier begint Servië. McFayden laat de EUFOR-soldaten uitstappen en hun kogelwerende vesten aandoen. Ook de vijf scherpschutters maken zich gereed en monteren hun telescoopvizier op hun geweer. Twee soldaten zetten de zoeklichten op. McFayden stopt Peneguy een kogelwerend vest in zijn hand.

Het team van McFayden is het signaal van Jasna's gsm een paar minuten geleden definitief kwijtgeraakt, maar uit haar beweging viel behoorlijk nauwkeurig op te maken dat Jasna aan de overzijde van de Drina uit het bos zal komen.

De soldaat zet de zoeklichten aan, en terwijl Peneguy het kogelwerende vest aantrekt kan hij zich een beter beeld van de omgeving aan de andere oever vormen: een uitgestrekte vlakte die steil omhoogloopt, ongeveer honderd meter hoger begint het bos, open, hoog en door meerdere herfststormen uiteengescheurd.

39 Jasna kan niet meer. Branko is te zwaar voor haar, ze kan hem niet dragen. In het begin had hij nog mee kunnen helpen, maar steeds weer raakte hij bewusteloos, en Jasna moest hem door het bos slepen. Op de momenten dat hij weer bijkwam gaf hij haar aanwijzingen welke weg ze moest nemen en zei hij tegen haar dat ze hem moest achterlaten. Eerst was ze daartegenin gegaan, maar het praten kostte haar te veel kracht en haalde niets uit. Want Branko had haar van zich af geduwd en zich gewoon laten vallen. Jasna probeerde hem nog tegen te houden, maar Branko trok haar steeds mee naar beneden en smeekte haar hem te laten liggen.

Maar dat wilde Jasna in geen geval. Ze wist hem nog een keer omhoog te sleuren en merkte toen pas dat Branko's arm verdraaid aan zijn lichaam hing – zijn handpalm wees naar buiten – en dat hij hem niet meer kon bewegen. De hele linkerkant van zijn jas zat vol bloed, en toen ze zijn jas opentrok om de wond te bekijken was ze meteen misselijk geworden. Het schot van Begić had niet alleen zijn aders maar ook het bot van zijn bovenarm uiteengereten, een versplinterd gewricht stak uit de wond. Jasna begreep eigenlijk niet hoe Branko met die wond nog zo ver had kunnen lopen. Ze zou hem hier moeten achterlaten, zoals hij van haar verlangde, maar dat kon Jasna niet over haar hart verkrijgen. Dus sleepte ze hem tegen zijn wil verder met zich mee.

Maar nu is het haar duidelijk dat het zo niet gaat. Ze legt Branko op de grond, zo voorzichtig mogelijk, maar het laatste stukje moet ze hem laten vallen, want hij is te zwaar en ze heeft geen kracht meer om hem vast te houden. Daarna knielt ze naast hem. De klap heeft hem uit zijn bewusteloosheid gerukt. Als hij probeert te praten is het zo zacht dat Jasna haar oor vlak bij zijn lippen moet houden om hem te kunnen horen. Branko spreekt Servo-Kroatisch tegen haar, even maar, dan schakelt hij over op Duits. Hij verraadt haar de ligging van het Kovać-veld dat nu vanuit elk vliegtuig te zien is en hij wil dat ze het pistool uit zijn jas pakt en meteen verdergaat; samen met hem is ze te langzaam.

Het pistool zit onder het bloed. Nauwelijks houdt ze het

in haar hand of ze hoort dat er iemand achter haar moet zijn. Ze kijkt om maar kan nog niemand zien en hoort alleen het zachte gekraak van voetstappen. Ze moet hier onmiddellijk weg, anders wordt ze samen met Branko doodgeschoten. Ze kijkt Branko een laatste keer aan, even maar – het laatste moment dat ze hem levend ziet.

40 Stavros dacht eerst dat hij verkeerd zat en dat Begić Jasna en Branko verder naar beneden bij de helling zou vinden. Want het kreupelhout hierboven was bijna ondoordringbaar; het bleef voortdurend aan de kleding vastzitten en hield alleen maar op. Niemand die hier de weg kende en op de vlucht was, zou daar vrijwillig doorheen willen. Toen Stavros uiteindelijk bij de braamstruiken kwam zonder een spoor van Jasna en Branko te vinden, wilde hij definitief omkeren. Om zich te oriënteren en omdat hij er zeker van was dat er niemand in de buurt was, deed hij zijn zaklamp aan – en deed hem meteen weer uit.

Want in de braamstruiken hingen repen stof van een jas, bebloed, en iemand had de takken met een stok opzij geslagen om erdoorheen te komen. Het was voor Stavros duidelijk dat hij ze zo zou hebben, ver konden ze niet zijn als ze zich door dit struikgewas een weg moesten banen.

Stavros bracht Begić en de andere Wolven via de portofoon op de hoogte en trok de headset van zijn hoofd, want hij was er zeker van dat hij zo dicht bij Jasna en Branko was dat hij ze dadelijk zou kunnen horen. Daarop pakte hij een tak en volgde zo zacht mogelijk het al gebaande pad door de braamstruiken.

Toen hij de braamstruiken achter zich had gelaten, was

het nog makkelijker. Een stuk voor hem werd het bos opener, het maanlicht viel tot op het ijskoude, hier en daar met sneeuw bepoederde gebladerte. Even later vond Stavros het pad dat Branko gezocht moest hebben en waarvoor hij de weg door het kreupelhout op de koop toe genomen had. Het pad leek in de richting van Bosnië te gaan.

Voordat Stavros het pad volgt, geeft hij nog een keer zijn coördinaten door en trekt zijn pistool. Hij hoeft niet ver te lopen voor hij op Branko stuit. Diens linkerarm is ongewoon verdraaid en steekt van zijn lichaam af. Branko beweegt zich niet, de mouw van zijn jas is opengesneden, zijn arm zit onder het bloed.

Begić heeft hem geraakt, denkt Stavros en hij kijkt om zich heen. Van Jasna is niets te zien.

Met het pistool in zijn hand loopt hij op Branko af, wantrouwig, want hij weet nog niet wat hij van de situatie moet denken. Het zou ook een val kunnen zijn. Het warme bloed, dat nog uit de wond in Branko's arm loopt, laat de sneeuw onder hem smelten.

Stavros geeft hem een schop.

Branko draait zich naar Stavros toe alsof het hem zijn laatste kracht kost.

Stavros kijkt nog een keer om zich heen, maar van Jasna is niets te zien. Hij knielt naast Branko neer. 'Waar is ze?' vraagt hij.

Een glimlach glijdt over Branko's gezicht, een provocatie waar Stavros niet tegen kan. Dan bewegen Branko's lippen, hij hijgt meer dan hij spreekt. Stavros buigt zich verder naar hem toe, de ogen van beiden zijn niet meer dan twintig centimeter van elkaar vandaan maar Stavros kan hem nog steeds nauwelijks verstaan.

'Denk aan Zoran als je sterft,' fluistert Branko.

Meteen kijkt Stavros op. Maar hij ziet niets, hoort niets. Jasna is weg. Hij weet het zeker, anders zou ze precies op dit moment zijn opgedoken.

Stavros laat Branko los. Hij kan niet tegen Branko's glimlach en zet het pistool onder diens kin, schiet hem door zijn hoofd en kijkt hem daarbij aan alsof hij een laatste keer van zijn ziel wilde proeven.

41 Vlak voor de braamstruiken hoort Begić het schot. Snel nu. Hij praat in zijn headset, dirigeert de Wolven hierheen. Maar de Wolven hebben het schot al gehoord en zijn al in de buurt.

Begić is er het dichtstbij. Hij haalt de koffer van zijn Dragunov van zijn schouder en schuift hem voor zich uit door de braamstruiken.

Waarom laat Stavros niets van zich horen?

42 Omdat Jasna op nog geen drie meter afstand van Stavros staat en Branko's pistool op hem richt. 'Gooi je wapen weg,' zegt ze, 'en wel ver weg, of ik schiet meteen.'

Stavros heeft haar niet horen komen, hij zit boven op de dode Branko. Hij vraagt zich een ogenblik af waar Begić en de andere Wolven nu zijn. Ver kunnen ze niet zijn, zoveel is duidelijk. Het is maar een kwestie van minuten tot ze hier zijn, denkt hij.

'Oké,' zegt hij en hij gooit zijn pistool op het pad enkele meters van hem vandaan.

'Sta op,' zegt Jasna.

Een paar minuten maar, denkt Stavros.

Hij staat op en steekt zijn handen uit zichzelf omhoog, een sussend gebaar.

Jasna had vanuit haar schuilplaats achter een struik Stavros zien aankomen. Branko's pistool was plakkerig van het al geronnen bloed, en zo stil en vlug mogelijk had ze het bloed van het pistool gewreven.

Ze zet een stap naar Stavros en ziet de headset in Stavros' jaszak. Hij heeft ze geroepen, denkt ze, dadelijk zijn Begić of de anderen hier.

Deze man heeft mijn broer gedood. Deze man heeft mijn vader gedood. Deze man heeft mij gemarteld. Als ik hem meeneem, ben ik te langzaam. Als ik hem vastbind, ben ik te langzaam. De Wolven zijn dadelijk hier. Ik moet de video naar Den Haag brengen.

Jasna vuurt.

Er gebeurt niets.

Stavros aarzelt geen moment. Hij heeft meteen begrepen wat er aan de hand is. Het pistool heeft een aanvoerstoring, dat is zijn kans, misschien zijn enige. Hij trekt zijn mes.

Jasna vuurt nog een keer.

Weer gebeurt er niets; het bloed is in het wapen gelopen en daar opgedroogd.

Stavros stuift op haar af en beukt zijn vuist, waarin hij het mes heeft, in haar gezicht.

Jasna glijdt uit en slaat tegen de grond. Meteen is er de smaak van bloed.

Stavros springt haar achterna en ramt het mes in haar arm alsof hij haar daarmee in de grond kan vastspijkeren.

De pijn schiet naar haar hersenen, woelt daar rond en wist in één klap alles uit wat menselijk aan haar is. Zijn gezicht hangt vlak boven haar. Ze kijkt hem in zijn ogen. Jij sterft of ik sterf.

Stavros wil zijn mes weer met een ruk uit haar arm trekken. Maar hij is te traag, veel te traag, en te onoplettend. Even let hij niet op Jasna's andere hand waarin ze het pistool heeft dat ze nu tegen zijn slaap houdt.

Ze ziet de angst in zijn ogen, en dat geeft haar de kick die ze nodig heeft; een overdosis adrenaline verjaagt de dood uit haar.

Stavros grijpt haar hand.

Jasna vuurt.

Weer gebeurt er niets.

Stavros krijgt haar hand te pakken. Hij draait hem weg, zijn blik strak op haar gericht. Zweet en kwijl lopen over zijn gezicht.

Dan maakt hij een fout, want even kijkt hij opzij en Jasna bijt hem in zijn gezicht. Stavros verliest zijn evenwicht, heel even wankelt hij, maar Jasna krijgt haar arm weer los en zet het wapen tegen zijn hoofd. Hij kijkt haar verward aan en ze ziet de dood al in zijn ogen voordat ze schiet.

Onmiddellijk zakt Stavros boven op haar in elkaar, zijn voorhoofd valt op haar gezicht, ze kan nog net haar hoofd ver genoeg opzij draaien zodat hij niet de tanden uit haar mond slaat.

Het duurt haar veel te lang voor ze hem van zich af heeft geduwd. Het schot heeft zijn schedel uiteengeslagen, hersenen en bloed druipen van haar af.

Eindelijk kan Jasna hem opzijschuiven. Ze laat haar wapen los, pakt het mes dat in haar bovenarm steekt, schreeuwt – en trekt het eruit.

Op een of andere manier weet ze overeind te komen, ze wankelt verder en veegt onder het lopen haar gezicht af.

Dan zet Jasna het op een rennen.

43 Sinds Begić het eerste schot heeft gehoord is hij voorzichtiger; hij beweegt langzamer en zoekt dekking tussen de bomen. Zodra hij door de braamstruiken heen was, had hij zijn Dragunov weer in de koffer gestopt – hier tussen de bomen was het toch niet het geschikte wapen. In plaats daarvan haalt hij nu zijn 9mm-Makarov uit de holster, twaalf patronen, een Russisch legerpistool, dat de vriendschap van de proletarische broederstaten het Joegoslavische leger ooit heeft opgeleverd. Hij kan niet zien wat er verderop op het pad gebeurt en Stavros heeft na het tweede schot niets meer van zich laten horen.

Ver kunnen ze niet meer zijn, en Begić was net al dicht genoeg bij Jasna en Stavros om te kunnen inschatten dat het tweede schot van heel dichtbij werd gelost. Want een contactschot veroorzaakt een karakteristiek gedempt geluid. Weliswaar heeft zowel het menselijk als het dierlijk lichaam niet de werking van een geluiddemper, maar toch absorberen ze een groot deel van het geluid van een schot voordat het zich echt kan voortplanten.

Nu hoort hij het geschreeuw van Jasna. Ook dat geluid kent hij: het schrille moment waarop mensen zichzelf verliezen en het zwaargewonde dier in hen zijn pijn uitbrult. Begić weet dat hij van dat moment gebruik moet maken – ik moet snel zijn en ze zal me niet opmerken, omdat ze gevangen zit in haar pijn.

Begić gaat voor alles of niets en begint te rennen zonder

verder te letten op dekking of op het lawaai dat hij al rennend maakt. Na een paar meter ziet hij twee mannenlijken op de grond liggen. Branko, en vlak daarnaast Stavros. Zijn halve gezicht is weggeschoten, de hersenmassa loopt nog steeds uit zijn schedel.

Onwillekeurig zoekt Begić dekking en hij hurkt neer. Dan komt hij weer in beweging en een stuk verderop vindt hij Stavros' legermes, onder het bloed.

Begić houdt een ogenblik zijn adem in – ze moet voldoende dichtbij zijn om haar te kunnen horen, dat weet hij zeker. Hij weet dat ze een pistool heeft en als hij niet oppast, eindigt hij net als Stavros. De nabijheid van de dood geeft hem een kick, alles om hem heen wordt intenser, scherper, boven hem ruisen de bladeren in een zachte bries, die hem nu ook hierbeneden bereikt, en onder de bevroren bladeren dampt de schimmelige, rottende bosgrond. Geluiden, geuren – elementair. Nu moet hij niet bewegen, maar stil blijven staan, zelf geen geluid maken en alert blijven.

Hij hoeft niet al te lang te wachten, dan ziet hij haar: niet ver voor hem beweegt ze snel het bergpad af, naar beneden door het bos naar de Drina, naar de Servisch-Bosnische grens.

Schieten of rennen?

Zijn Makarov zoekt Jasna als vanzelf. Maar het schootsveld is slecht. Als hij zou schieten, zou het enige resultaat zijn dat ze op hem werd geattendeerd.

Begić rent haar achterna.

44 Jasna omklemt met haar ene hand de video, in haar andere heeft ze het pistool. Uit de wond in haar bovenarm vloeit het bloed in steeds nieuwe golven, want

Jasna rent zo hard ze kan en jaagt haar hartslag steeds verder omhoog. Ze weet dat een van de Wolven dadelijk achter haar zal zitten. Ze heeft hem net via Stavros' headset gehoord. Maar wie is het? Begić?

Door haar eigen gehijg hoort ze niet wat er achter haar gebeurt, maar ze moet nu weten of ze al achter haar zijn. Het pad gaat steil bergaf en is deels met een ijslaag bedekt. Jasna zou beter moeten opletten waar ze haar voeten zet, maar het pad gaat de volgende meters alleen rechtuit en mocht Begić achter haar zitten, dan is ze een gemakkelijk doelwit. Jasna houdt het niet meer uit, ze moet achteromkijken.

Ver achter haar ziet ze hem. Het is Begić. Het is absoluut Begić. De paniek slaat toe. Als ze nog een keer omkijkt, glijdt ze uit, glibbert de helling af, ongeveer twee meter, ze zoekt houvast, laat het pistool los, dat in het kreupelhout verdwijnt. Maar Jasna heeft de video, dat is het enige wat telt.

Kom overeind!

Ze staat op, ze ziet hem.

Natuurlijk is hij dichterbij gekomen. Als ik nu naar het pad terugga, heeft hij me.

Jasna baant zich een weg door het kreupelhout, wringt zich door het struikgewas, merkt niet eens hoe de takken in haar gezicht slaan. Ze voelt de video in haar hand, al het andere kan haar geen zier schelen.

Jasna kijkt achterom en ziet niets behalve takken. Misschien is hij me in het donker kwijtgeraakt, denkt ze. Behalve haar gejaagde adem en het puin dat ze los trapt, hoort ze helemaal niets meer. Weer glijdt ze uit, ze valt, laat de video niet los en staat weer overeind.

Het kreupelhout wordt dunner. Loofbos, het is veel opener, het maanlicht doet romantisch aan.

Shit.

Jasna ziet hem nu weer achter zich. Veel dichterbij. Naast haar splintert hout, en nog een keer. Twee schoten uit zijn Makarov. Drie, vier...

Goed dat ze valt.

45 Voor haar gaat het bos over in een uitgestrekte vlakte, net als de steile helling waar Jasna vanaf glibbert. Plotseling – fel en op enige afstand – vlammen lichtflitsen het bos in.

Seinen!

Steeds heel kort, want Jasna moet een signaal krijgen en niet als schietschijf voor haar achtervolgers dienen. Ineens spoelt het geluk een of andere chemische stof door haar lichaam, die ze bitterhard nodig heeft om de laatste meters af te leggen. Want daarginds is het doel, het eind van het bos, de vlakte – zoals Branko gezegd heeft. Daarachter ligt de Drina, de Bosnisch-Servische grens. Peneguy.

Ze geven me seinen!

Jasna kijkt om. De lichtflitsen raken de boomstammen achter haar en om haar heen, en laten die eruitzien als een zwart netwerk van aderen tegen een witte achtergrond. Waar is Begić? Ze ziet hem niet. Hij moet toch ergens achter haar zijn, maar waar?

Opletten nu, laat je niet meeslepen, blijf alert. Laat op het laatste stuk niet alles in het honderd lopen!

Ze zoekt Begić, maar ziet hem nog steeds niet. Hij is hier ergens, maar waar? Als de lichtsignalen even stoppen, sprint ze ervandoor, zo snel ze kan naar de vlakte toe. Vergeet Begić, hij is net zo verblind als jij en kan niet zuiver richten.

De volgende lichtflitsen slaan in en Jasna duikt weer achter een boom. Het is misschien nog tweehonderd meter naar de Drina – een open veld tussen het bos en de rivier. Langs de Bosnische oever wachten drie witte militaire EUFOR-voertuigen, op de achterste zijn de zoeklichten gemonteerd die het bos in schijnen. Naast de voertuigen staat een groepje soldaten, maar ze zijn te ver weg om ze goed te kunnen zien.

Dat zijn ze, dat is Peneguy, ze geven me seinen, ze willen me hier oppikken.

Ze is een en al opluchting.

Jasna kijkt nog een laatste keer om naar Begić. Als ze hem nog steeds niet ziet, kruipt ze verder naar een rots, waarachter ze beschutting vindt. Dan gaat ze rechtop staan, en wel zo dat Peneguy haar moet zien, maar Begić niet.

Daarna zwaait ze.

Ze moeten me zien. Ze moeten die zoeklichten uitzetten, anders ben ik vogelvrij voor Begić. Doe die lichten uit!

46 'Is ze dat?' vraagt McFayden aan Peneguy en hij geeft hem zijn verrekijker.

Natuurlijk is ze dat!

Peneguy, oververmoeid door slaapgebrek en met maagkramp door de koffie, verliest zijn strijd tegen de tranen – voor één sentimenteel ogenblik tenminste.

'Doe het licht uit, we weten niet wie er achter haar zit,' zegt McFayden tegen de militair die de zoeklichten bedient.

Nog een kort lichtsignaal – kort kort kort –, dan is het weer donker. De scherpschutters van de EUFOR hebben Jasna met hun nachtkijkers en twee warmtebeeldvizieren in beeld en zoeken het bos achter haar af naar de Wolven.

'Zien jullie er een?' vraagt McFayden aan de scherpschutters.

'Nee.'

Waarom zet ze het niet op een lopen? denkt Peneguy.
Waarom kom je niet?

47 Begić zit tussen de rotsen en observeert het veld door
het telescoopvizier van zijn Dragunov. Tegenover
hem, aan de overkant van de Drina, staan leunend tegen
hun witte voertuigen de EUFOR-collega's. Begić heeft vijf
snipers geteld, de andere tien militairen hebben hun MK 48
voor zich opgesteld, lichte machinegeweren, robuust, de
NAVO zweert bij de MK 48. Wie weet steken ze toch de
Drina over en gaan ze het gevecht met de Wolven aan.
Begić is er niet zeker van of ze Servisch grondgebied durven
te betreden.

Het veld voor hem biedt een vrije schootslijn. Boven in het
bos had hij haar niet kunnen raken, de bomen benamen hem
het zicht en Begić' ademhaling was door het rennen te snel,
dat vond hij een te groot risico.

Toen hij de lichtseinen door het bos zag flitsen, zocht hij
een veilige positie tussen de rotsen – een beetje opzij, wat
belangrijk was, want dan konden de EUFOR-militairen het
mondingsvuur niet meteen zien waardoor ze hem konden
lokaliseren – en haalde zijn Dragunov, die goed op temperatuur was maar nog wat slaperig, uit de rugzak. Intussen had
hij de andere Wolven hierheen gedirigeerd en vervolgens zijn
portofoon uitgezet, want hij had rust nodig om zich te kunnen concentreren.

Inmiddels is zijn ademhaling al bijna weer normaal, want

Begić heeft zijn lichaam piekfijn in orde, hij is beter in vorm dan de rest van de Wolven. Hij is ervan overtuigd dat de EUFOR-snipers, als het geen idioten zijn, warmtebeeldvizieren bij zich hebben, en daarom heeft hij thermofolie omgedaan, die hem voor de warmtebeeldvizieren voorlopig onzichtbaar maakt.

Alles wat hij nu moet doen is wachten. Een tweehonderd meter breed veld. Hij zal meer kansen krijgen dan hij nodig heeft.

Begić stelt zich erop in dat de EUFOR-snipers hem na vijf of zes schoten zullen ontdekken en hem van hun kant onder vuur zullen nemen. Maar zelfs als hij Jasna tot die tijd nog niet geraakt mocht hebben, heeft hij een goede kans. Dan zullen de EUFOR-militairen de Drina oversteken omdat ze de video willen hebben.

Maar de Wolven zullen zo hier zijn, en dan kan het nog leuk worden.

Kom, Jasna, beweeg je. Ga gerust je gang.

48 Plotseling begint het bos op te lichten, zes, zeven, acht oplichtende rode vlekken.

'Ze komen,' zegt McFayden en hij geeft Peneguy de warmtebeeldkijker.

Peneguy ziet nu zelf hoe de Wolven aan de rand van het bos boven hen positie zoeken, rood gloeiende vlekken op het warmtebeeld.

Fuck. We waren niet snel genoeg. Jasna was niet snel genoeg, ze had niet mogen wachten!

'Laten we naar de overkant gaan,' zegt Peneguy. 'Laten we haar daar weghalen!'

De politieke richtlijnen hebben een andere mening: wachten, op je post blijven, in geen geval Servisch grondgebied betreden.

'Neemt u de verantwoordelijkheid op u?' vraagt McFayden.

Peneguy stopt de verrekijker in de hand van McFayden. Het is maar een paar meter naar de Drina.

Het water is ijskoud.

Ondiep, vijftien meter breed, meer niet.

Peneguy hoeft niet eens te zwemmen, het water van de Drina komt net tot aan zijn kruis. Peneguy voelt helemaal niets, geen kou, geen angst.

Dan komt hij aan de Servische kant van de Drina uit het water. Een grensschending meer of minder, het kan hem geen donder schelen. Fuck you.

Achter hem ontstaat plotseling beweging. McFayden zet Peneguy een helm op zijn hoofd en trekt hem achter de rij van tien EUFOR-militairen die de MK 48 om hun schouder hebben gehangen; ze dragen schilden, achter hen lopen de vijf scherpschutters.

De helmen stralen lichtblauw, de rest is zweet, angst en vocht.

49 Begić heeft haar plotseling in het vizier. Jasna is maar vijfentwintig centimeter naar voren gestapt, uit de beschutting van de bomen, ze is zich er zelf niet eens van bewust – alsof ze naar Peneguy toe werd getrokken. Maar vijfentwintig centimeter is genoeg om haar hoofd in de nacht te laten gloeien, rood verlicht.

Begić glimlacht. De trekker onder zijn vinger wacht op een

zachte streling. Dadelijk, beste Jasna, zal jouw gezicht er ongeveer net zo uitzien als dat van de arme Stavros.

50 Ineens een schot.

McFayden jaagt Peneguy verder de vlakte op naar het bos. Nu niet stilstaan, geen doelwit vormen, we moeten haar daar weghalen.

'Blijf bij me of u bent dood!' roept McFayden en hij trekt hem dichter naar zich toe, achter het schild.

Peneguy heeft opeens geen idee meer van wat hier eigenlijk gebeurt. Hij rent gewoon mee en kan er niet bij dat hij net alleen voorop kon lopen maar nu – midden tussen de militairen, het schild voor zich – bijna sterft van angst. Hij probeert zich te vermannen, dit moet hij volhouden.

'Kom, kom!' roept McFayden en hij trekt Peneguy, die veel te langzaam wordt, met zich mee.

Plotseling ziet Peneguy haar aan de bosrand. Jasna. Drie, vier meter rent ze de helling af naar de EUFOR-militairen toe.

Dan een tweede schot. Jasna valt.

'Snel, snel, snel,' zegt McFayden tegen de tien EUFOR-militairen en hij geeft de scherpschutters achter hem het bevel om te schieten.

Onmiddellijk ratelen vijf schoten het bos in; vier zijn raak, twee zijn dodelijk, één heeft Begić te pakken, die het risico moest nemen uit zijn dekking te komen om Jasna te treffen.

Peneguy hoort het geschreeuw van de twee gewonden boven in het bos maar hij kijkt alleen naar Jasna, die ver voor hem op de vlakte ligt. Is ze geraakt?

Tussen de bomen komt een van de Wolven overeind en richt zijn kalasjnikov op Jasna. Op het moment dat hij uit zijn dekking komt, heeft een van de scherpschutters hem al in het vizier. Hij vuurt en de Wolf valt uit het bos op de vlakte.

Peneguy holt met de soldaten naar Jasna toe, die nog steeds roerloos op de grond ligt. Peneguy ziet nu ook het mondingsvuur uit het bos. Een paar Wolven hebben Jasna onder vuur genomen. De rest schiet op de EUFOR-militairen en wil verhinderen dat de militairen bij Jasna zijn voordat ze dood is.

Nu ketsen ook rond Peneguy de kogels in de grond. Voor de eerste keer in zijn leven ligt hij zelf onder vuur. Hij kan niet meer op zijn benen blijven staan, zijn knieën knikken, maar McFayden trekt hem met zich mee – doorgaan, doorgaan.

Al vijftien seconden na het begin van dit gevecht blijken de omstandigheden boven het veld die de Wolven eigenlijk strategisch gunstig leken, juist heel ongunstig. De EUFOR-snipers kunnen namelijk van beneden af over de hoofden van hun collega's heen op de Wolven schieten en ze weer het bos in drijven.

Naast zich ziet Peneguy twee zwaargewonde Wolven, die het nog steeds uitschreeuwen van de pijn en de angst voor de komende dood. Dan schiet een van beiden de ander door zijn hoofd, die opzij zakt, en vervolgens zet hij zijn wapen tegen zijn eigen slaap, en schiet opnieuw.

Plotseling keert de rust volledig terug.

Want ook de laatste drie Wolven hebben intussen begrepen dat ze dit gevecht hebben verloren en haasten zich terug naar het bos.

Peneguy, McFayden en de EUFOR-militairen hebben Jasna inmiddels bereikt. Haar gezicht is opengehaald, haar kleren zijn gescheurd en haar linkermouw en de verbanden om haar handen zijn doordrenkt met bloed. Met haar handen houdt ze iets stevig omklemd. Als de EHBO'er het van haar wil afnemen, omdat hij de mouw van haar jas moet open-snijden, krijgt hij haar vingers niet los.

Peneguy knielt naast haar, praat tegen haar en veegt de grijze stukjes, die hij voor drab en slijk aanziet, uit haar gezicht en haren, en kust haar op haar voorhoofd.

Ze doet haar ogen open. Het duurt even voor ze hem her-kent. De EHBO'er snijdt de mouw open, bindt de ader af en stuurt een militair terug naar de wagen om een kolf bloed te halen.

Peneguy houdt Jasna ondertussen vast, ziet de gutsende wond en kijkt in het met grijze drab besmeurde gezicht. Haar ogen schieten rusteloos heen en weer, druk en opgejaagd. Hij buigt zich verder naar haar toe. Nu pas lijkt ze echt te begrij-pen dat ze in veiligheid is.

Er glijdt een glimlach over haar gezicht, en op hetzelfde moment begrijpt Peneguy dat de grijze drab geen slijk of aarde is, maar hersenen zijn.

IV

De airco is een beetje te koud afgesteld, net onder negentien graden. De beide bewakers achter Kovać hebben het koud in hun uniform met korte mouwen.

Het glazen hok waarin Kovać zit, is na de desastreuze laatste zitting weer opgebouwd. Het bestaat uit twee lagen nog stabieler pantserglas, is hermetisch afgesloten en heeft een eigen airco. Communicatie tussen het glazen hok en de rechtszaal is nu alleen nog mogelijk via microfoon en luidspreker.

Kovać' advocaat heeft vergeefs tegen de microfooninstallatie geprotesteerd met het argument dat de communicatie tussen verdediger en cliënt vertrouwelijk zou moeten zijn, en hij, de advocaat, kon er niet van uitgaan dat een cliëntengesprek dat hij tijdens de zitting via een telefooninstallatie moest voeren echt niet zou worden afgeluisterd. Door verzet aan te tekenen werd een onafhankelijk rapport noodzakelijk en het proces van Kovać werd nog eens met twee weken vertraagd. Hoe bespottelijker de verzoekschriften van zijn advocaat werden, hoe sterker Kovać voelde wat hem te wachten stond: zijn einde.

Kovać had van Skula noch van iemand van de Wolven gehoord wat er was gebeurd. Hij wist niet dat Begić en Stavros dood waren. Elk contact met Servië was verbroken. Pas drie weken geleden was hij er door zijn advocaat van op de hoogte gebracht dat het Kovać-veld was gevonden en dat er nieuw bewijsmateriaal beschikbaar was voor de aanklacht en dat het daarbij zou gaan om video-opnames met een lengte van ongeveer drie uur. Kovać had meteen begrepen dat ze de video van Višegrad hadden gevonden. Die video is hier, en zal over ongeveer een halfuur worden getoond. Kovać had zijn advocaat meegedeeld dat hij – tot de vertoning van de videoband – geen nieuwe verzoekschriften meer wenste, geen vertragingen.

Kovać wil een uitspraak en een einde.

De twee bewakers schuiven de koran op het tafeltje voor hem aan de kant en fouilleren Kovać een laatste keer. Ze controleren de microfooninstallatie – Kovać moet met een handtekening bevestigen dat hij over de koptelefoon iets hoort. Dan verlaten de twee de glazen kooi en nemen erbuiten plaats – een overwinning van Kovać' advocaat: als hij – zo argumenteerde hij, lastig als gewoonlijk: wat één keer heeft gewerkt, werkt ook een tweede keer – met zijn cliënt via de koptelefoon moest communiceren, was niet vast te stellen wat de twee bewakers die achter Kovać stonden daarvan zouden opvangen. Want de nieuwe glazen kooi was smaller geconstrueerd: minder brede glazen ruiten zijn stabieler, en de beide bewakers zouden dus dichter bij Kovać moeten staan.

In werkelijkheid waren de twee bewakers Kovać om een andere reden een doorn in het oog: hij zittend, zij staand achter hem – een symbool van zijn machteloosheid en de superioriteit van het tribunaal. De beelden van de zitting werden op internet gezet en daar verspreid, dat besefte hij goed, en Kovać wilde voor zover het in zijn macht lag in ieder geval de controle over de beelden behouden.

Wanneer de twee bewakers de glazen kooi hebben verlaten en de deur achter zich hebben afgesloten, is het daar volkomen stil. Kovać hoort het zachte ruisen van de airco en zijn eigen adem – met een hijgende ondertoon; hij is in de anderhalf jaar dat hij hier in hechtenis zit elf kilo aangekomen. Hij heeft zichzelf een dagelijks sportprogramma van een uur opgelegd, maar kon toch niet voorkomen dat zijn gelaatstrekken wat pafferig zijn geworden en de militaire scherpte verloren. Zelfs

Mladić in Srebrenica wekte naar zijn mening een te zware indruk met zijn slappe, mollige gelaatstrekken, passend bij de rol van sprookjesverteller die hij graag mocht spelen.

En hij? Een man van 46, te zwaar en met grijzende slapen. Kovač' advocaat heeft haarverf voor hem moeten halen. Alles staat hier in het teken van zijn nalatenschap. Kovać wil niet in de herinnering voortleven als een ouder wordende verliezer; daarom wilde hij ook niet de rol van zwakke of zieke op zich nemen en het proces vertragen met talloze verzoekschriften over zijn slechte gezondheidstoestand, met alweer nieuwe medische rapporten of andere aanstellerij, zoals Milošević, die steeds nieuwe tekens van zwakte de wereld in stuurt en totaal niet doorheeft hoe belachelijk hij zich daarmee maakt. Toen de advocaat van Kovać hem ook de vertragingstactiek van Milošević voorstelde, werd Kovać woedend en had hij hem de deur gewezen op een militaire toon die hij al lang niet meer aan de dag had gelegd. Als ik moet sterven, sterf ik, maar ik laat geen vrouw van me maken.

Vandaag draagt Kovać een zwart pak en een lichtblauw hemd met een effen stropdas – cameravriendelijk, een pr-professional, iemand die ook in een nieuwe en veranderde wereld zijn weg zou vinden; dat is zijn teken aan deze wereld, die er niets van heeft meegekregen dat alleen al dit pak en de stropdas een overwinning zijn.

In het huis van bewaring van Scheveningen, waar hij al anderhalf jaar zit – geïsoleerd uit vrees voor aanslagen – mag Kovać geen veters en riemen dragen, laat staan een stropdas. De messen die hij bij het eten gebruikt, zijn stomp en van zacht plastic; bij sommige maaltijden moet hij het eten laten voorsnijden. Het pak heeft hij zelf betaald, van zijn eigen, bescheiden spaargeld. Want voor het eerst sinds hij hier zit, zijn de middelen van het fonds dat in Belgrado voor hem was opgericht en waarvan de financiering voor het tribunaal ondoorzichtig was gebleven, plotseling opgebruikt. Toen de advocaat Kovać moest meedelen dat er geen geld meer uit Belgrado zou komen – naar het heette omdat het tribunaal de geldstromen te zorgvuldig liet controleren – heeft Kovać slechts gezwegen en zijn advocaat een volmacht gegeven voor zijn privérekening, waarop 31.478 euro stond. De advocaat heeft het pak gekocht in de maat die Kovać heeft opgegeven, toch is de broek te lang. Maar dat zou niemand zien, per slot van rekening zit Kovać in deze glazen kooi, en het hemd past.

In de afgelopen anderhalf jaar in Den Haag heeft Kovać zich nooit alleen gevoeld, omdat hij de steun uit Servië voelde. Maar sinds in Belgrado bekend werd dat de video uit Višegrad boven water is gekomen, is Kovać heel alleen. Skula was vanaf dat moment voor Kovać niet meer bereikbaar. Alles wat hij nu nog heeft, is een leeggehaald fonds en 31.478 euro op zijn privérekening, die mogelijk ook snel bevroren wordt. Waarschijnlijk zou de advocaat op een bepaald moment ook niet meer betaald krijgen. Maar Kovać heeft het tribunaal geen samenwerking aangeboden, hij wilde Skula of andere contactpersonen niet verraden. Kovać wist dat hij verloren had en dat het voor hem voorbij was. Alles wat hij nu nog deed was zwijgen. Nog drie zittingsdagen, dan zal het tribunaal tegen Kovać de hoogste straf uitspreken die het in zijn bestaan ooit heeft opgelegd.

Kovać hoort zijn ademhaling en het zachte ruisen van de airco. Ondanks de twee tabletten die hij vanmorgen heeft ingenomen, heeft hij gierende hoofdpijn, nog heviger dan vanmorgen. Misschien had hij de tabletten toch later moeten nemen.

De stoelrijen zijn nog leeg. De publieke tribune wordt door een paar politiemannen met twee bomhonden voor de laatste keer doorzocht. Er is een lange discussie gevoerd over de vraag of er, met het oog op de dood van Ivana, publiek moest worden toegelaten. Uiteindelijk hebben de voorstanders aan het langste eind getrokken, en het veiligheidsniveau is nog een keer verhoogd. De hoofdaanklaagster heeft de rechtszaal persoonlijk geïnspecteerd, met M'Penza, Peneguy en drie experts. Uit de vloerbedekking voor de vernieuwde en verbeterde glazen kooi van de verdachte was in eerste instantie drie vierkante meter uitgesneden en vervangen, want Ivana's bloed was er niet uit gegaan. Maar het vervangen deel had er voor de hoofdaanklaagster uitgezien als een gebedskleed of als vers gegroeid gras boven een graf en ze had nog drie andere associaties gehad. Ze was ervan overtuigd dat zij niet de enige zou zijn en heeft nog vlak voor de zitting opdracht gegeven om in de hele ruimte nieuw tapijt te laten leggen, zodat het hier nu ruikt zoals in een tapijtwinkel.

De politiemannen zijn vertrokken en rechtszaal 3.112 ligt volledig leeg voor Kovać. Hij kijkt naar de klok aan de muur tegenover hem. Dadelijk zullen ze komen en word ik door de arena gesleurd.

Even laat hij zijn hoofd in zijn handen zakken, de camera's staan nog niet aan. Met zijn duim masseert hij twee, drie keer zijn slapen, de hoofdpijn is doordringend; het zal moeilijk worden zich zo op de zitting te concentreren, en hij merkt hoe de hoofdpijn zijn gezicht doet opzwellen.

Als hij weer opkijkt staat Jasna voor hem, een halve meter van hem vandaan, de glazen wand tussen hen.

Zij is de jager die mij heeft neergeschoten, denkt Kovać, en die me nu in de kooi wil zien. Bezoek aan de dierentuin.

Hartelijk gefeliciteerd. Of zou je me liever dood zien? Je hebt iets van Branko, denkt hij. Je komt net zo verbeten over als hij vroeger. Als de strijder die hij allang niet meer was. Een overlevingskunstenares. Vijftien jaar jonger dan ik. Net zo oud als ik was toen de oorlog begon.

De zittingsbode heeft Jasna op Peneguys verzoek in de rechtszaal gelaten, alleen, en voordat het publiek en de journalisten binnenstromen. Want Jasna heeft haar moment met deze man nodig en heeft het meer dan verdiend. Bijna vijf jaar geleden is ze de jacht op Kovać begonnen om hem voor de rechter te krijgen. Niemand van de voor het tribunaal aangeklaagde oorlogsmisdadigers heeft zo agressief tegen zijn veroordeling gevochten; en niemand had zulke hulpbronnen in Servië.

Kovać heeft met hulp van de Wolven talloze getuigen in Servië, Bosnië-Herzegovina en zelfs in Kroatië geïntimideerd; hij heeft slachtoffers van vroeger of hun familieleden laten bedreigen, tot de aanklacht voor Peneguy steeds moeilijker was geworden. Die mensen waren bang voor een man die op tweeduizend kilometer afstand in een Nederlandse gevangenis zat. Vermoedelijk heeft Kovać – het bewijs kon daarvoor niet worden geleverd – vier vrouwelijke getuigen, slachtoffers die het bloedbad in Višegrad hadden overleefd, laten doden. Hij heeft Oreskovič laten vermoorden, en Caflish. Hij heeft Zoran laten martelen en Branko laten doden – en hij had op het eind ook mij willen laten terechtstellen, denkt Jasna.

En nu?

Jasna vreesde dat de woede in haar omhoog zou borrelen als ze hem zag. Woede, haat, wraakzucht. Maar nu ze voor hem staat, merkt ze daar helemaal niets van. Kovać komt over als een door zijn vet afgezwakte man, plotseling ongevaarlijk, een man in een slechtzittend pak, met geverfde haren en hangende schouders. Plotseling machteloos, plotseling zonder enig charisma. Een man die weet dat hij verloren heeft, en die weet dat ik dat weet, denkt ze. Zelfs de koran naast hem is alleen nog een farce.

Peneguy komt bij haar staan, hij wilde haar niet al te lang alleen laten. Hoewel de rechtszaak zo begint, heeft hij zich een ogenblik vrijgemaakt.

'De rechter komt zo,' zegt hij. 'We moeten beginnen.'

'Ja.'

'Ga die video niet nog een keer bekijken,' zegt hij. 'Ik breng je naar buiten!'

'Ja.'

Kovać tikt tegen de ruit van zijn glazen kooi. Allebei draaien ze zich naar hem om. Kovać kijkt Jasna aan en wijst naar de koptelefoon en de microfoon op de plaats van zijn advocaat.

'Laat hem,' zegt Peneguy. 'Kom, weg hier!'

Maar Jasna luistert niet naar hem. Ze loopt naar de tafel van de advocaat, zet de koptelefoon op en kijkt naar Kovać.

'Ik heb een cadeautje voor je,' zegt Kovać.

Hij tikt tegen de glazen deur achter hem. Een van de beide bewakers loopt naar binnen en Kovać stopt hem de koran in zijn hand. Jasna kan niet horen wat de twee zeggen, want Kovać heeft even zijn microfoon uitgezet. De bewaker sluit de deur, brengt de koran naar Jasna en slaat hem open. De binnenste schutbladen staan vol dunne lijntjes, nu eens met potlood, dan weer met pen of vulpen uitgevoerd. Alle lijnen zijn keurig in blokken van vijf ingedeeld, tien blokken in elke rij, ontelbare rijen.

'De koran is voor u,' zegt Kovać in zijn microfoon terwijl Jasna bladert. 'Ik heb hem niet meer nodig.'

Jasna kijkt hem aan.

'Jullie kunnen me veroordelen,' zegt hij, 'omdat ik het vuile werk heb opgeknapt dat niemand wilde doen. Maar jullie weten zelf dat ik gewonnen heb. Ik ben klaar. Višegrad is nu gezuiverd.'

Kovać glimlacht. Zwijgt. Even komt zijn oude theatrale ik bovendrijven.

'Blijf toch bij de bioscoopvoorstelling,' zegt hij. 'Dan kunt u uw broer terugzien, en uw vader. In Višegrad, op de brug over de Drina – is dat niets voor u?'

Kovać glimlacht. Voordat Jasna kan antwoorden doet hij de koptelefoon af en zet de microfoon uit, terwijl hij Jasna niet uit het oog verliest.

Peneguy komt naar haar toe. 'Alles oké?' vraagt hij.

'Ja,' zegt ze.

Maar natuurlijk heeft Peneguy gezien dat niets oké is. Hij haalt de koptelefoon van Jasna's hoofd en legt hem op de tafel van Kovać' advocaat.

'Wat heeft hij gezegd?' vraagt Peneguy,

De zittingsbode heeft de rechtszaal nu op bevel van de rechter vrijgegeven. Het publiek stroomt langs Jasna en Peneguy de zaal binnen en gaat zitten.

'Ik moet hier weg,' zegt Jasna. 'Bel me als je klaar bent!'

Peneguy zou graag bij haar blijven, maar hij kan hier nu niet weg, want dadelijk zal M'Penza de rechtszaal binnenkomen. De advocaat van Kovać zal volgen en – op gepaste afstand, want hij doet zijn uiterste best om te zorgen dat er geen foto's zijn van hem samen met de advocaat van Kovać – de rechter.

'Het is goed,' zegt Peneguy tegen Jasna, en dan moet hij haar laten gaan.

Een politieman begeleidt haar van de derde verdieping naar de uitgang beneden. Sinds twee weken is het gebouw hermetisch afgesloten, nog beter dan op de afgelopen procesdag. Voor haar liggen uitgestorven gangen. Alleen voor de liften en waar de gangen elkaar kruisen staan politieagenten met kogelwerende vesten en machinepistolen. Verder naar beneden – op de gang voor de hoofdingang – staat Huysman tussen zijn mannen op Jasna te wachten. Iedere politieman die ze tegenkomt, iedere militair kent haar verhaal, en iedereen die een uniform draagt, salueert, hoewel een saluut van de politie of van het leger haar als onderzoekster van het tribunaal niet toekomt.

Huysman laat Jasna naar de parkeergarage begeleiden; een chauffeur zal haar samen met twee lijfwachten naar huis brengen. Het bedreigingsniveau voor Jasna werd nog een keer hoger ingeschaald en ze mag niet meer zonder gewapende lijfwachten over straat. Haar mobiele nummer en haar e-mailadres werden veranderd, Jasna moest verhuizen en haar nieuwe appartement wordt door de politie bewaakt. Toen de pers over haar wilde schrijven heeft de hoofdaanklaagster, om iedere verdere escalatie te vermijden en om Jasna niet aan nog meer gevaar bloot te stellen dan al het geval was, persoonlijk een beroep gedaan op de redacties om af te zien van berichtgeving over de achtergronden van het onderzoek in de zaak-Kovać.

Want kort na Jasna's terugkeer in Den Haag, drie maanden geleden, waren op internet de eerste video's van haar opgedoken. Er waren clips van verschillende lengte, de uitvoerigste versie was in zes porties van tien minuten geschikt gemaakt voor YouTube, de kortste was vijf minuten lang, een 'best of' van de meest vernederende momenten. Peneguy en de hoofdaanklaagster hadden van alles geprobeerd om de video's van het net te krijgen voordat Jasna zou worden ontslagen uit het ziekenhuis, waar ze volledig afgeschermd was.

Ze hadden bij Google bemiddeld om de betreffende vermeldingen – ICTY *investigator torture* – te laten wissen.

Google had begrip getoond. Ook van YouTube waren de video's verdwenen. Toch dwaalden ze nog steeds over het internet, een herinnering die ze nooit zal vergeten: Jasna naakt, Stavros scheert haar schaamhaar, haar angst, haar trillen, speeksel dat uit haar mond loopt, Jasna's gegil als Stavros de spijkers door haar handen slaat – op sommige video's voorzien van het orgasme van een vrouw.

Natuurlijk heeft Jasna de video's ontdekt, twee dagen nadat ze in haar nieuwe appartement was getrokken. Iemand had de link naar haar nieuwe – 'geheime' – e-mailadres gestuurd. Toen Peneguy 's avonds bij haar kwam, was ze volkomen overstuur. Als onder dwang had Jasna de video steeds weer bekeken, steeds weer opnieuw.

Op een bepaald moment ontdekte ze ook de oproepen om haar te vermoorden; sommige video's waren gelinkt aan een signalement waarin – naast recente foto's van haar – zelfs haar streng geheime adres in Den Haag was vermeld. Aanvankelijk was er geen beloning aan de oproep tot moord verbonden, maar na enkele dagen was er een eerste donateur gevonden, en een week later was Jasna's dood in totaal 250.000 euro waard.

Een week na haar ontslag uit het ziekenhuis werd Branko in Belgrado begraven. Het tijdstip van de uitvaart werd Jasna schriftelijk meegedeeld en een inreisvisum was bijgevoegd. Een provocatie, want natuurlijk kon Jasna daar niet naartoe reizen. Haar aanwezigheid in Belgrado zou haar doodvonnis zijn geweest. In de nacht na de begrafenis hadden onbekenden Branko's provisorische grafsteen op het kerkhof in Belgrado met een kalasjnikov doorzeefd.

Het grensincident aan de Drina werd officieel niet vermeld.

Skula onderhandelde daarover met het tribunaal. Den Haag had als tegenprestatie moeten afzien van de verdere vervolging van de ontsnapte drie Wolven en van elke officiële vermelding van Drakulić. En ten slotte – de grootste prijs – zou het rapport van de hoofdaanklaagster over de samenwerking van Servië met het tribunaal niet negatief maar neutraal uitvallen. Geen slechte deal, per saldo had het tribunaal geluk gehad.

Jasna loopt de zijingang van het tribunaal uit. De beide lijfwachten escorteren haar tussen hoge beveiligingsmuren naar het gepantserde voertuig dat naast de garage al op haar wacht, dertig meter voor haar. Dertig meter voorjaar, sinds een paar dagen geeft de zon warmte, eindelijk. Den Haag begint weer te glimlachen.

Jasna haast zich om naar de auto te komen, elke meter gaat ze harder lopen.

Want zodra ze in de buitenlucht komt, groeit in haar de onrust, die nauwelijks onder controle te houden is, een onrust die haar nooit meer zal loslaten, haar hele leven lang.